손금으로 행복찾기

아야베 쇼코 | 글·그림
김욱송 | 옮김

동학사

점 보기를 좋아하는 사람이나 싫어하는 사람이나 손금에는 모두 관심 있지 않을까?
그래 그래.

꼭 전문가가 아니어도 조금이라도 알고 있다면
그 사람은 인기 짱이야!
그럴 수도 있지……
와 - 나도 봐줘
손금에는 3가지 활용법이 있는 거 알아?
운세 보는 거 말고도?

첫 번째 활용법은,
손금은 아주 좋은 커뮤니케이션 도구가 된다는 거야.

처음 만난 사람이라도 손금을 봐주면 금방 친해지잖아.
당신의 연애운은……
그렇구나!

두 번째 활용법은
자신의 성격을 알 수 있다는 거야.

손금으로 성격까지 파악 할 수 있어.
어머나 정말?

자신의 성격을 객관적으로 파악하면 대인관계를 원활하게 할 수 있다는 거지.
어떻게?

장점은 최대한 살리고, 단점이라고 생각하면 고치려고 노력할 수 있잖아.
음, 정말 그렇네!

세 번째는
상대의 성격을 파악할 수 있다는 거야.

상대의 성격을 알면 어떻게 대응해야 할지 알 수 있잖아.

거북한 상대의 성격을 알 수 있다면 얼마나 좋을까……

하지만 직장상사나 선배의 손금은 그렇게 쉽게 볼 수 없을 것 같은데.
걱정 마!

손금은 선만 있는 게 아냐. 손의 크기나 손가락과 손톱모양으로도 그 사람의 성격을 알 수 있어.

정말?
그렇다면 상대방이 눈치채지 못하겠네!

하지만…… 손금은 어려운 것 같아.
그렇지도 않아.

손금 보는 데 점술이나 영감은 전혀 필요 없어.
단지 보는 법을 외울 뿐이야.

그렇다면 나도 볼 수 있다는 거네?
물론이지!
그럼 나도 해봐야지……
팔랑

하지만……
만약 내 손금이
나쁘면
어떡하지!?
그것도
걱정하지
마.

손금은 바뀌고
또 바꿀 수도 있어!

그게
정말이야?
손금은
이대로만
가면
그렇게
된다는
표시야.
그러니까 나쁜
손금은 경고로
받아들이고
그렇게 되지
않도록
주의하면 돼.
휴~
그렇
다면
안심
이다.
걱정은
~

손금 보는
법을 알면
행복해지는
방법을
알 수 있죠.
자,
여러분도
손금으로
행복해지세요!

기본선

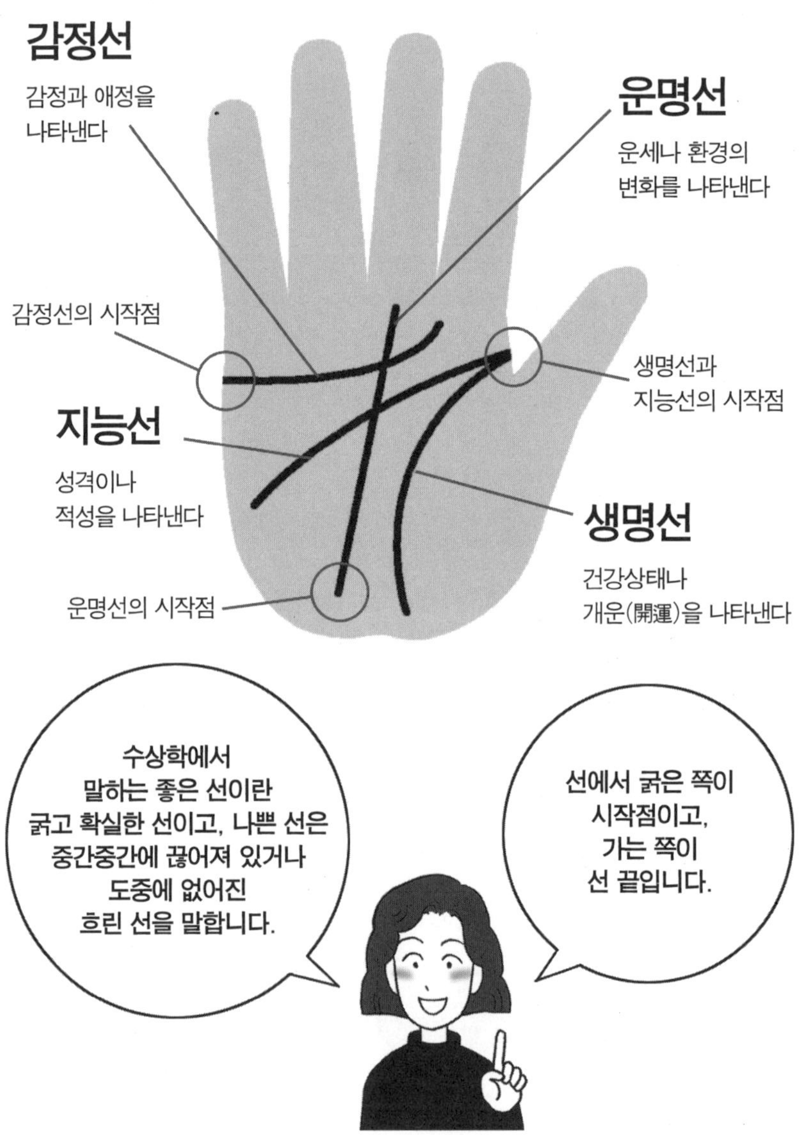

감정선
감정과 애정을
나타낸다
운명선
운세나 환경의
변화를 나타낸다
감정선의 시작점
생명선과
지능선의 시작점
지능선
성격이나
적성을 나타낸다
생명선
운명선의 시작점
건강상태나
개운(開運)을 나타낸다

수상학에서
말하는 좋은 선이란
굵고 확실한 선이고, 나쁜 선은
중간중간에 끊어져 있거나
도중에 없어진
흐린 선을 말합니다.
선에서 굵은 쪽이
시작점이고,
가는 쪽이
선 끝입니다.

나이 보기

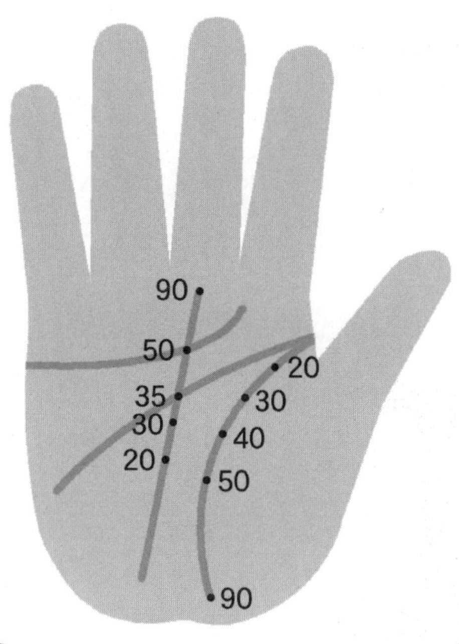

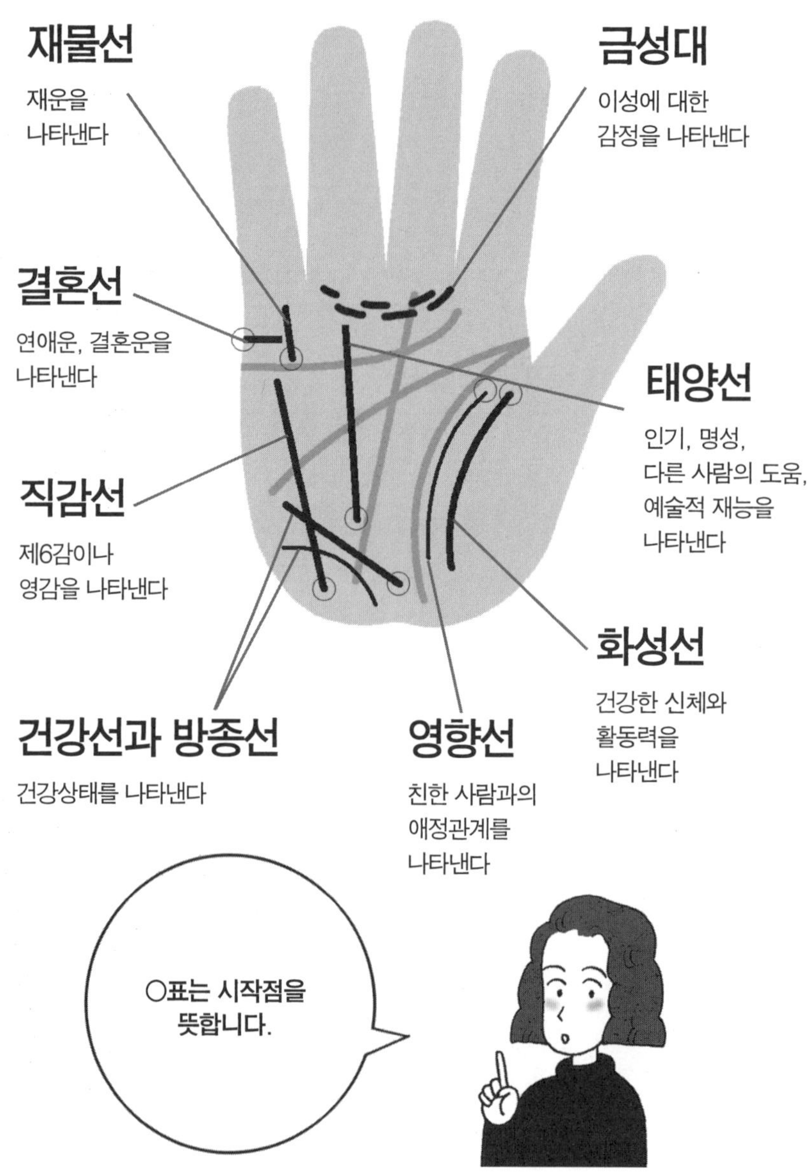
재물선
재운을
나타낸다

금성대
이성에 대한
감정을 나타낸다

결혼선
연애운, 결혼운을
나타낸다

태양선
인기, 명성,
다른 사람의 도움,
예술적 재능을
나타낸다

직감선
제6감이나
영감을 나타낸다

화성선
건강한 신체와
활동력을
나타낸다

건강선과 방종선
건강상태를 나타낸다

영향선
친한 사람과의
애정관계를
나타낸다

○표는 시작점을
뜻합니다.

그 밖의 선

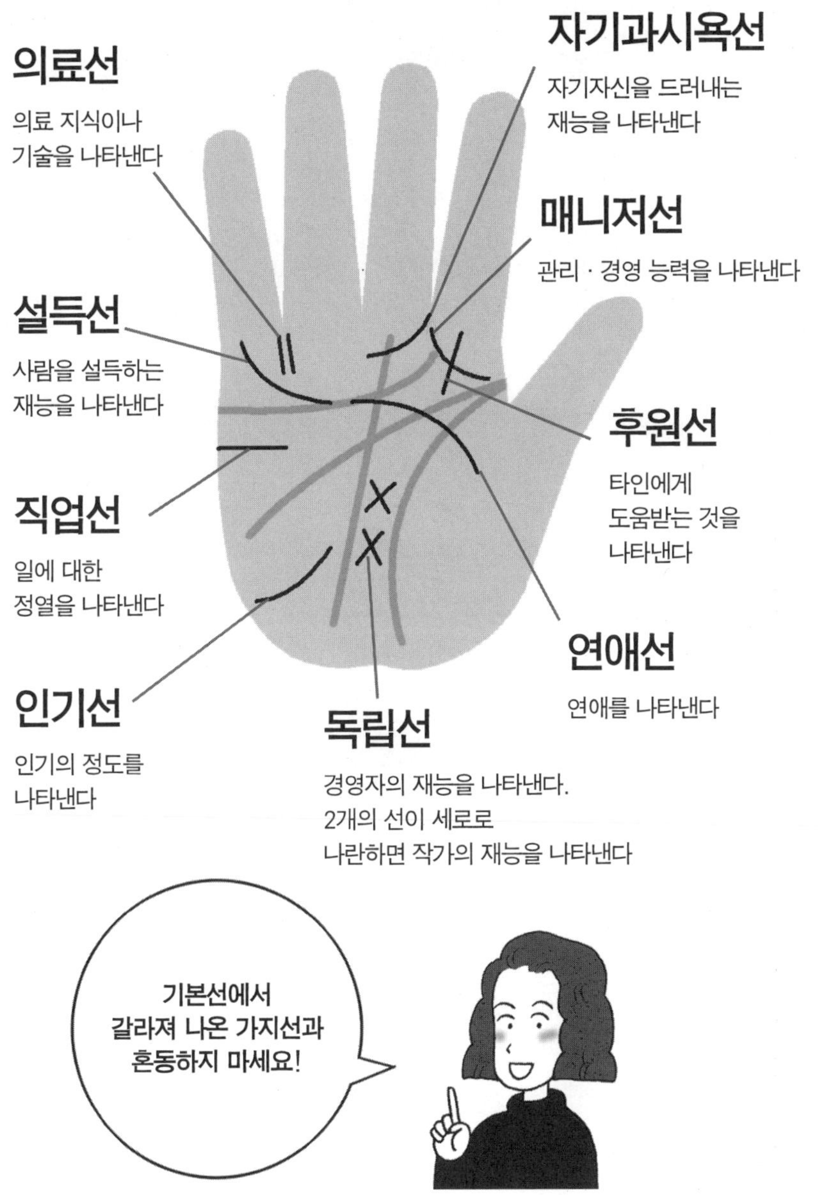

의료선
의료 지식이나
기술을 나타낸다

자기과시욕선
자기자신을 드러내는
재능을 나타낸다

매니저선
관리 · 경영 능력을 나타낸다

설득선
사람을 설득하는
재능을 나타낸다

직업선
일에 대한
정열을 나타낸다

후원선
타인에게
도움받는 것을
나타낸다

인기선
인기의 정도를
나타낸다

독립선
경영자의 재능을 나타낸다.
2개의 선이 세로로
나란하면 작가의 재능을 나타낸다

연애선
연애를 나타낸다

기본선에서
갈라져 나온 가지선과
혼동하지 마세요!

언덕의 이름

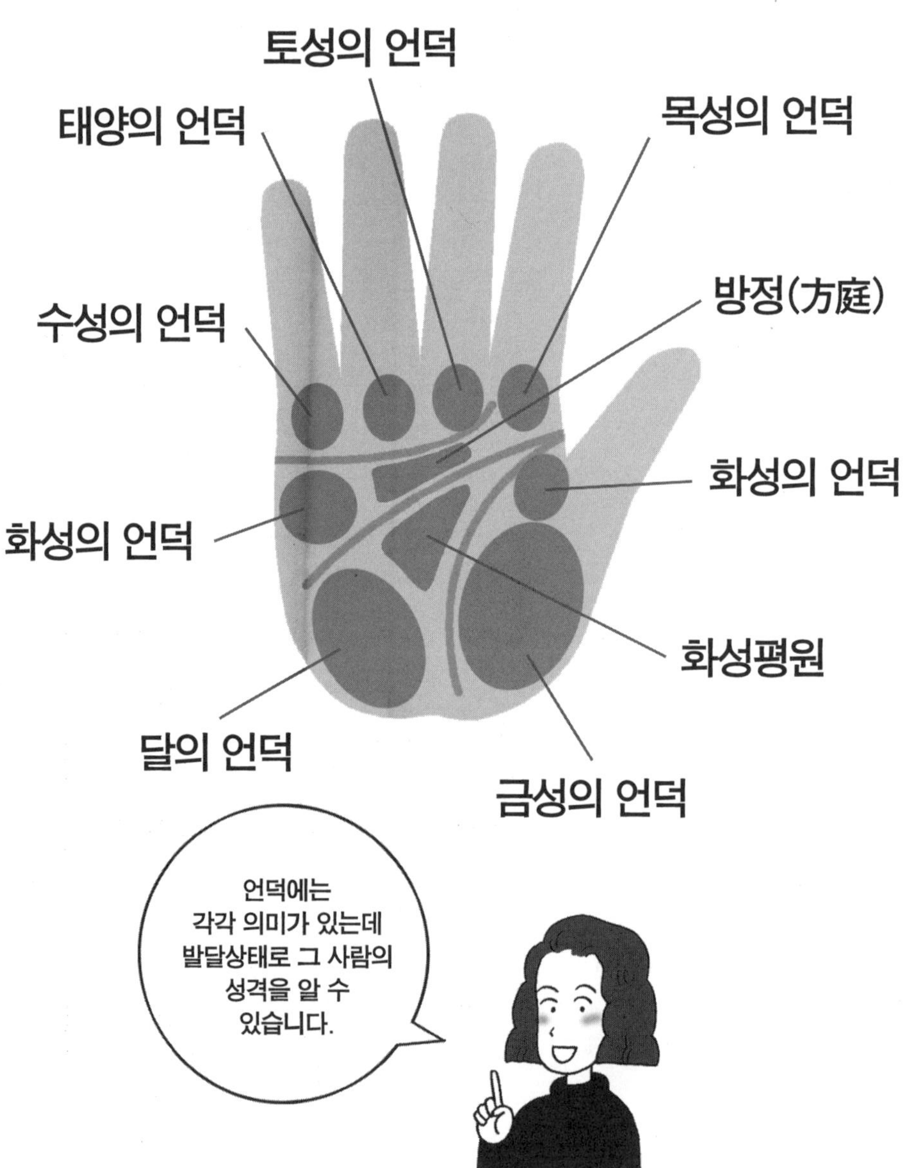

기호 보는 법

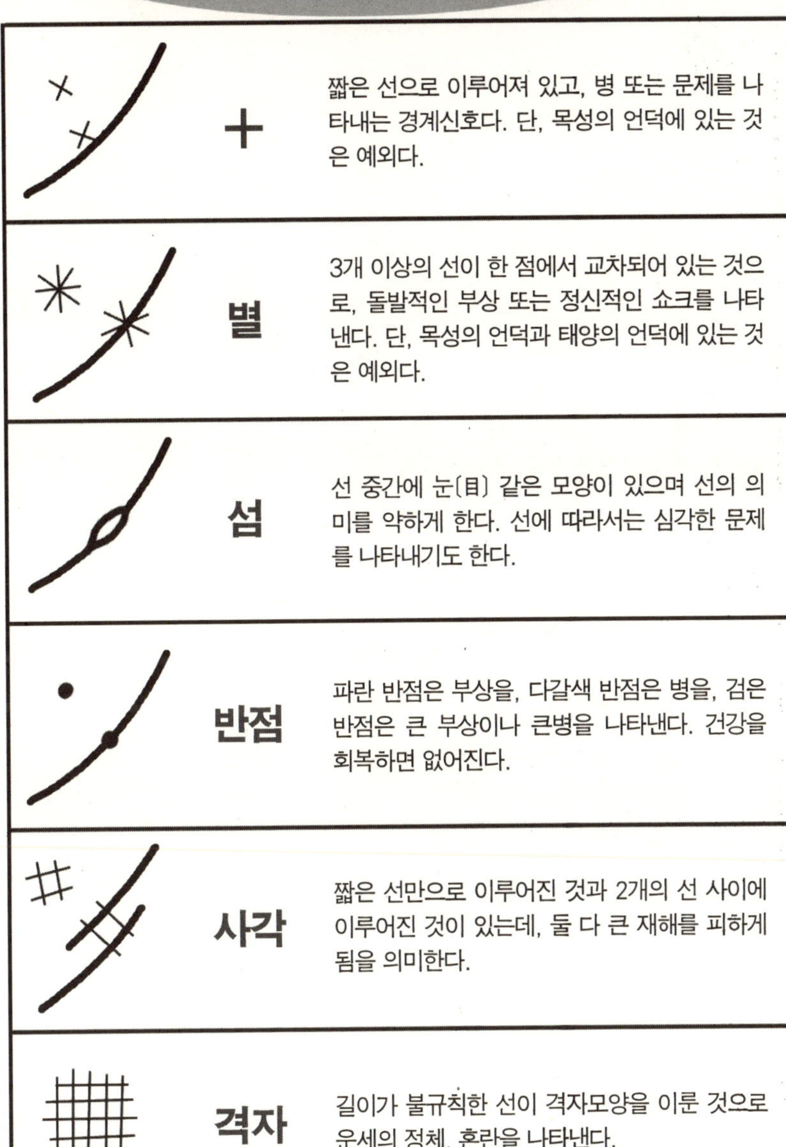

기호	이름	설명
＋	十	짧은 선으로 이루어져 있고, 병 또는 문제를 나타내는 경계신호다. 단, 목성의 언덕에 있는 것은 예외다.
＊	별	3개 이상의 선이 한 점에서 교차되어 있는 것으로, 돌발적인 부상 또는 정신적인 쇼크를 나타낸다. 단, 목성의 언덕과 태양의 언덕에 있는 것은 예외다.
∅	섬	선 중간에 눈〔目〕 같은 모양이 있으며 선의 의미를 약하게 한다. 선에 따라서는 심각한 문제를 나타내기도 한다.
•	반점	파란 반점은 부상을, 다갈색 반점은 병을, 검은 반점은 큰 부상이나 큰병을 나타낸다. 건강을 회복하면 없어진다.
＃	사각	짧은 선만으로 이루어진 것과 2개의 선 사이에 이루어진 것이 있는데, 둘 다 큰 재해를 피하게 됨을 의미한다.
▦	격자	길이가 불규칙한 선이 격자모양을 이룬 것으로 운세의 정체, 혼란을 나타낸다.

contents

[part 02]

손금 보는 법을 익히자

[part 03]

수상으로 행복해지자 189

피타고라스도 아리스토텔레스도 시저도

성공할 수밖에 없었던 Bon Jovi의 손금

수상은 행복해지기 위한 나침반

손금으로
결혼 및 연애운
점치기

가장 궁금한 결혼선

손금 볼 때 가장 알고 싶은 것은 뭐니뭐니해도 결혼운이 아닐까요?
먼저 결혼선부터 철저하게 체크!
새끼손가락의 아랫부분과 감정선 사이에 새겨진 가로선이 결혼선이야.
결혼선이 감정선쪽에 가까우면 빨리 결혼하고, 새끼손가락과 가까우면 늦게 결혼한다.
만혼
조혼
50
35
20
나이는 여러 견해가 있는데 내가 아는 것은 이거야.

✳ H씨의 사례

H씨의 결혼선은 예전에는 뚜렷하지 않은 선이 여러 개 있어 별로 좋지 않았다. 그 때는 자신도 인정할 정도로 좋은 남편이 아니었다고 한다. 그런데 어느 날, 부인이 이혼을 생각하고 있음을 알고 자신의 행동을 반성하여 생활을 고쳐 나갔다. 그러자 결혼선이 바뀌어 지금은 굵고 뚜렷한 1개의 좋은 선이 되었다.

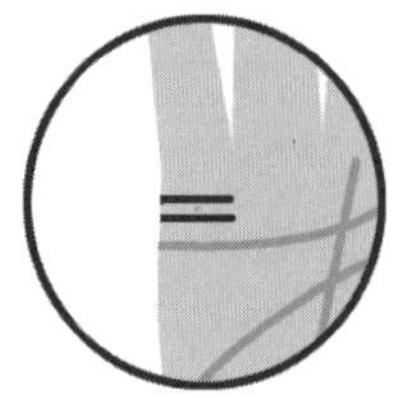
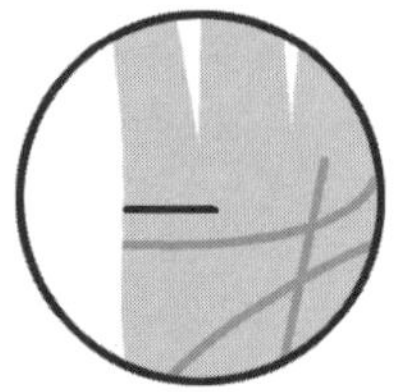

같은 선이 2개 있으면 두 번째는 재혼한다.
진하고 긴 결혼선이 1개 있으면 대단한 연애 끝에 결혼한다.

그러나 결혼선이 반드시 결혼을 나타내는 것은 아냐. 가령 좋은 선이라도 결혼까지 간다고는 볼 수 없어.

동거나 불륜인 경우도 있어.
으-음.

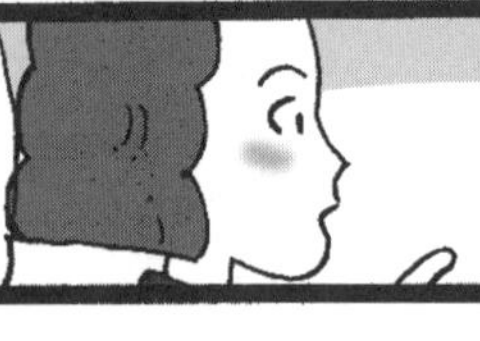
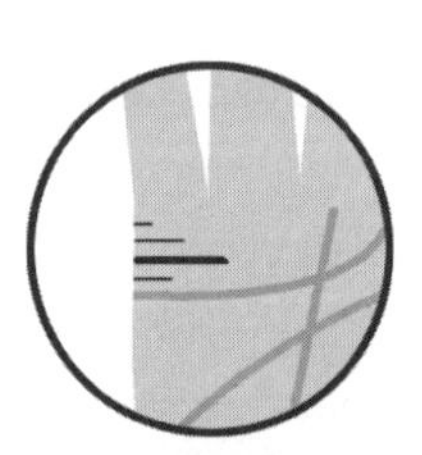

흐리고 짧은 선이 여러 개 있더라도 1개의 좋은 선이 있으면 좋은 결혼운이 있다.

그러니까 결혼까지 생각할 정도의 연애를 한다는 거야.
음, 그렇구나!

흐리고 짧은 선만 있는 사람은 대부분 바람둥이야.
없으면?

그럼, 결혼선이 하나도 없으면 연애결혼은 할 수 없다는 말이야?
꼭 그렇다는 건 아냐.

✳ T선생의 사례

내가 만화가의 길을 걷게 된 것은 존경하는 T선생님 때문이다. T선생님은 당시 결혼적령기인데도 불구하고 결혼선이 하나도 없었다. 항상 원고 마감에 쫓기던 T선생님은 연애할 시간도 없었고, 선생님 스스로도 일에 대한 정열이 결혼보다 강했다고 생각한다. 그 후 20년이나 지났지만 만화가로 왕성하게 활동하는 미혼인 T선생님은 아마 아직도 결혼선이 하나도 없을 거라고 생각한다.

✍ 결혼선은 선의 끝부분을 체크

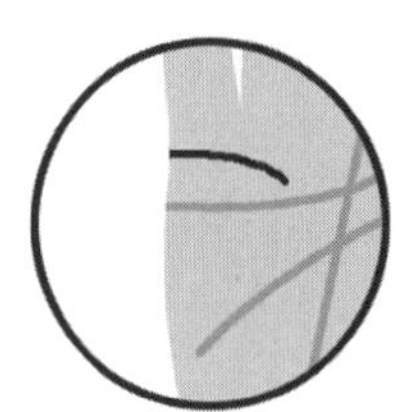

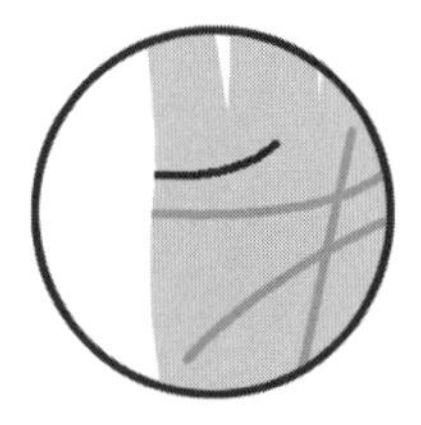

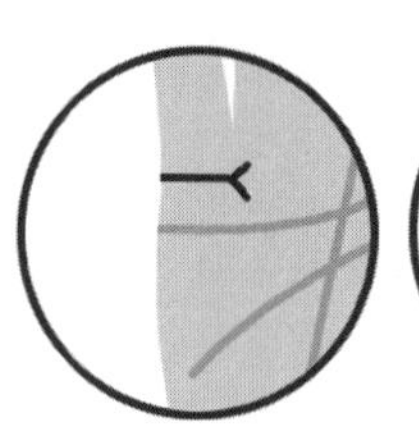

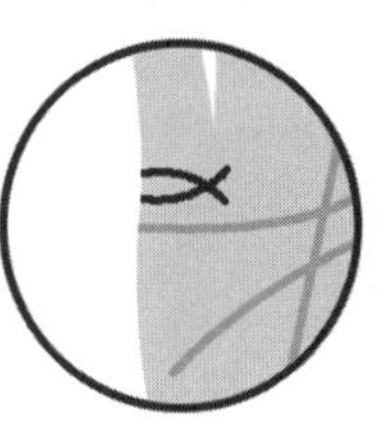

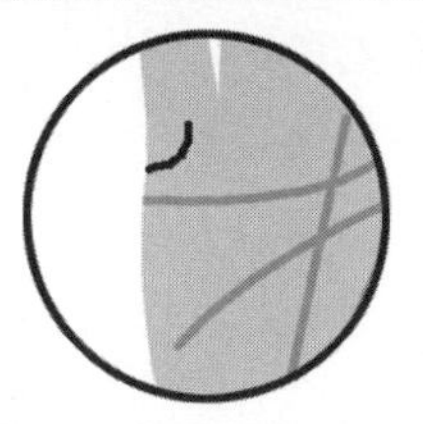

그런데 올라간 선이라도 새끼손가락 밑부분에서 갑자기 올라간 것은 좀 달라.

사랑보다 일을 선택하는 타입으로 평생 독신인 사람이 많아.
이성에는 관심 없다는 거지?

☝ 남편의 바람기 체크

끄응
왜 그래? 험한 얼굴로……
저기 있잖아, 남편의 바람기를 손금으로 확인할 수 없을까?
할 수 있는데 왜?

어디야!?
어딜 보면 되지?

우, 우와……
무서워……

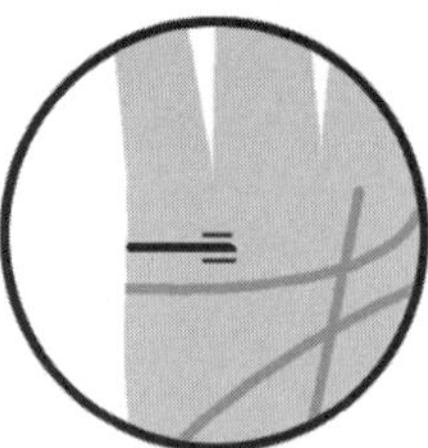

결혼선과 평행한 짧은 선이 있으면 바람을 피우고 있는 것이다.
결혼선 위에 있으면 결혼 후에 생긴 애인이다.
결혼선 밑에 있으면 결혼 전에 사귀던 연인이 그 상대다.

진지
빨리 가서 남편의 손금을
확인해 봐야지!

아앗, 하지만 책임은……
쌩~

아이고!
큰일이다!

아, 어떻든
미리 짐작하면 안 되는데.

손금은 항상 여러 종류의 선을 함께 보고
종합적으로 판단해야 해.

……라고 그녀에게 말하고 싶었는데.
응……

 # 여러 형태의 결혼선

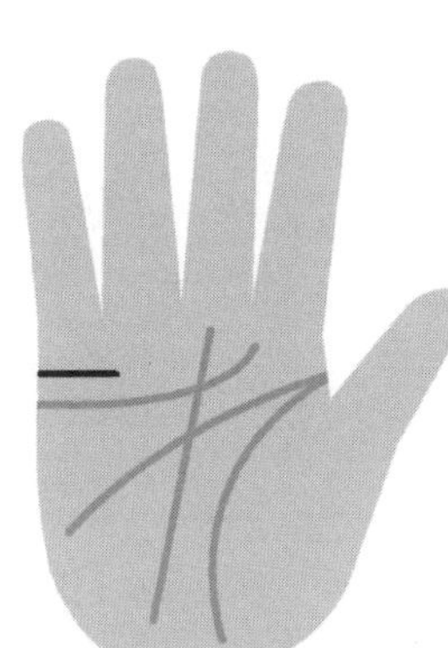

길고 진한 수평의 결혼선이 1개 있다

운명적인 사람과 만나 열렬한 연애 끝에 결혼한다.
결혼선이 반드시 법적인 결혼을 나타내지는 않는다. 양손 모두 이런 손금이라면 행복한 결혼생활이 틀림없다.

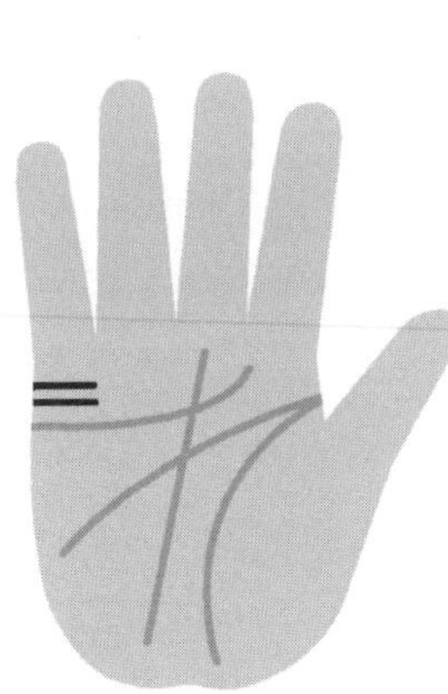

비슷한 결혼선이 2개 있다

한마디로 말하면 재혼하는 손금이다. 그러나 반드시 결혼을 의미하는 것이 아니라 첫 번째는 동거, 두 번째는 불륜일지도 모른다.
아무튼 양쪽 다 신중하게 결혼을 생각할 정도의 상대다.
또한 상대가 같은 사람이라도 한 번 헤어졌다가 두 번째에 재결합하여 신혼기분을 맛보는 경우도 있다.

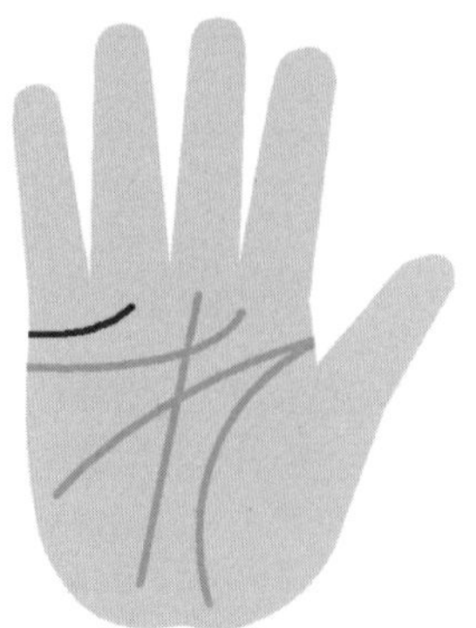

결혼선의 끝이 완만하게 위를 향해 구부러진다

자신의 이상형보다 훨씬 나은 상대와 행복한 결혼을 할 수 있다. 결혼으로 자신의 재능을 발휘하게 되고 운수가 트인다.

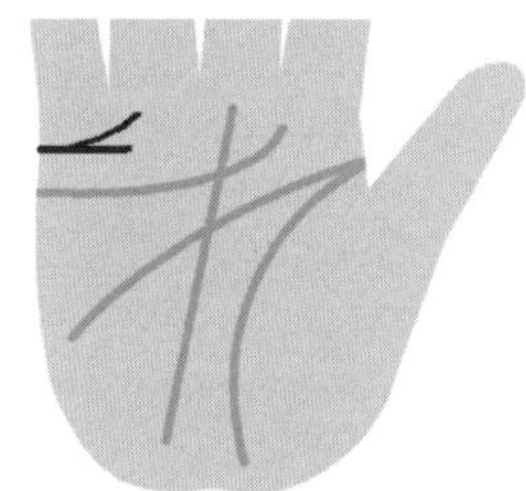

결혼선에 위를 향한 가지선이 뻗어 있다

결혼으로 풍족한 삶을 누린다. 사람들이 부러워하는 생활을 한다. 한마디로 돈에 구애받지 않는다.

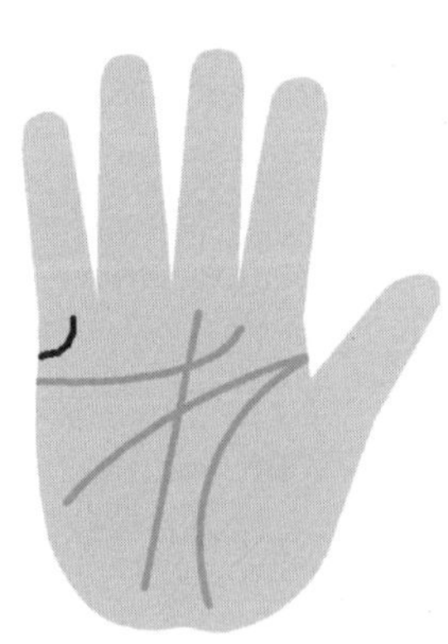

결혼선의 끝이 새끼손가락 밑에서 갑자기 위로 향한다

중성적인 성격으로 결혼에 관심이 별로 없고, 평생 독신으로 살아가는 사람이 많다. 사랑보다 일을 선택하는 사람이다.
여성은 가정운도 그다지 좋지 않다.

결혼선이 단 1개도 없다

결혼에 전혀 관심이 없는 사람이다.
또는 일에 정열을 쏟고 있어 지금은 아직 결혼시기가 아니다.

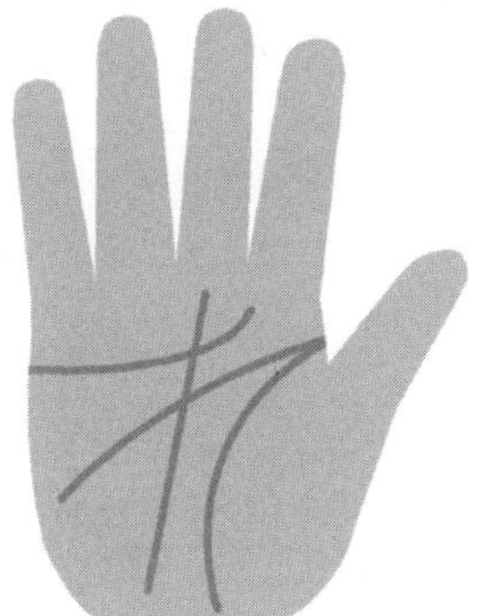

결혼선의 끝이 아래로 처진다

기혼자의 경우 이런 손금은 부부인연이 약해서 이별하기 쉽다. 애정이 식어버린 상태다. 미혼자가 이런 손금이라면 결혼에 대해 너무 신중하다고 본다.

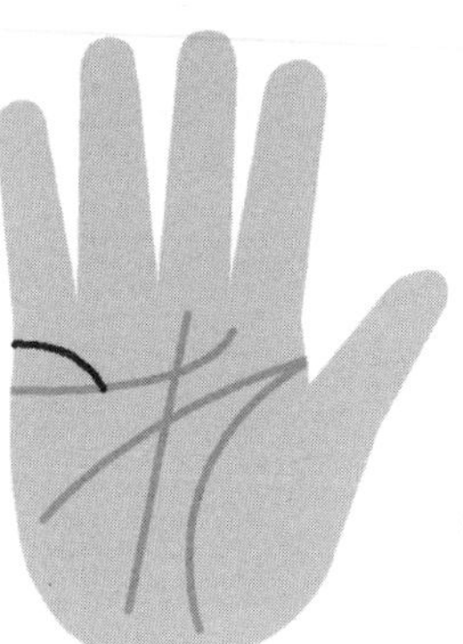

결혼선의 끝이 처져서 감정선에 붙는다

기혼자라면 부부의 애정이 식어 별거 또는 이혼한다. 미혼자라면 좀처럼 결혼하기 힘든 손금이다.

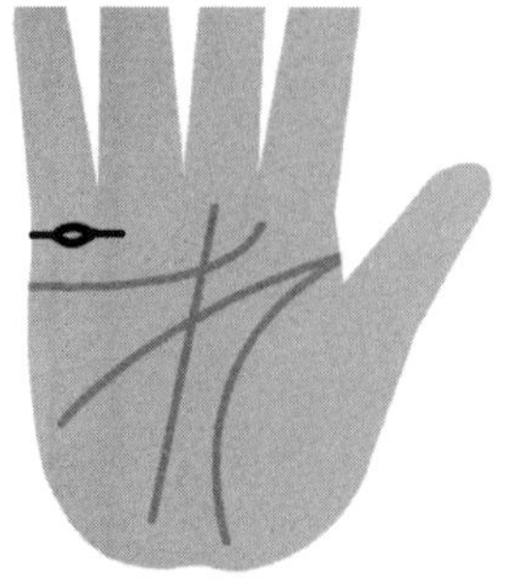

결혼선에 섬이 있다

부부나 연인끼리 성격이 맞지 않아 불만이 쌓인 상태다.
기혼자라면 결혼한 것을 후회하고 헤어지는 것도 생각한다.

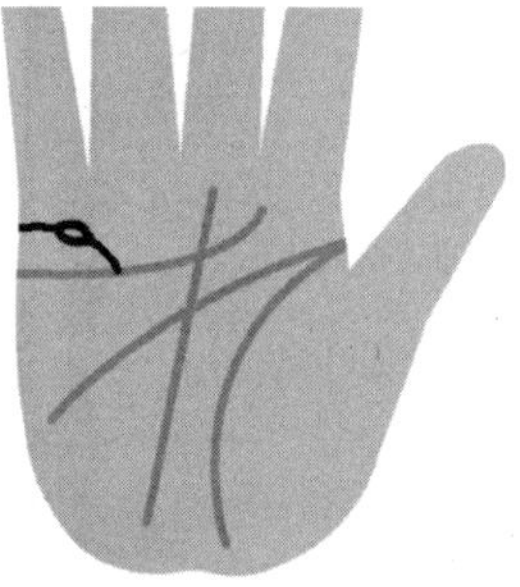

섬이 있는 결혼선이 아래로 구부러져 감정선에 붙는다

쌓이고 쌓인 불만이 폭발하여 헤어지는 손금이다.

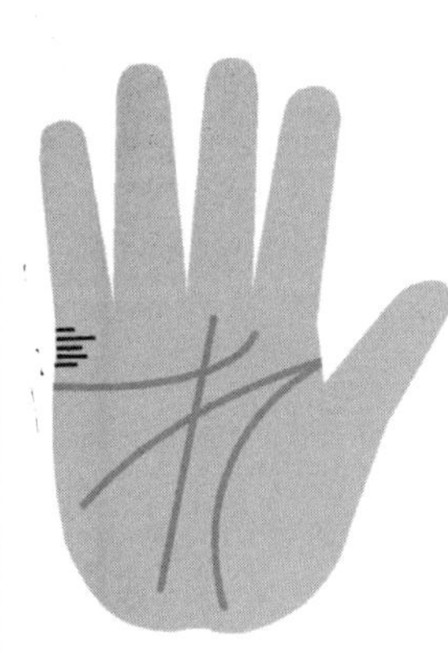

짧은 선이 여러 개 있다

이성친구가 많고 바람둥이 기질이 있다.
남성은 친절하고 상냥하며, 여성은 애교가 많아서 이성에게 인기가 많다.
항상 자극적인 것을 좋아하여 쉽게 뜨거워지고 쉽게 식는 타입이다.

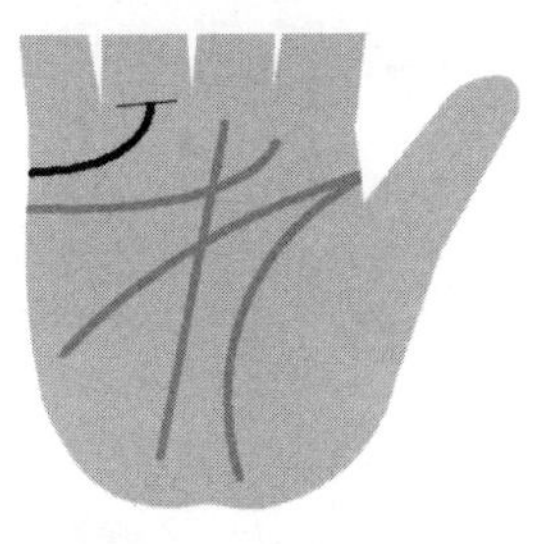

결혼선의 끝이 넷째손가락 아래까지 올라온다

유명인이나 재산가와 결혼하는 행운의 손금이다.

결혼선의 끝이 태양선과 합쳐진다

유명인이나 재산가와 사회적으로 주목받는 결혼을 한다.

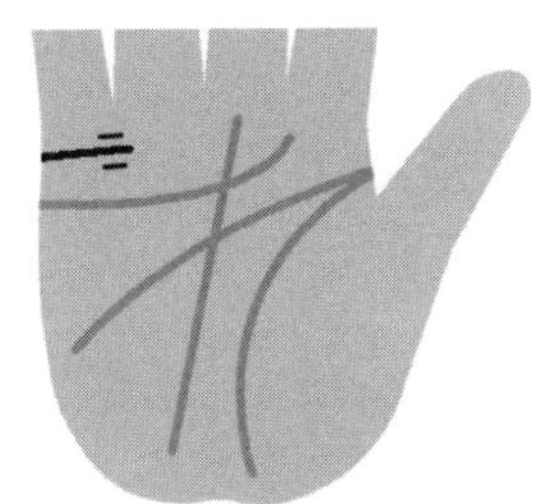

결혼선과 평행한 짧은 선이 있다

불륜에 빠져 있는 손금이다.
짧은 선이 결혼선 위쪽에 있으면 결혼 후에 생긴 애인과, 아래쪽에 있으면 결혼 전부터 사귀어온 상대와 만난다.

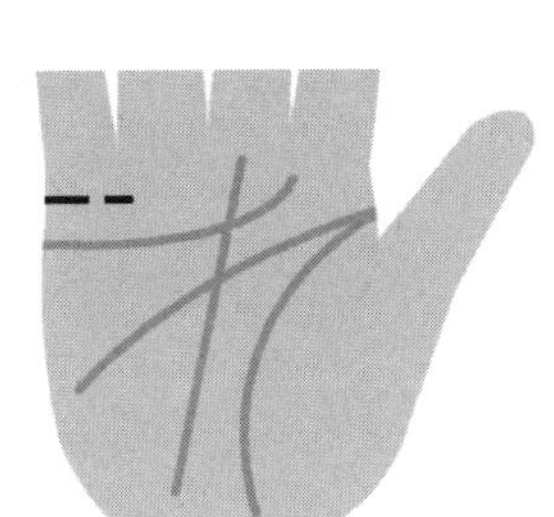

결혼선이 중간에 끊어져 있다

부부사이에 문제가 생긴다.
끊어진 공간이 크면 지금까지 순조로웠던 부부생활이 갑자기 끝을 맺는 심각한 문제가 발생한다.

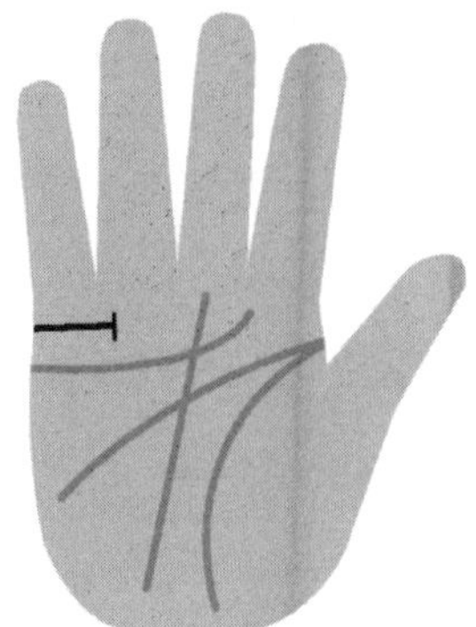

결혼선이 짧은 세로선에 막혀 끝난다

어떤 장애로 결혼을 못하고 있는 손금이다. 세로선이 약하거나 없어지면 결혼할 수 있다.

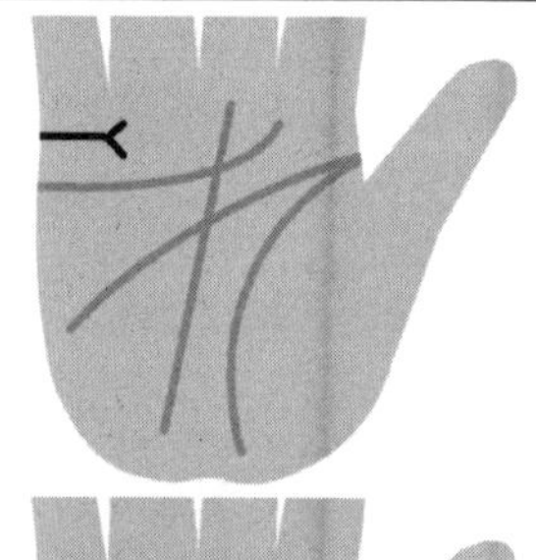

결혼선의 끝이 2갈래로 갈라진다

함께 살고 있어도 이미 마음이 떠나버린 손금이다.
크게 2갈래로 갈라져 있으면 별거 또는 이혼하게 된다.

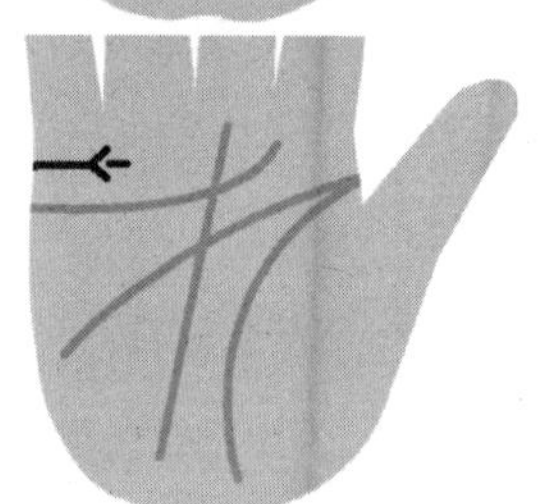

둘로 갈라진 선 사이에 1개의 선이 나와 있다

입원이나 지방근무 등의 일시적인 별거를 한다.

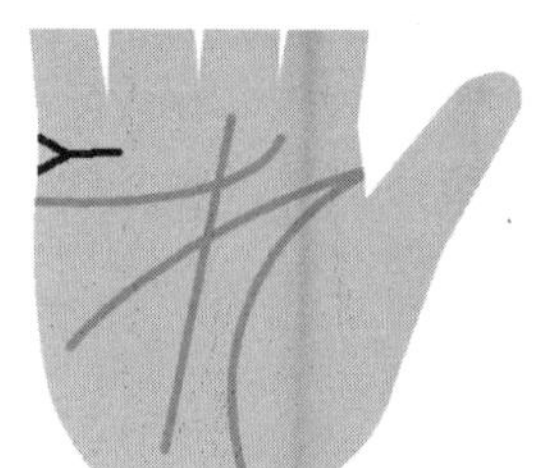

결혼선의 시작점이 2갈래로 갈라진다

부모의 반대 또는 어떤 심각한 사정으로 오랫동안 이루어지지 못하다가 마침내 결혼하는 극적인 연애를 하는 손금이다.

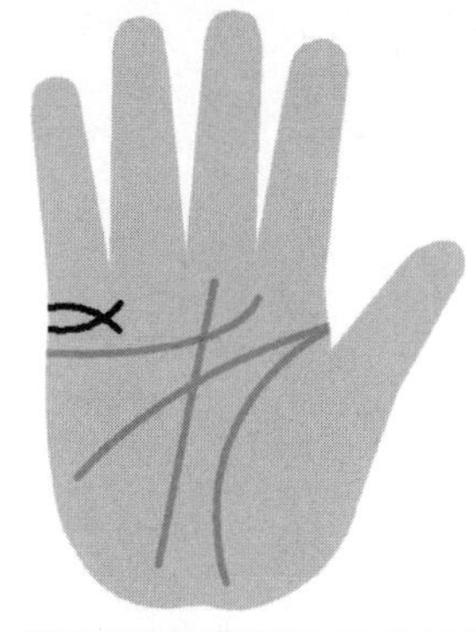

2개의 결혼선이 새부리처럼 교차한다

기혼자라면 부부사이가 나빠 싸움이 잦고 불행한 결혼생활을 하는 손금이다.
미혼자라면 좀처럼 결혼할 기회가 생기지 않는다.

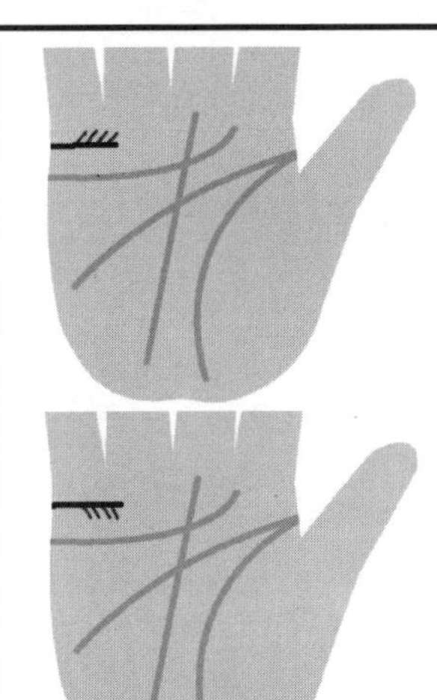

결혼선에 위를 향한 가는 선이 여러 개 나와 있다

결혼상대의 운을 나쁘게 만드는 손금이다.
결혼은 이 선이 없어질 때까지 기다리는 것이 좋다.

결혼선에 아래를 향한 가는 선이 여러 개 나와 있다

결혼상대가 병약해서 고생하는 손금이다. 결혼 후에 건강을 잃는 경우도 있다.

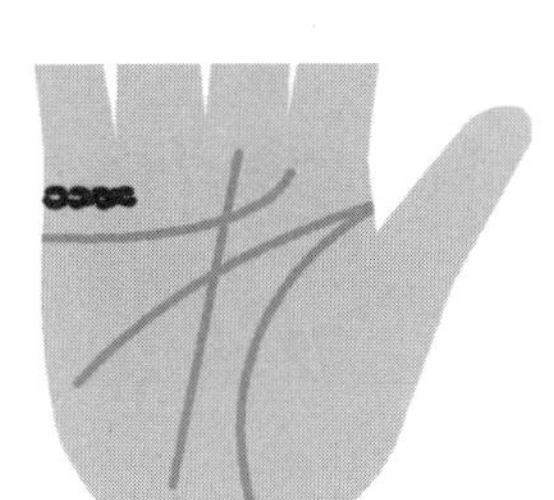

결혼선이 사슬모양이다

결혼해도 행복을 기대하기 어렵다. 문제가 자기자신에게 있는 손금이다.

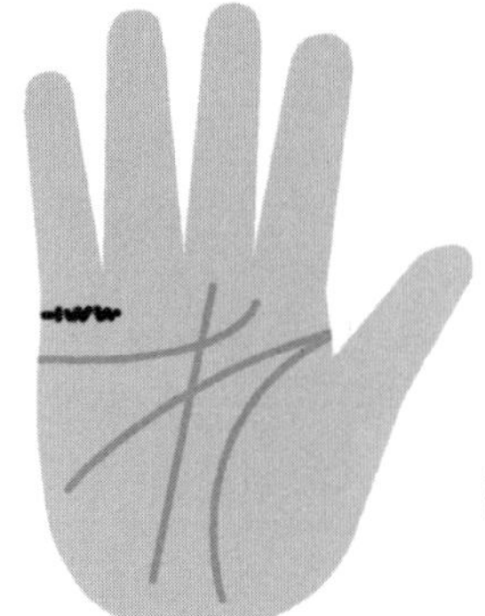

결혼선이 톱니모양이다

서로에게 불만이 쌓여 있어 부부사이가 나쁜 손금이다.

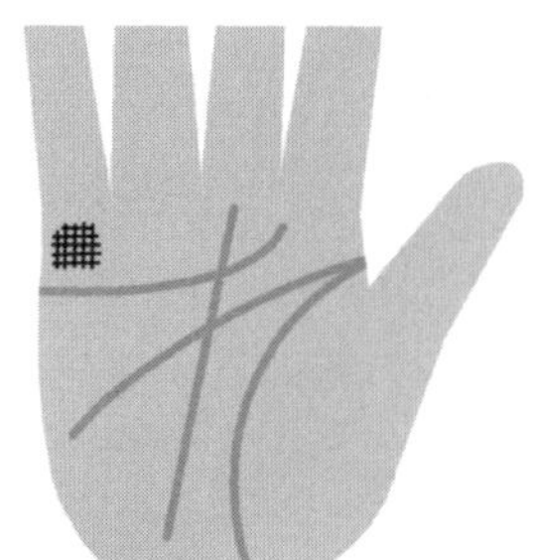

격자모양의 가는 선이 있다

정말로 사랑하는 사람을 아직 만나지 못한 손금이다.

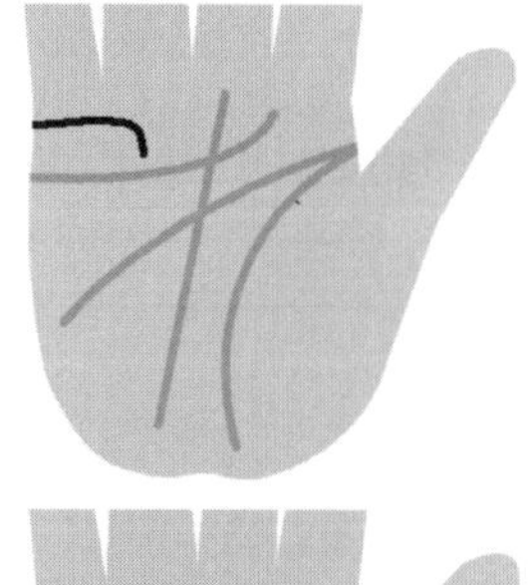

결혼선이 넷째손가락 밑에서 아래로 향한다

결혼상대 때문에 운이 나빠지는 손금이다. 항상 상대에게 불만을 갖고 불행한 결혼생활을 하게 된다.

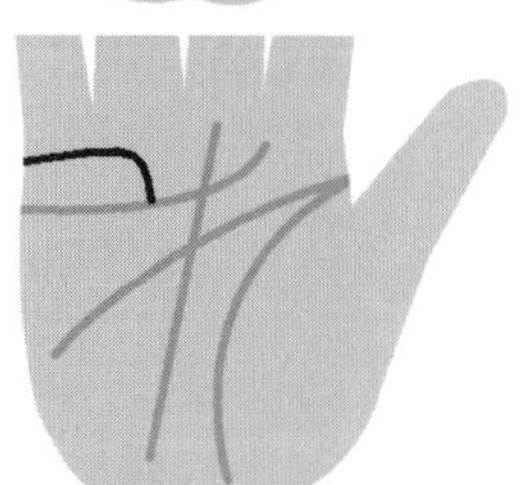

넷째손가락 밑에서 아래로 내려가 감정선에 연결된다

위와 같은 경우의 손금이다.

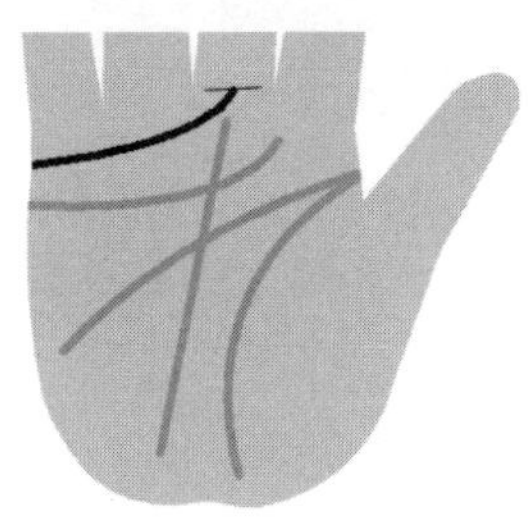

결혼선이 가운뎃손가락 아래까지 올라가 붙는다

이런 손금을 가진 사람은 독점욕이 강하고, 상대를 속박하려고 한다. 질투가 심하고 항상 상대를 의심하기 때문에 싸움이 잦다.

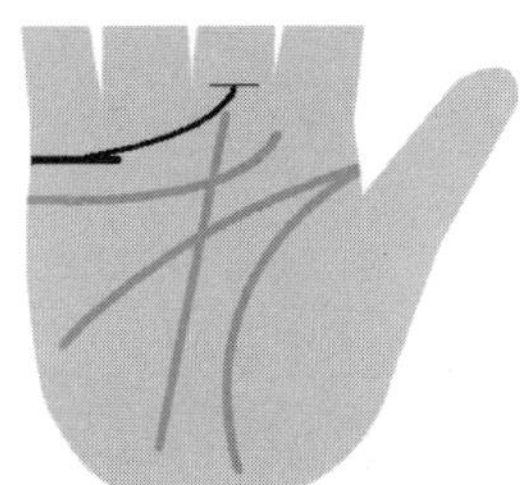

결혼선에서 갈라져 나온 선이 가운뎃손가락 아래까지 올라가 붙는다

위와 같은 경우의 손금이다.

결혼선에서 갈라져 나온 선이 토성의 언덕에 있는 + 무늬에 붙는다

이런 손금을 가진 사람은 자기중심적으로 연애한다. 병적일 만큼 독점욕과 질투심이 강하고 상대에게 집착한다. 지나치면 스토커가 될 수도 있다.

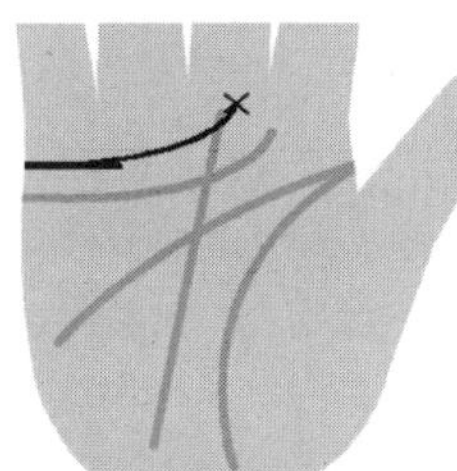

결혼선의 끝이 나뭇가지모양으로 갈라져 있다

부부나 연인 사이가 권태기에 빠진 손금이다.

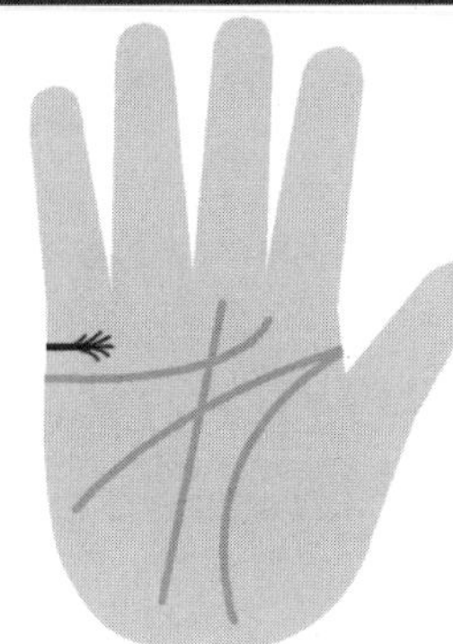

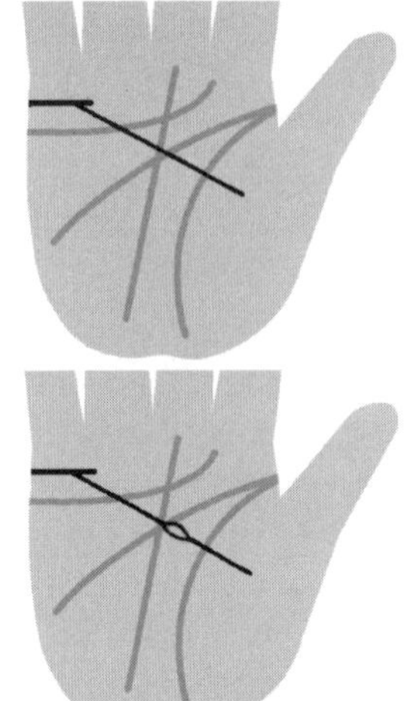

결혼선에서 아래로 갈라져 나온 긴 선이 생명선을 가로지른다

중대한 문제가 생겨 이혼위기가 닥친다.
불륜이 원인인 경우가 많다.

그 선에 섬이 있다

불륜 때문에 이혼하게 된다.

 # 결혼선에 나타나는 신호

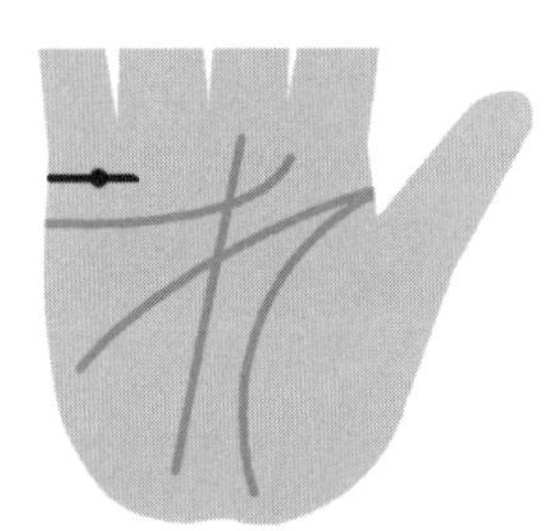

결혼선 위에 반점이 있다

부부사이의 갈등을 나타낸다.

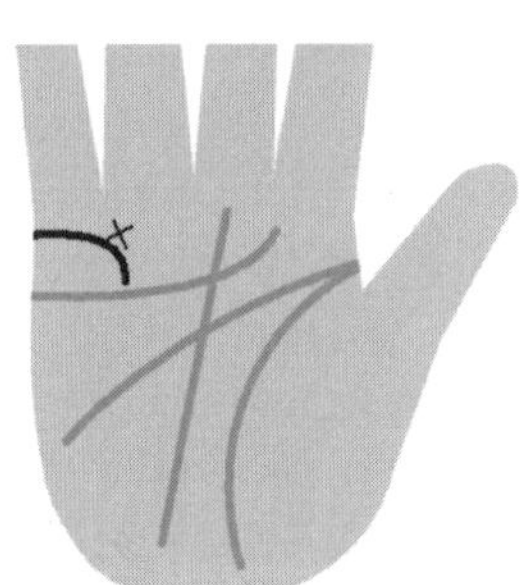

갑자기 아래로 구부러지는 결혼선에
+ 무늬가 붙어 있다

결혼상대가 중병에 걸리거나 큰 부상을 당하는 손금이다.

결혼선 아닌 다른 선으로 결혼 점치기

 생명선에 결혼의 신호가

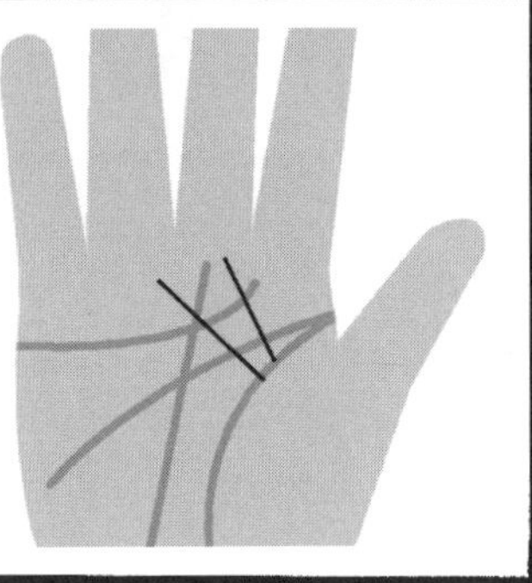

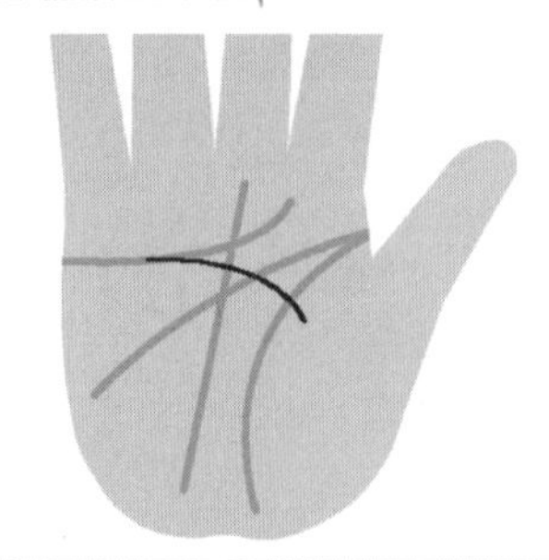

☝ 정말 부러운 더블 프러포즈 손금

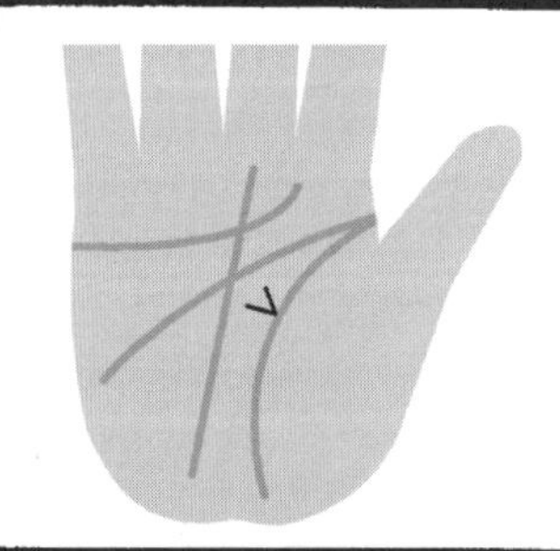

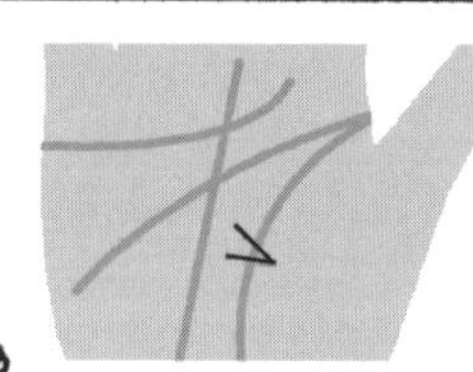

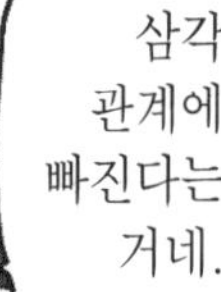

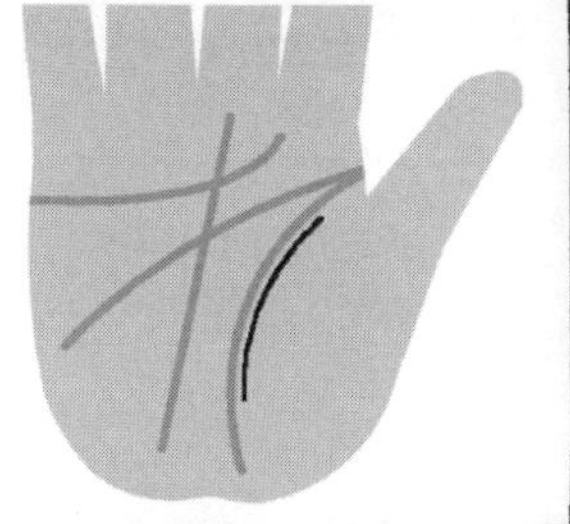

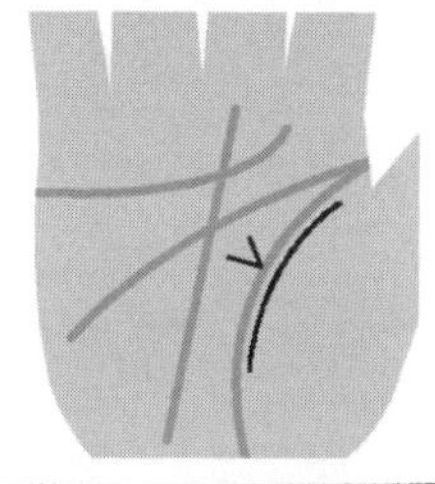

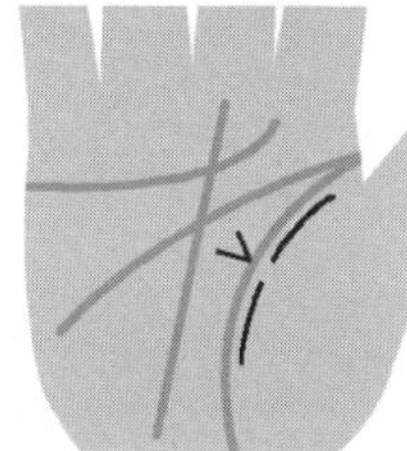

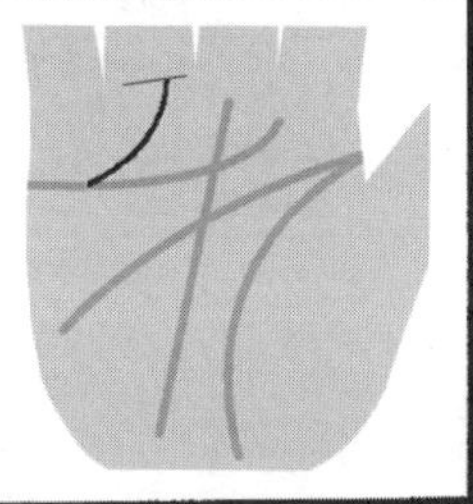

 운명선에 결혼의 신호가

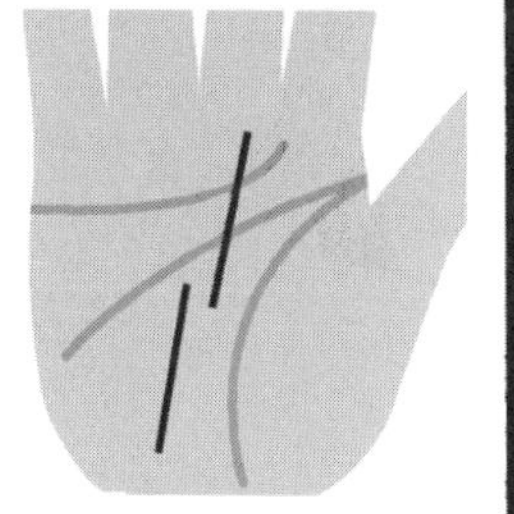

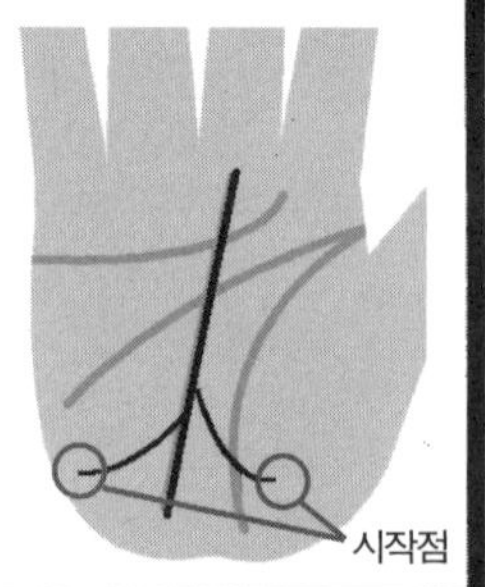
그게 아니라
결혼해도
생활에
큰 변화가
없다는 거야.
휴~
안심
이다!
선이 금성의 언덕에서 운명선으로 흘러들어가는 해에 중매결혼한다.
선이 달의 언덕에서 운명선으로 흘러들어가는 해에 결혼한다.
시작점

그곳에서부터 앞의
운명선이 진해지면
그 결혼은 대성공이야!
반대로 흐려지거나
선이 끝나면……
실패
하는
구나
!

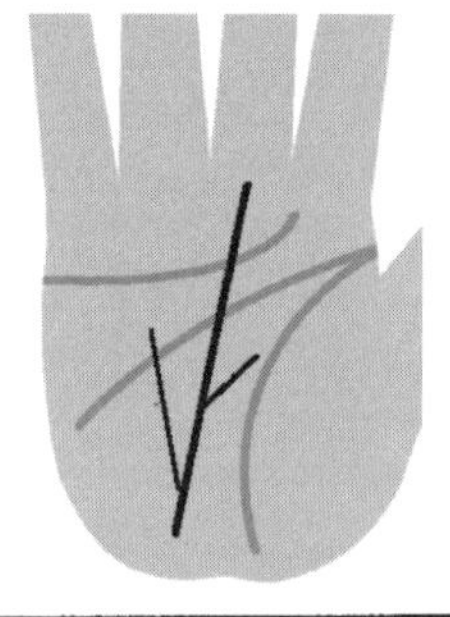
운명선에서
나온 위를
향한 선은
모두 행운
의 손금이
다. 결혼도
마 찬 가 지
다.

✍ 신데렐라 · 이혼 · 불륜 손금

결혼상대로는
역시 돈 많은
남자가 최고야.
그래
그래!
그것도
굉장한
부자.

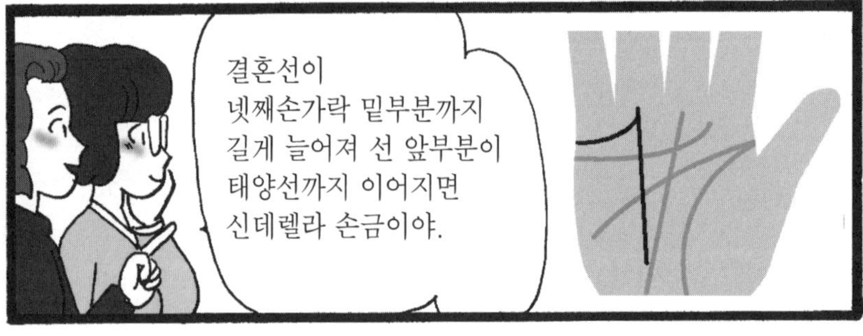
결혼선이
넷째손가락 밑부분까지
길게 늘어져 선 앞부분이
태양선까지 이어지면
신데렐라 손금이야.

움찔

있으면
곤란한 것이
바로
이혼 손금
아닐까?
어머!?
그런 것도
있어?

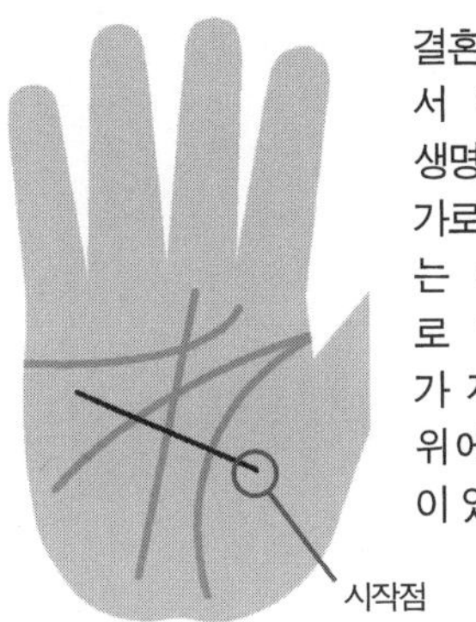
금성의 언덕에서 운명선, 지능선을 가로지르는 긴 선이 나와 있다.
결혼선에서 나와 생명선을 가로지르는 아래로 향한 가지 선 위에 섬이 있다.
시작점
어머나!
혹시
이게
……
이 부분은 비슷한 선이 많이 있으니까 침착하게 잘 살펴봐.

그리고
불륜 손금
이란 것도
있어.

정말!!

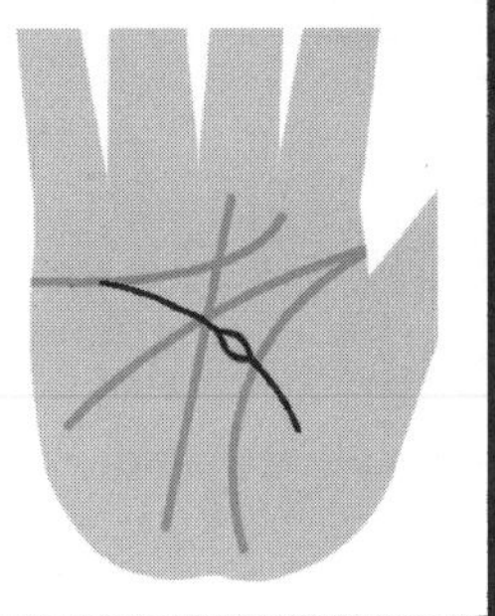
금성의 언덕에 흘러드는 연애선에 섬이 있다.

이런 모양이 있고
결혼선까지 나쁘면
반드시 고통스런
연애를 하게 돼.
빨리 헤어지고
다음 사랑을
찾을 준비를 하는
것이 좋아.

 # 행복한 결혼을 할 수 있는 손금

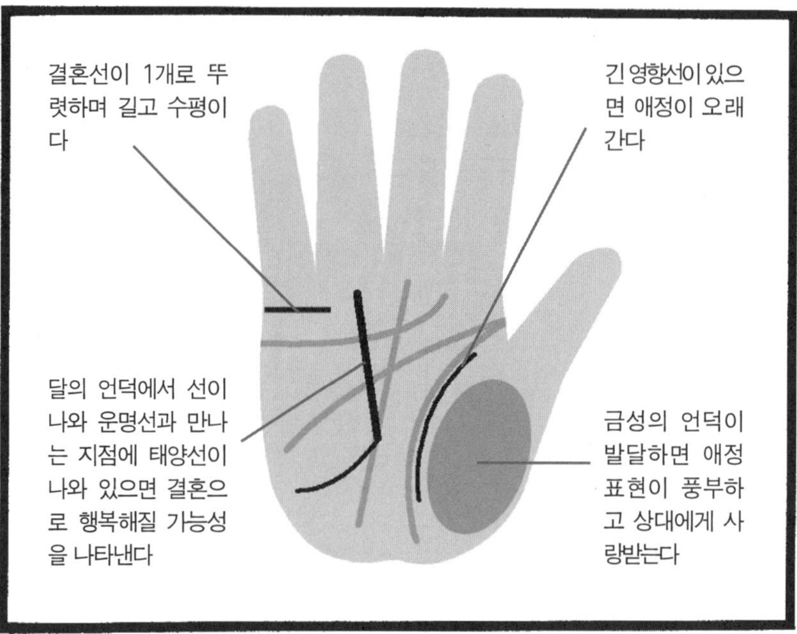

생명선으로 결혼 점치기

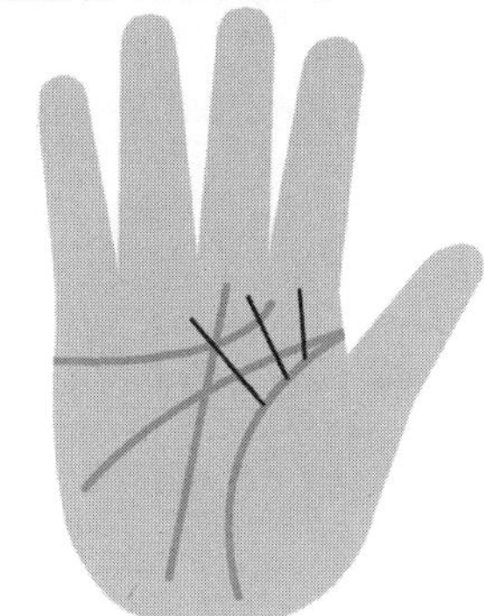

생명선 가운데 부근까지 둘째 · 가운데 · 넷째 손가락을 향한 선이 있다

모두 개운을 나타내므로 약혼이나 결혼 가능성이 있다.

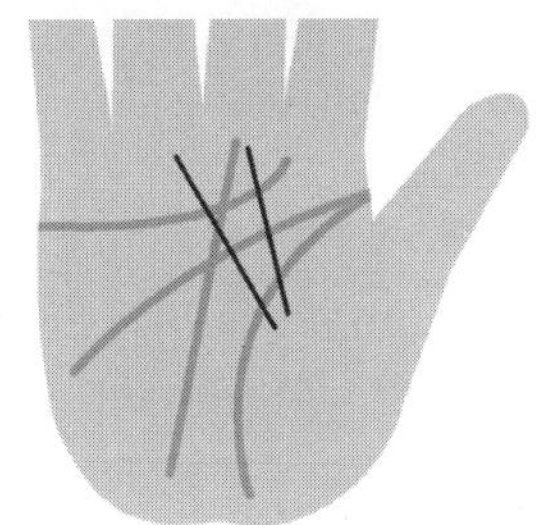

생명선 안쪽에서 가운뎃손가락이나 넷째손가락을 향하는 선이 있다

가족의 도움에 의한 개운을 나타내므로 결혼 상대 때문에 행복해질 가능성이 크다.

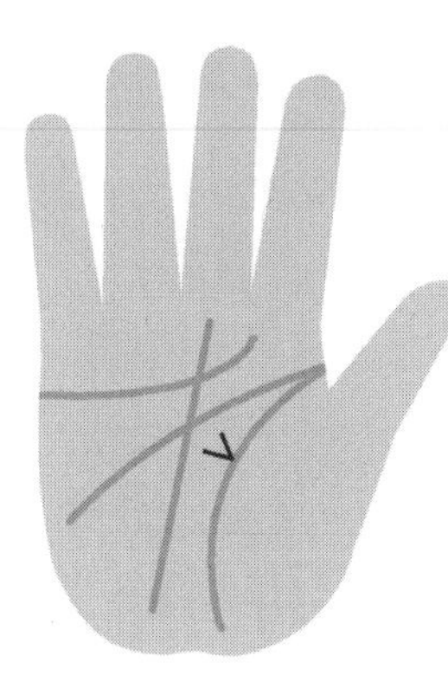

체크 무늬가 있다

무늬가 나타나는 나이가 되면 두 사람 이상에게 동시에 청혼을 받는다. 선택하지 않고 우유부단하게 행동하면 좋지 않은 결과가 된다.

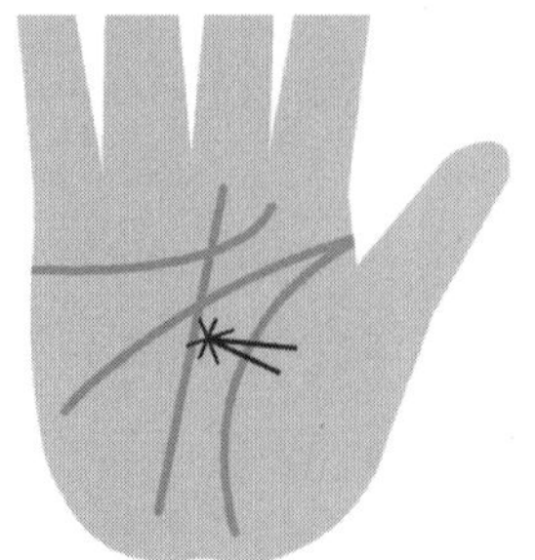

생명선을 가로지르는 2개의 선이 화성평원에 있는 별에서 합류한다

동시에 두 사람을 좋아하지만 어느 쪽과도 관계가 진전되지 않는다.

감정선으로 결혼 점치기

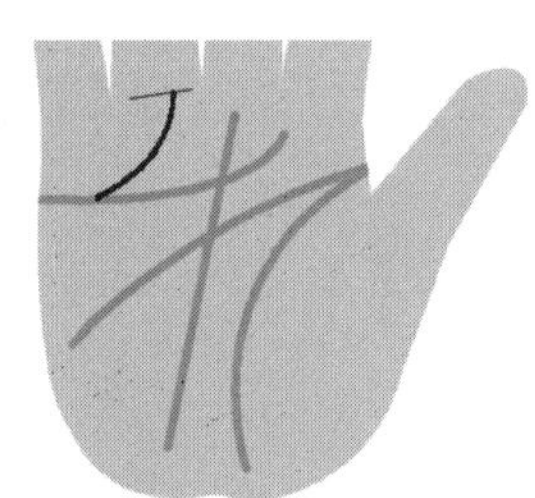

감정선에서 나온 위를 향한 가지선이 넷째손가락 밑부분에 붙어 있다

가까운 시일에 청혼을 받는다.

연애선으로 결혼 점치기

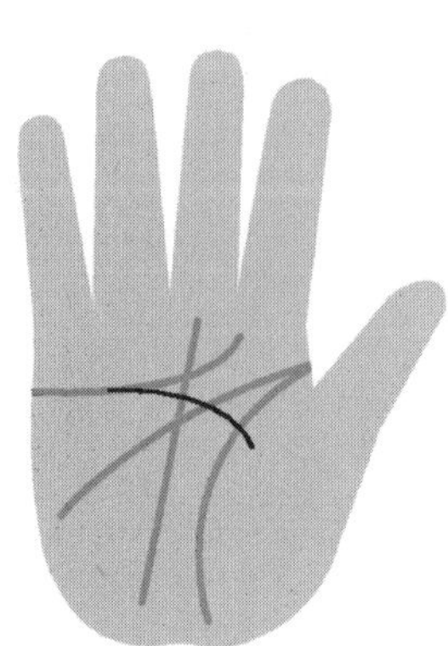

감정선에서 금성의 언덕으로 흘러 들어가는 연애선이 있다

연애선이 생명선을 자르는 나이에 엄청난 연애를 한다.
기혼자인 경우에는 아이를 가질 가능성이 있다.

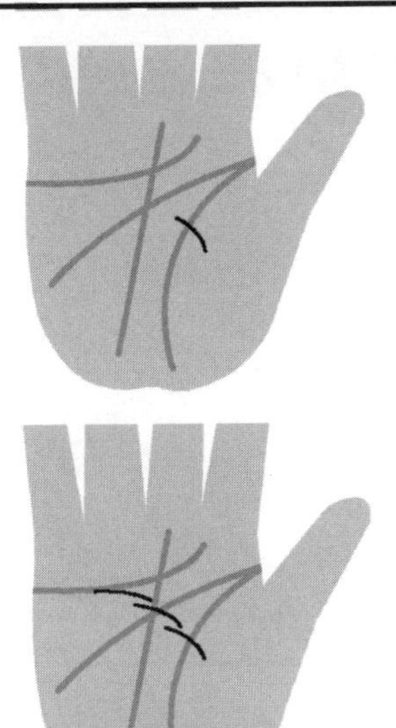

짧은 연애선이 있다

젊은 시절의 짝사랑을 나타낸다.

마디마디 끊어진 연애선이 있다

끊어져 있어도 엄청난 연애를 한다.

영향선으로 결혼 점치기

생명선에서 5㎜ 이내에 가늘고 희미한 영향선이 있다

영향선은 부모형제나 애인 등 가까운 사람이 자신에게 애정을 가지고 있는지를 나타낸다. 생명선을 따라 긴 영향선이 있으면 오래도록 사랑받는다는 의미다.

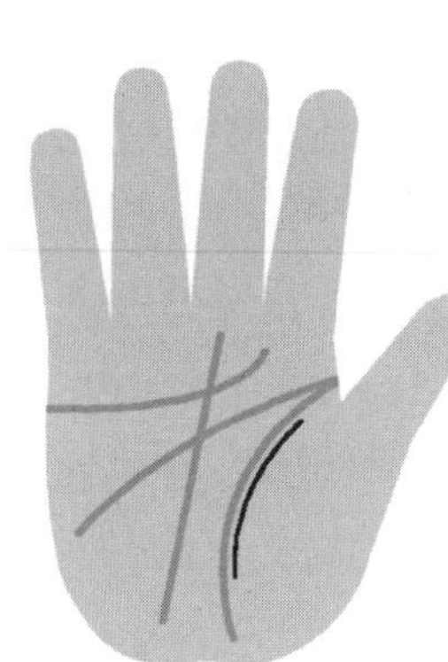

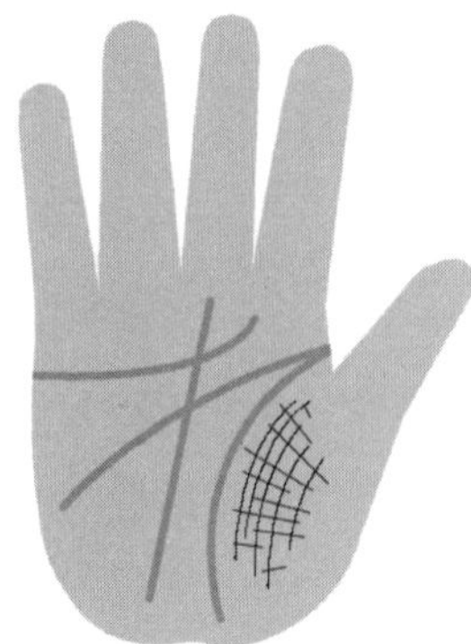

금성의 언덕 전체에 가는 선이 많다

이런 손금을 가진 사람은 사교적이고 연애감정이 풍부하다. 상대의 기분에 민감하므로 장사를 하면 성공한다.

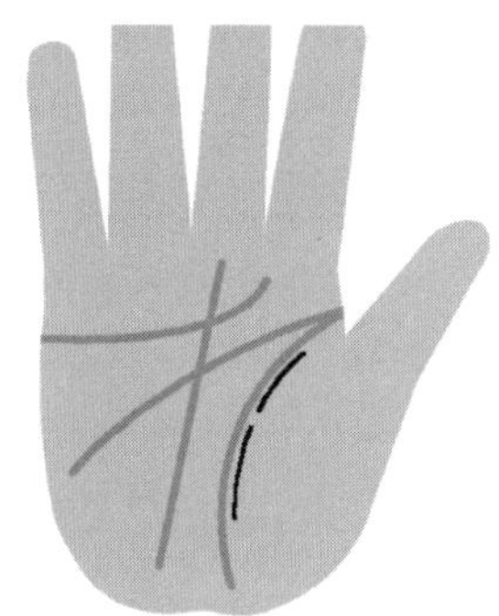

영향선이 한 번 끊어진 후 새로운 선이 다시 시작한다

영향선이 끊긴 것은 이별을 의미한다. 새로운 선이 다시 시작한다면 사랑하는 사람과 헤어져도 곧 새로운 애인이 생긴다는 의미다.

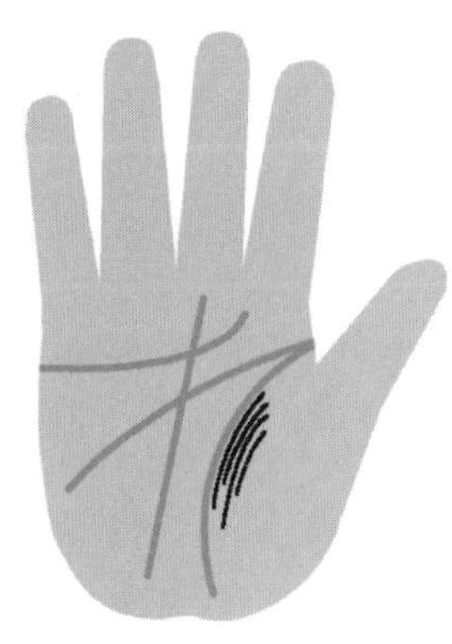

영향선이 여러 개 있다

이성에게 매우 인기가 많다. 이런 손금을 가진 사람은 매력적이어서 애인에게서뿐 아니라 폭넓게 대중적인 인기를 얻는다. 그러므로 연예계로 진출하면 성공한다.

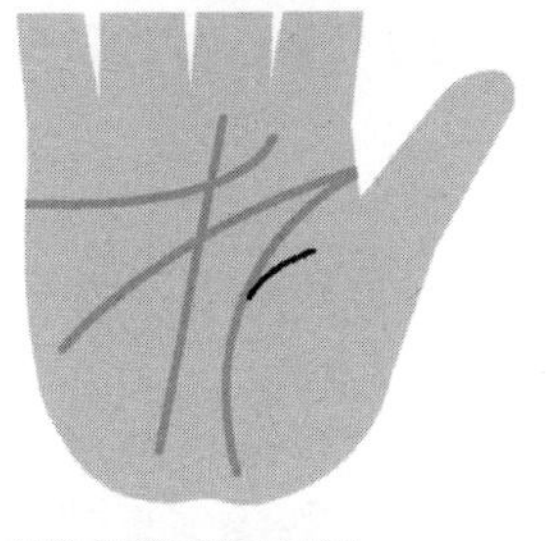

영향선이 생명선에 합류한다

합류한 나이에 사귀던 사람과 결혼함을 나타
낸다.
단, 영향선이 화성의 언덕에서 시작한 손금
은 제외한다. 이런 손금을 가진 사람은 마음
이 순수해서 타인을 잘 믿기 때문에, 여성의
경우 나쁜 남자에게 빠져 불행해진다.

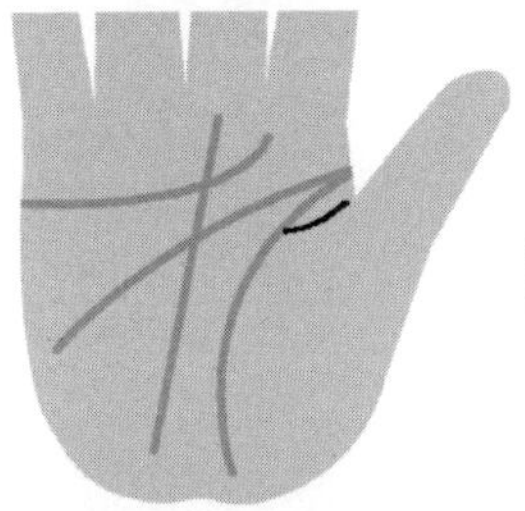

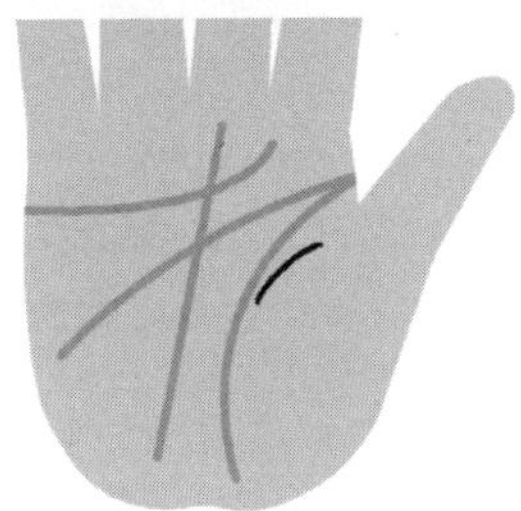

합류할 듯하며 합류하지 않는다

사귀는 상대와 결혼까지 생각하지만 좀처럼
쉽게 결혼하지 못하는 손금이다.

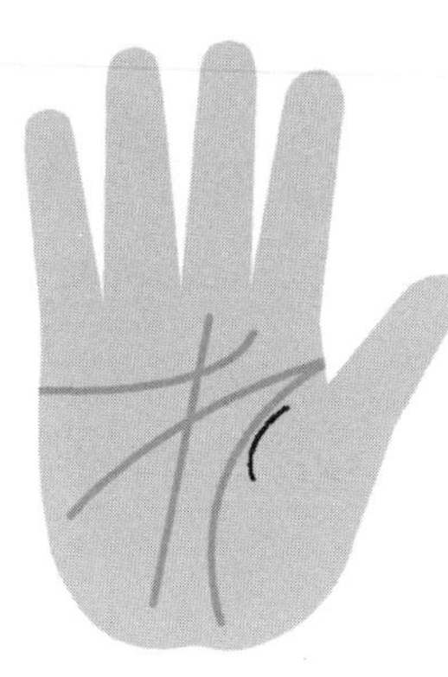

영향선이 생명선에서 멀어진다

서로가 좋아서 사귀기 시작했지만 점점 애정
이 식어가는 것을 나타낸다. 멀어져가는 선
이 짧으면 금방 헤어지지만, 길면 사랑보다는
타성으로 오래 만난다.

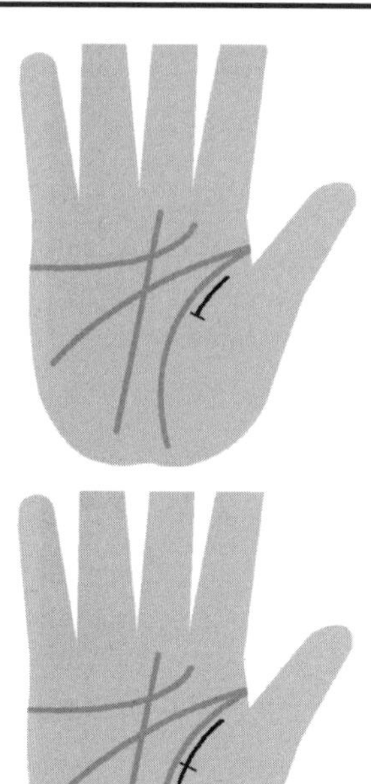

영향선이 짧은 가로선에서 끝난다

사귀던 사람과 갑자기 헤어지는 것을 나타낸다. 사랑이 식어서가 아니라 갑작스런 전근 등으로 인해 헤어진다.

가로선에서 끝나지 않고 이어진다

어떤 장애 때문에 일시적으로 헤어지지만 결국은 사랑이 계속된다.

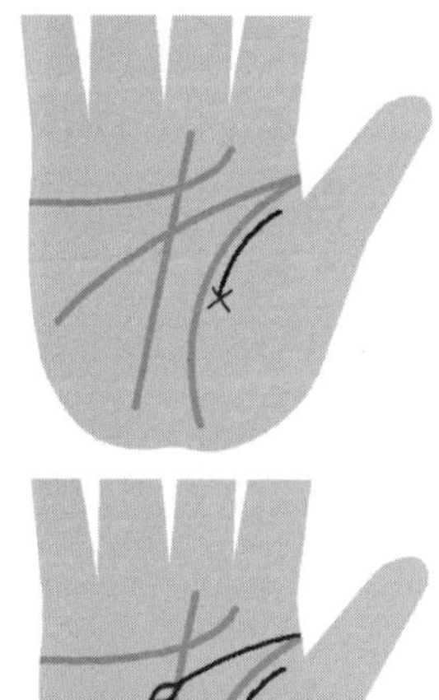

영향선이 + 무늬에서 끝난다

애인이나 결혼상대가 큰 부상이나 병이 생기는 손금이다.

+ 무늬에서 나온 선이 지능선의 섬이나 반점에 붙는다

위의 사항으로 큰 쇼크를 받는다.

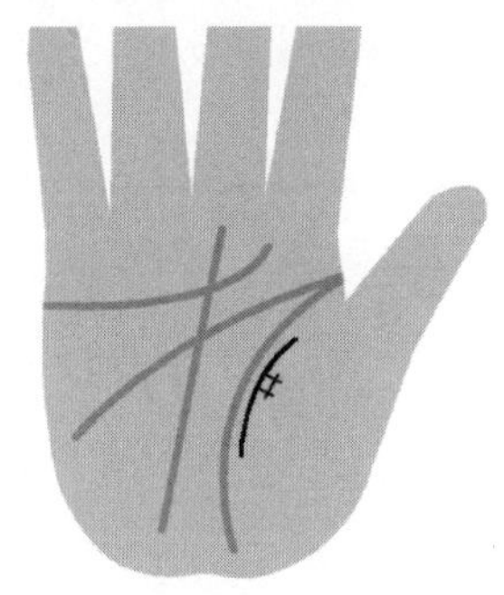

영향선에 사각형이 있다

애인이나 결혼상대가 자유를 속박당하게 됨을 나타낸다.
장기 입원, 장기 지방근무, 최악의 경우 형무소에 들어가는 일도 있다.

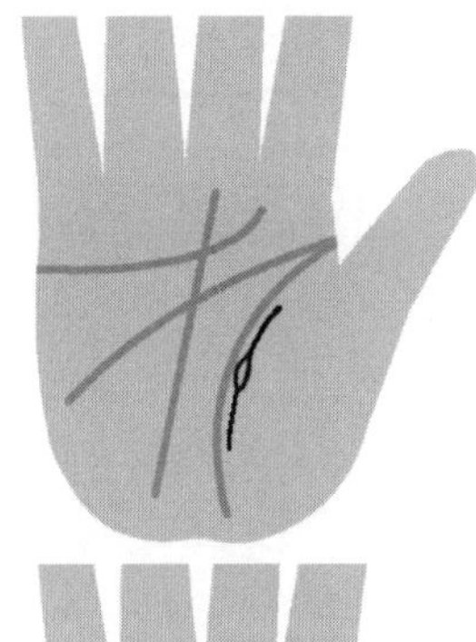

영향선에 섬이 있다

애인이나 결혼상대가 곤란한 처지에 놓이는 것을 나타낸다.
간병이나 사고, 싸움에 휩쓸리거나 빚에 시달리고 있는 경우다.
그것이 원인이 되어 헤어질지도 모른다.

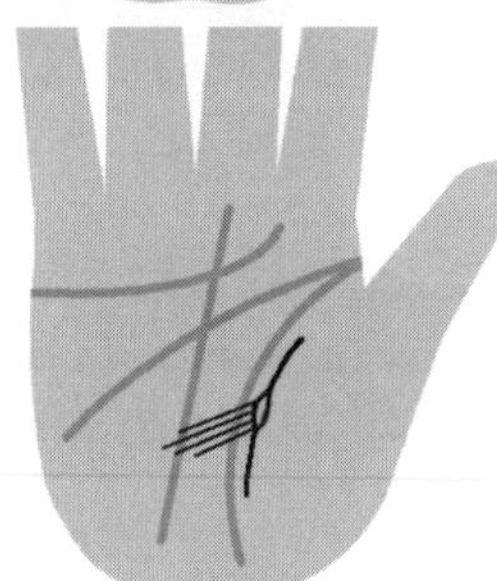

섬에서 여러 개의 선이 나와 생명선을 가로지른다

위와 같은 경우 때문에 자신의 건강이 나빠지는 것을 나타낸다.

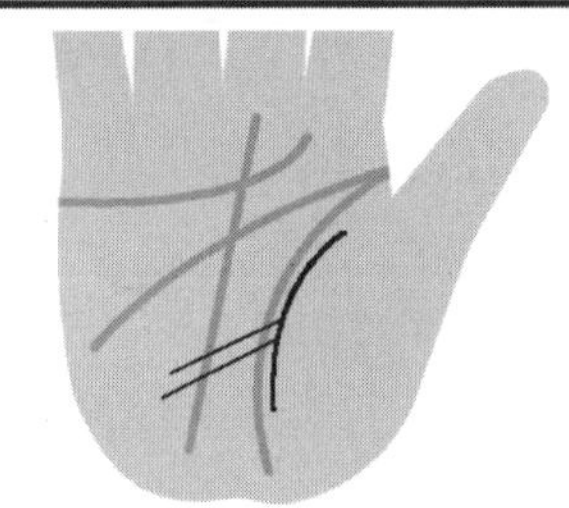

영향선에서 1개 또는 여러 개의 선이 나와 생명선을 가로지른다

여자 또는 남자 때문에 곤란한 문제가 생기는 손금이다.

 # 운명선으로 결혼 점치기

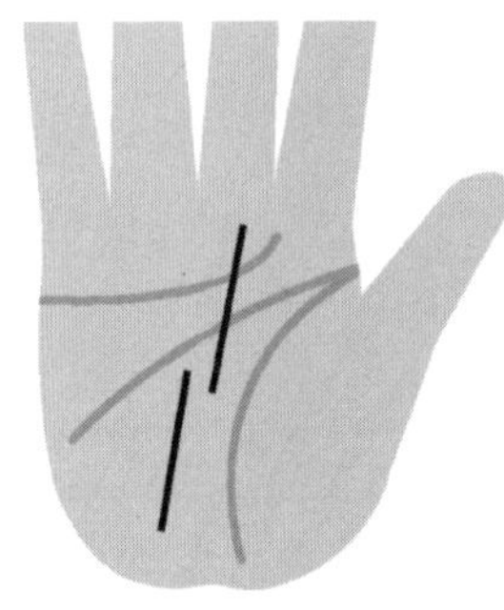

운명선이 크게 엇갈린다

생활의 큰 변화를 나타내기 때문에 결혼 가
능성이 있다.
엇갈린 폭이 좁거나 없어도 결혼한다. 그럴
경우에는 결혼해도 생활이 별로 바뀌지 않는
다.

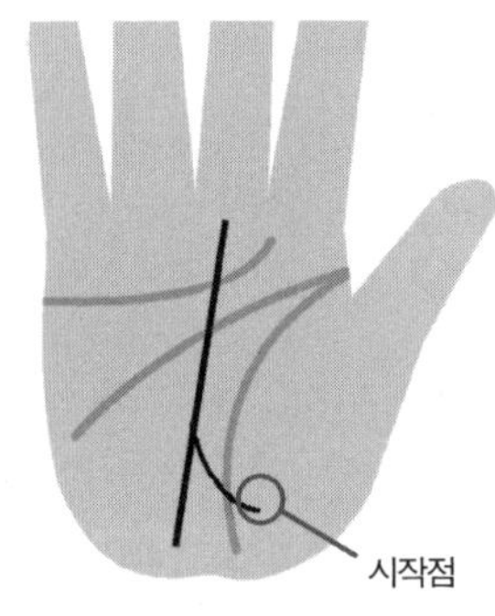

금성의 언덕에서 나온 선이 운명선으로 흘러들어간다

친지에게 큰 은혜를 입는 것을 나타내므로
이 선이 흘러든 해에 결혼할 가능성이 높다.
혹은 친지의 중매로 결혼할지도 모른다.

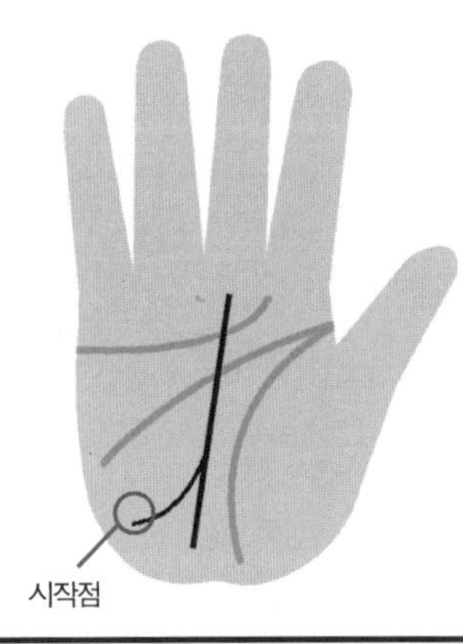

달의 언덕에서 나온 선이 운명선으로 흘러들어간다

유명인이나 재산가와 결혼하거나, 애인 또는
유력한 후원자와 만나 운이 열림을 나타낸다.

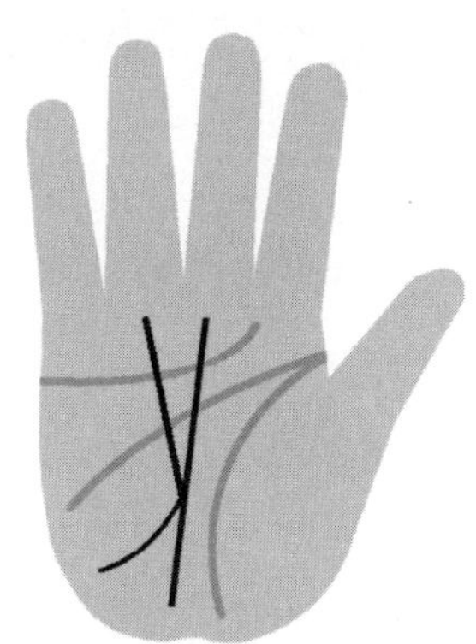

달의 언덕에서 나온 선이 운명선으로 흘러들어간 곳에서 태양선이 나온다

결혼상대나 유력한 후원자 덕분에 큰 행운이 생기는 손금이다.

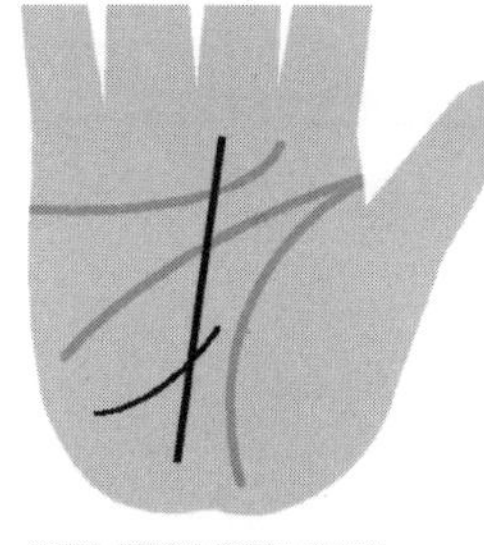

달의 언덕에서 나온 선이 운명선을 자른다

유명인이나 재산가를 만났는데 결국 사랑에 실패하는 것을 나타낸다.

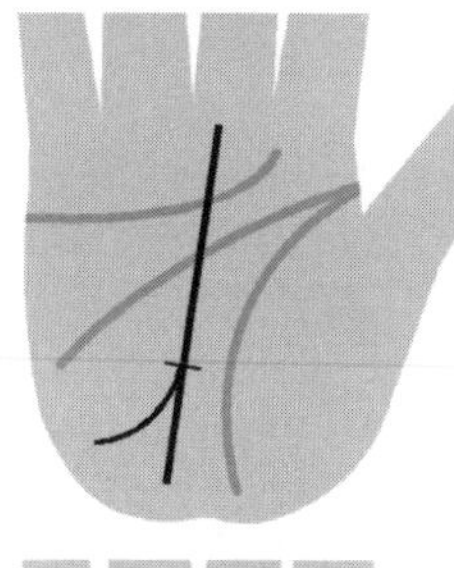

운명선으로 선이 흘러들어간 곳에 짧은 가로선이 있다

진행 중인 연애가 결혼까지 이르지 못한다. 만약 결혼한다 해도 문제가 많고 고단한 결혼생활을 한다.

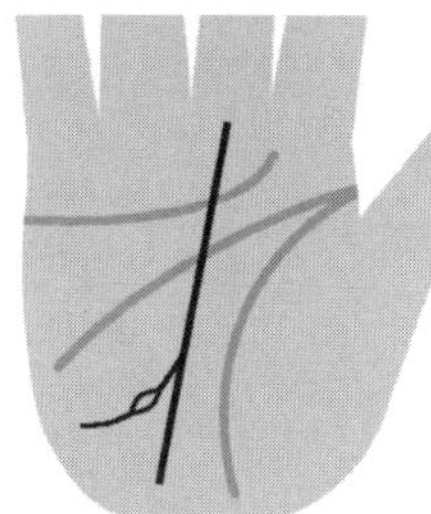

운명선으로 흘러들어가는 선에 섬이 있다

상대의 바람기 때문에 힘든 사랑을 하는 것을 나타낸다.
결혼해도 상대가 바람을 피워 고민한다.

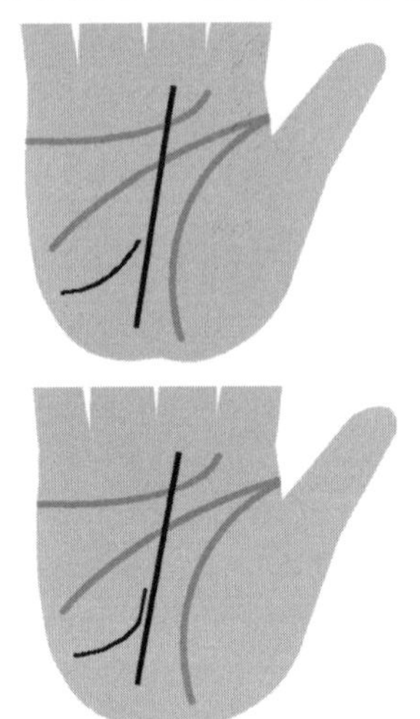

달의 언덕에서 나온 선이 운명선으로 흘러들어가기 직전에 멈춘다

결혼 직전에 상대에 대한 애정이 식어버리는 것을 나타낸다.

운명선으로 흘러들어가지 않고 평행으로 올라간다

결혼에는 이르지 못하고 두 사람의 관계가 친구로 바뀌어 계속 만나는 것을 나타낸다.

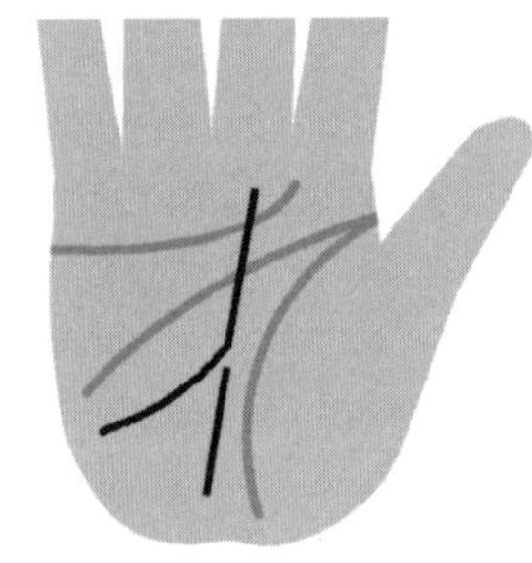

달의 언덕에서 나온 선이 그대로 운명선이 된다

운명선이 된 해에 유명인 또는 재산가와 결혼하거나 유력한 후원자를 만나 운이 활짝 열린다.

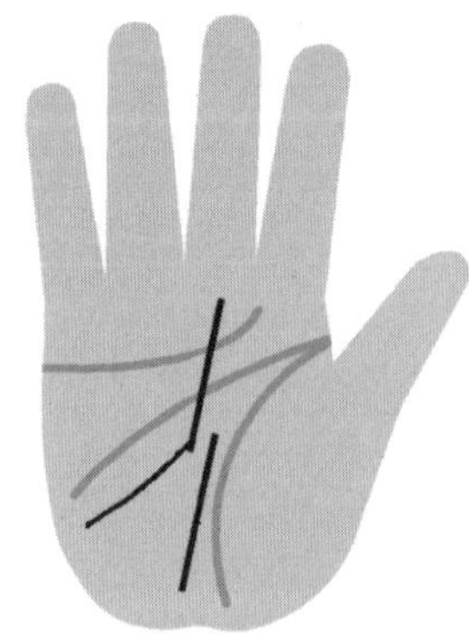

달의 언덕에서 나온 선이 운명선으로 흘러들어간 곳에 큰 엇갈림이 있다

유명인이나 재산가와 결혼하여 생활이 크게 변하는 것을 나타낸다. 행복한 손금이다.

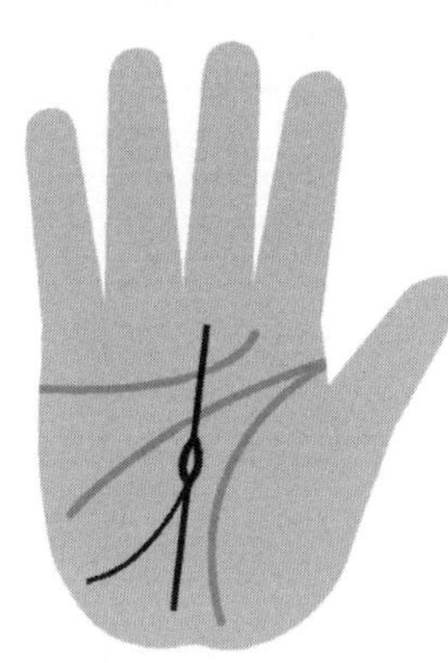

달의 언덕에서 나온 선이 운명선으로 흘러들어간 곳에 섬이 있다

결혼은 했지만 상대의 바람기 때문에 고생함을 나타낸다.
섬이 크거나 길수록 고생이 심하다. 섬이 끝난 해에 더 이상 바람을 피우지 않거나 이혼으로 고생이 끝난다.

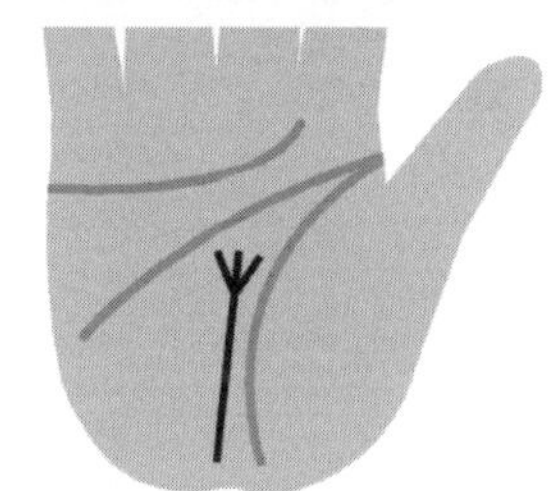

운명선의 끝이 3갈래로 갈라져 있다

그 해에 결혼할 가능성이 있다.

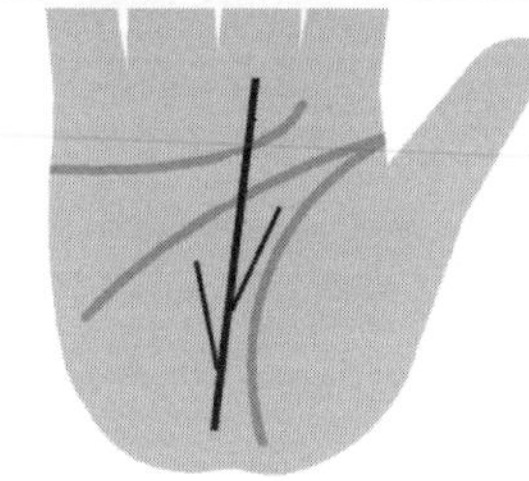

운명선에 위로 향한 가지선이 나와 있다

운명선에서 위를 향해 나온 가지선은 모두 행운의 손금이다. 결혼할 가능성도 있다.

# 신데렐라 · 이혼 · 불륜 손금

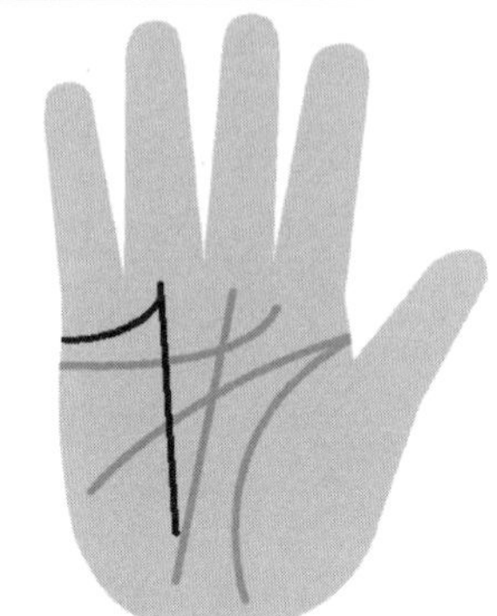

결혼선의 끝이 태양선과 합류한다

유명인이나 재산가와 세상이 떠들썩하게 결혼하는 손금이다.

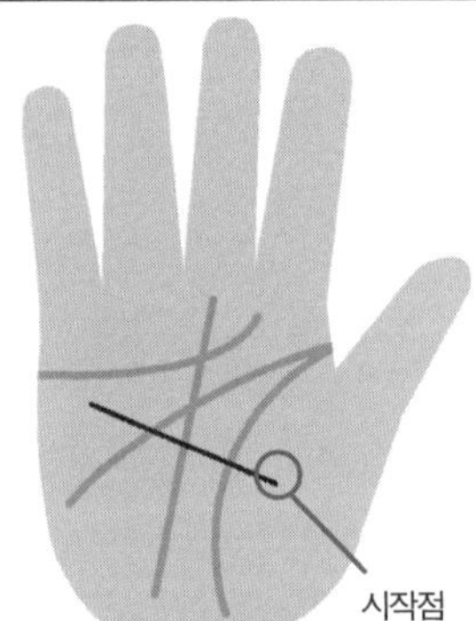

금성의 언덕에서 나온 긴 선이 생명선과 지능선을 가로지른다

결혼생활이 원만하지 못해 이혼하는 손금이다.

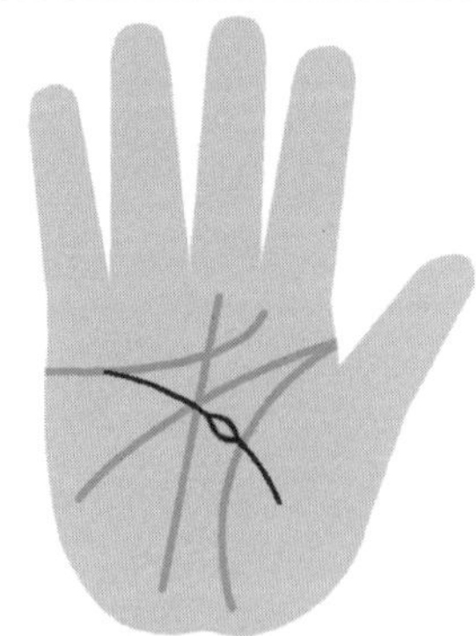

감정선에서 금성의 언덕으로 흐르드는 연애선 위에 섬이 있다

불륜의 사랑에 빠지는 손금이다.

당신의 애인은 어떤 사람

결혼운 다음으로 알고 싶은 것은 애인의 성격이 아닐까요?
손금으로 애인의 성격을 알아봅시다!

외모는 침착해 보이지만

사실은 다혈질인 사람
도대체 이게 뭐야!

와~우
그런 사람이 있어.
그래, 외모로는 성격을 판단하기 어려운 사람이 있어.

하지만 손을 보면 금방 알 수 있어.

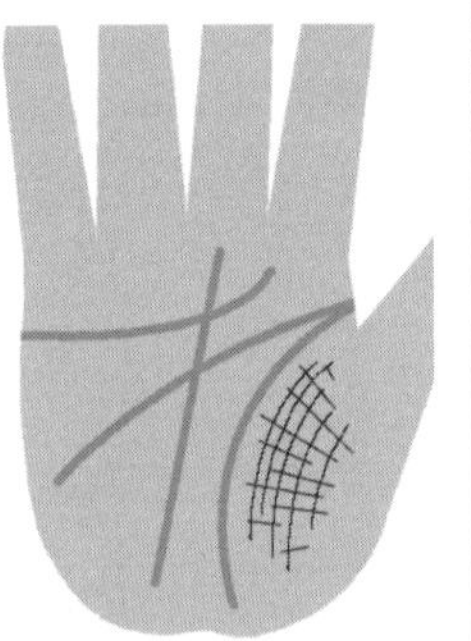

✍ 복잡한 감정선은 애정이 풍부하다

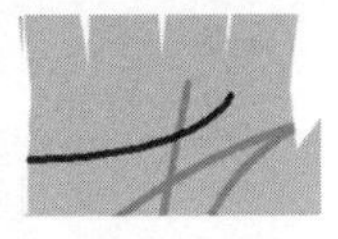
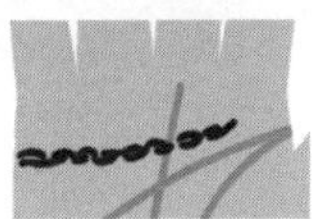
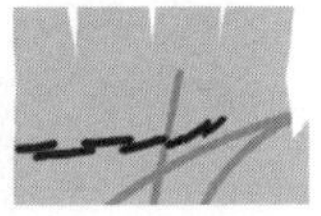

감정선이 뚜렷하게 1개 있으면 매우 완고한 사람이다.

감정선이 얽혀서 사슬모양인 사람은 감정이 풍부하고 애정표현을 잘 한다.

감정선이 마디마디 끊어져 있는 사람은 냉담하다.

 절대로 바람 피우지 않는 감정선

 독점욕이 너무 강한 감정선

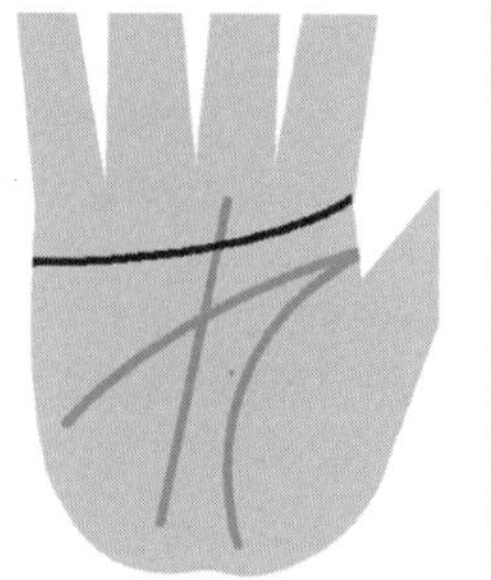

 자기중심적인 이기주의자의 감정선

✍ 그는 낭만적? 아니면 현실적?

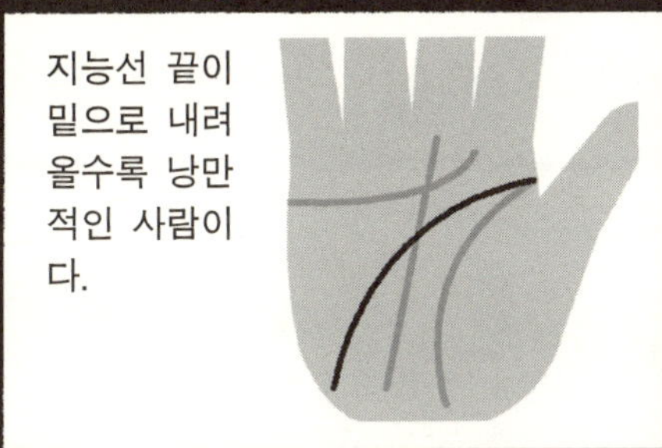

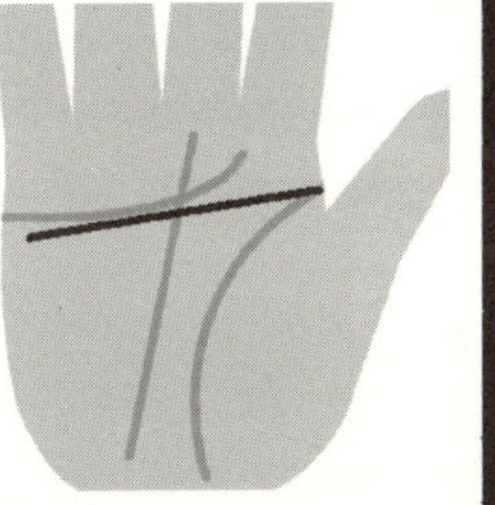

✍ 엄청나게 지능선이 좋은 사람

 재능 있는 남자는 이중지능선

 처세술이 뛰어난 지능선

자신의 노력으로 천하를 주름잡는 손금

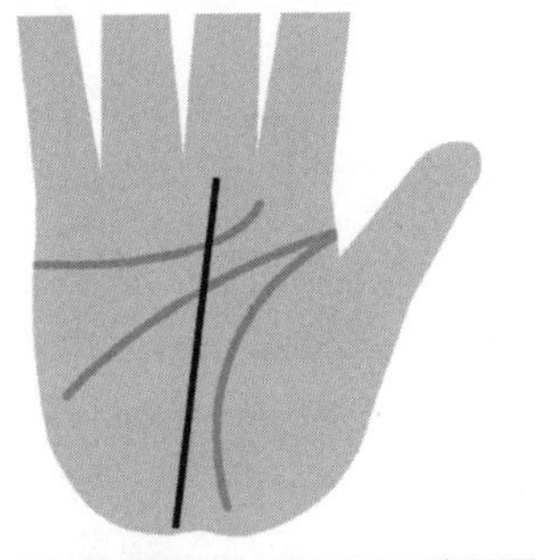

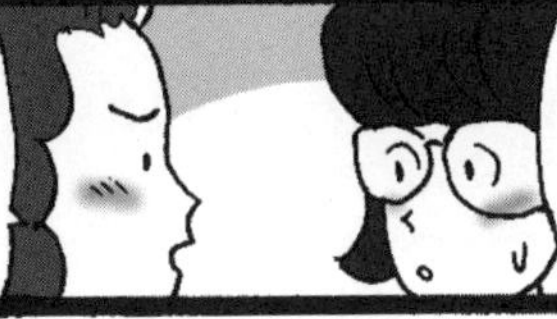

주의하라! 타고난 플레이보이

말은 그렇게 해도 돌아서면 바람 피우는 사람이야.
정말?

그가 이런 손금이면 바로 헤어져야지!
어머, 잠깐만!

손금은 남자나 여자나 다 똑같아. 지금까지 설명한 손금은 너에게도 모두 해당되는 말이야.

……
이 책은 남자친구에게 보여주지 않는 게 좋겠어.

✍ 이상적인 남편의 손금

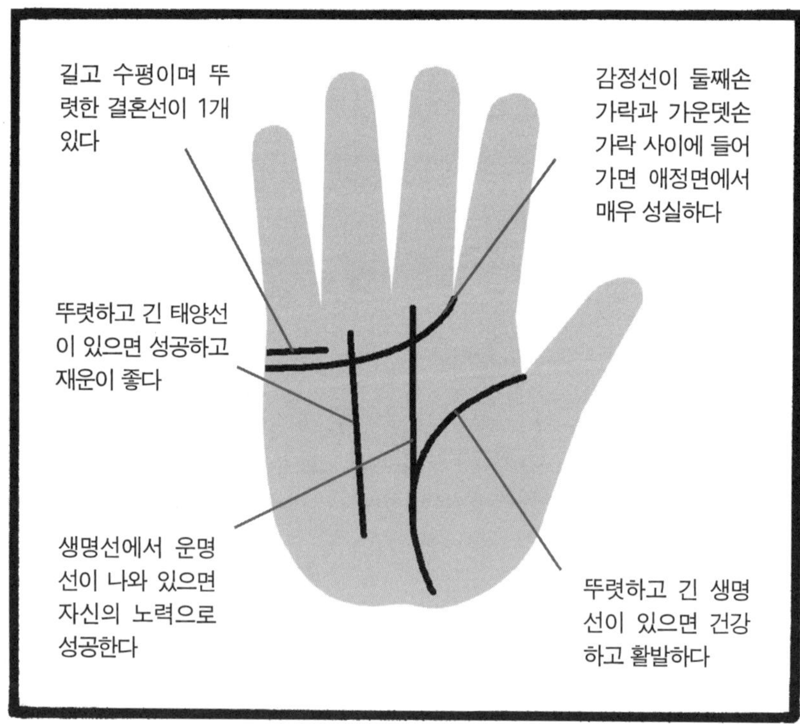

길고 수평이며 뚜렷한 결혼선이 1개 있다
감정선이 둘째손가락과 가운뎃손가락 사이에 들어가면 애정면에서 매우 성실하다
뚜렷하고 긴 태양선이 있으면 성공하고 재운이 좋다
생명선에서 운명선이 나와 있으면 자신의 노력으로 성공한다
뚜렷하고 긴 생명선이 있으면 건강하고 활발하다

손금 보는 법을 익히자

오른손과 왼손 중 어느 쪽을 볼까

✍ 좌우 손금이 전혀 다른 사람은

 당신의 손은 단순한가 아니면 복잡한가

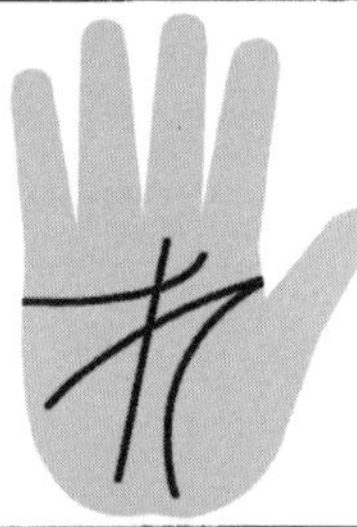

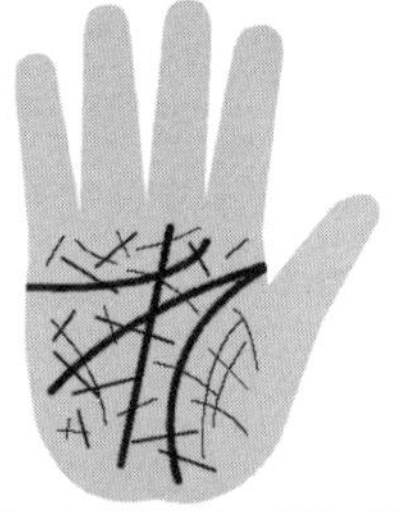

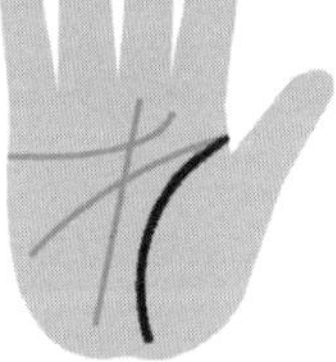

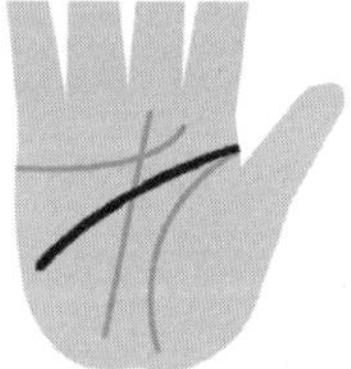

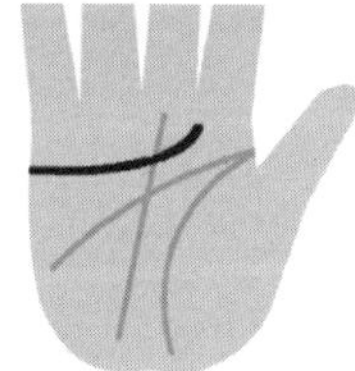

생명선이 진한 사람은 생존경쟁에 강한 사람이다. 보통사람의 배 이상으로 건강에 신경 쓰며, 어떠한 고난에서도 살아남을 수 있는 터프한 사람이다.

지능선이 진한 사람은 이성적이며 합리적으로 생각하는 사람이다. 머리는 영리하지만 차가운 사람으로 보인다.

감정선이 진한 사람은 감정중심적인 사람이다. 외부로부터의 정보보다도 자신의 감정을 따르는 경향이 심하다.

수상은 선만이 아니다

수상은 선을 보는 것이 전부가 아니에요.
손을 내미는 방법, 손바닥 언덕이 두터운 정도, 손톱모양, 손가락모양이나 길이도 봐요.

자, 그럼 내 손금부터 봐줘!
너는 낙천적이야. 시원한 성격이고 낭비벽이 좀 심해.
뭐야~ 아직 손금도 안 봤잖아.
방금 네가 손가락을 쫙 벌려서 내밀었으니까 금방 알지.

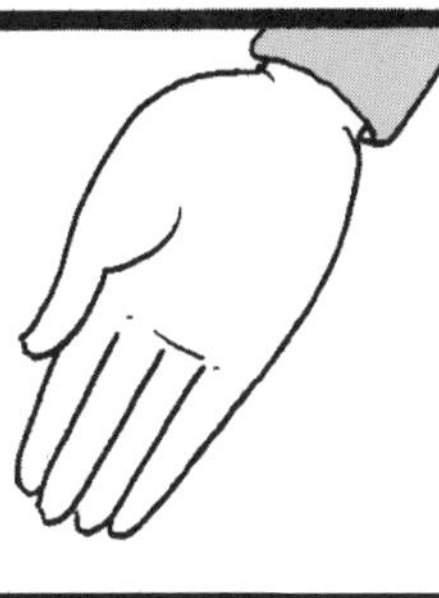

손가락을 모아서 내밀면 신중하고 조심성이 많은 구두쇠다.

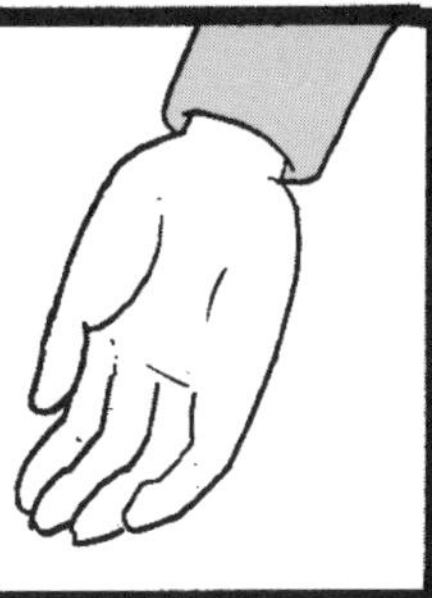

안쪽으로 손가락을 구부려서 내밀면 의지는 약하지만 부드러운 사람이다.

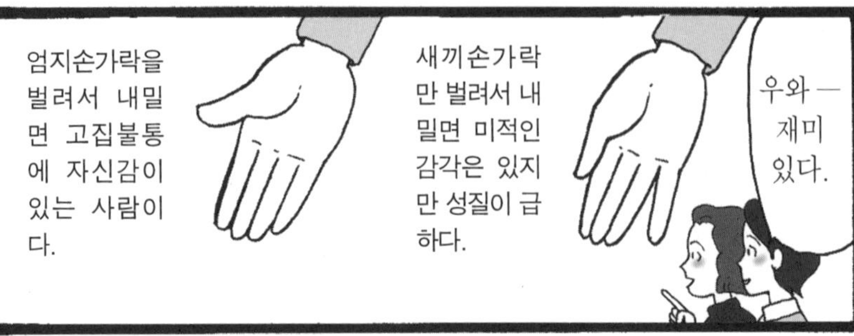

엄지손가락을 벌려서 내밀면 고집불통에 자신감이 있는 사람이다.
새끼손가락만 벌려서 내밀면 미적인 감각은 있지만 성질이 급하다.
우와─재미있다.

손바닥 언덕에는 각각 의미가 있어.
언덕이 발달하여 두터우면 그 의미가 더 강해져.

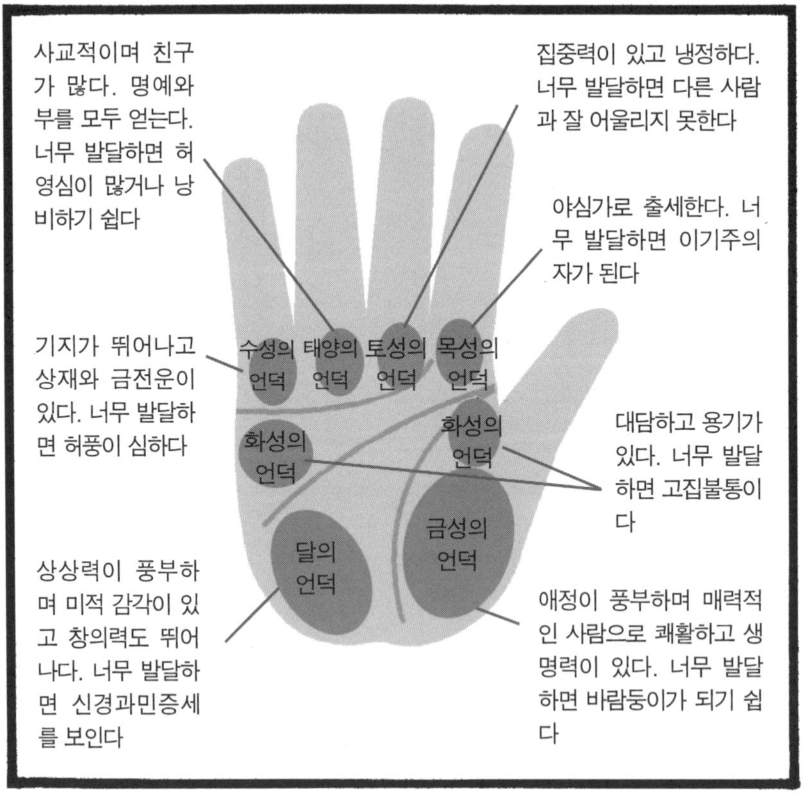

사교적이며 친구가 많다. 명예와 부를 모두 얻는다. 너무 발달하면 허영심이 많거나 낭비하기 쉽다
집중력이 있고 냉정하다. 너무 발달하면 다른 사람과 잘 어울리지 못한다
야심가로 출세한다. 너무 발달하면 이기주의자가 된다
기지가 뛰어나고 상재와 금전운이 있다. 너무 발달하면 허풍이 심하다
수성의 언덕
태양의 언덕
토성의 언덕
목성의 언덕
화성의 언덕
화성의 언덕
대담하고 용기가 있다. 너무 발달하면 고집불통이다
달의 언덕
금성의 언덕
상상력이 풍부하며 미적 감각이 있고 창의력도 뛰어나다. 너무 발달하면 신경과민증세를 보인다
애정이 풍부하며 매력적인 사람으로 쾌활하고 생명력이 있다. 너무 발달하면 바람둥이가 되기 쉽다

 # 당신의 손톱은 둥근 형? 사각형?

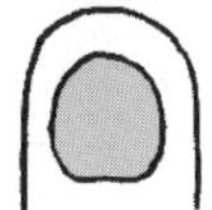
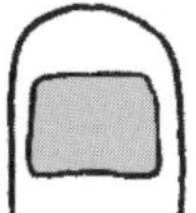

당신의 손가락은 원기둥형? 원뿔형?

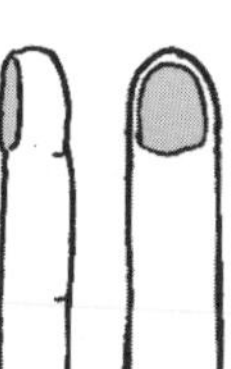

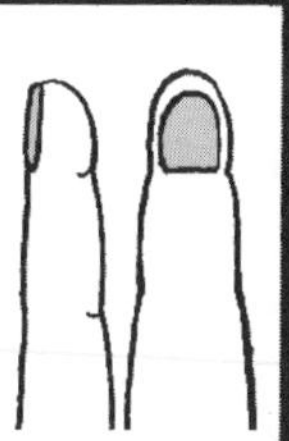

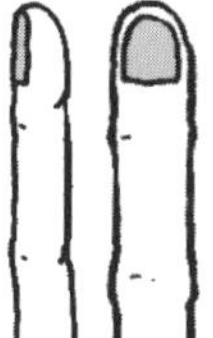

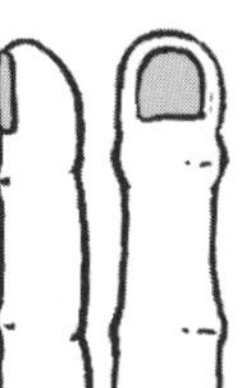

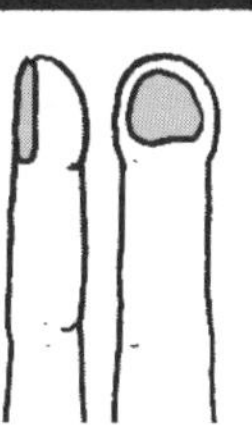

엄지손가락으로 아는 이상적인 직업

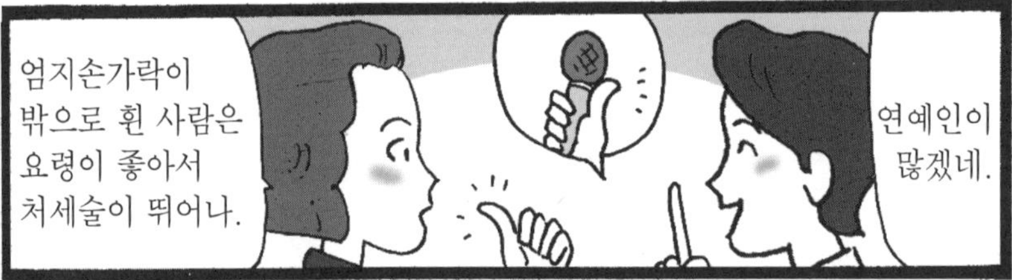

둘째손가락은 야심을 나타낸다

 # 가운뎃손가락은 너무 길거나 짧아도 안 좋다

 ## 넷째손가락은 명성을 구한다

 ## 사기꾼은 새끼손가락이 길다?

생명선으로 알 수 있는 것

생명선으로는 건강과 질병, 사고에 대해서
그리고 개운(開運)에 대해서도 알 수 있어요.

생명선의 굴곡이 큰 사람은 육체적인 에너지가 넘치고 성적 매력도 있어.
굴곡이 작은 사람은 반대겠네.
또 생명선이 긴 사람은 생명력이 강하고, 짧은 사람은 약해.

약하다구? 설마, 빨리 죽는 건 아니겠지?

그게 아니라 병에 대한 저항력이 약하다는 거야.
휴~ 놀랬네.

예를 들어 생명선이 짧거나 나쁜 손금이더라도 생활환경이나 건강관리에 신경을 쓰면 장수할 수 있어.
반대로 강한 생명력을 타고나도 건강에 주의하지 않거나 무모한 행동을 하면 생명이 단축될 수도 있어.

좋은 생명선은 어떤 거야?
굵고 1줄로 된 긴 선이야. 건강하며 활동적이지.

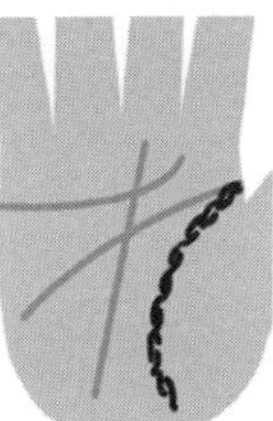

생명선이 사슬모양인 사람은 허약체질에 신경과민이다.

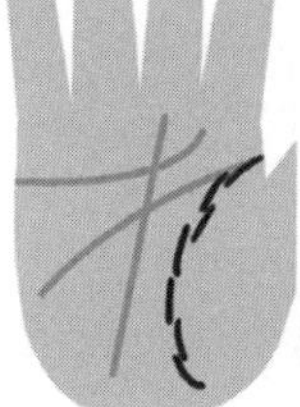

생명선이 마디마디 끊어진 사람은 병에 걸리기 쉽다.

생명선의 시작점이 둘째 손가락 쪽으로 올라간 사람은 사회활동이 활발해.
엄지손가락 쪽으로 내려간 사람은 경쟁심이 강하고, 성질이 급한 사람들이 많아.

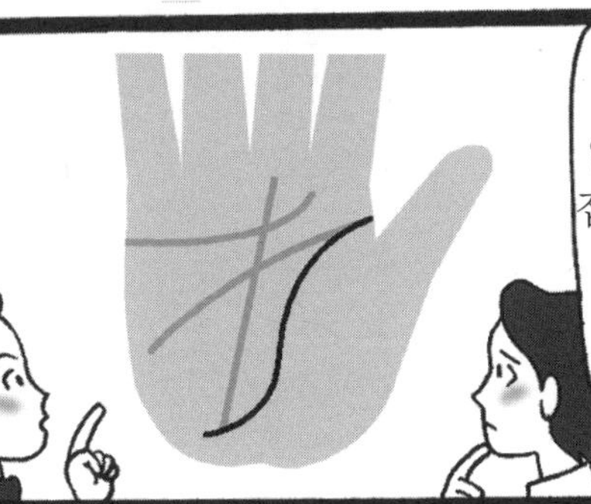

보통 생명선의 끝은 금성의 언덕으로 흘러들지만 가끔 달의 언덕으로 향하는 사람도 있어.
안정감이 없는 성격으로 집도 일도 없이 떠돌아다니는 경우가 많아.

✱ K씨의 사례

외국에서 살 손금모양을 처음 본 것은 당시 20대 초반의 독신이었던 K씨의 손금이었다. 너무나 신기했기 때문에 아직도 기억하고 있다. 그 후 그녀와 소식이 끊어졌었는데 최근 친구에게 들은 이야기로는 현재 그녀는 결혼해서 미국에 살고 있다고 한다.

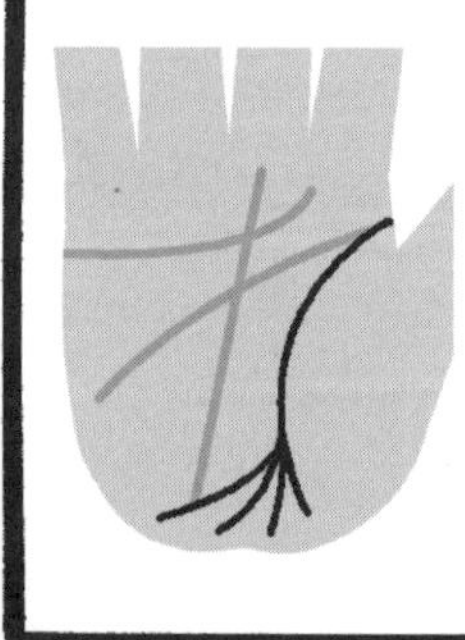

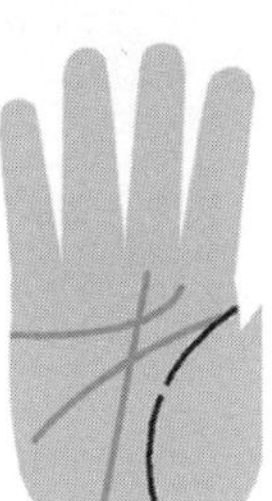

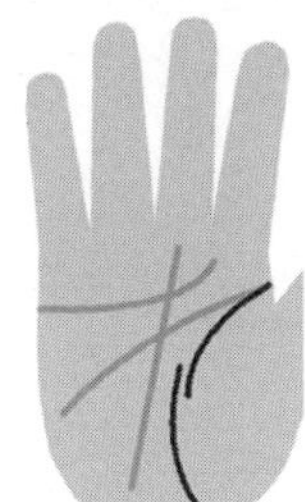

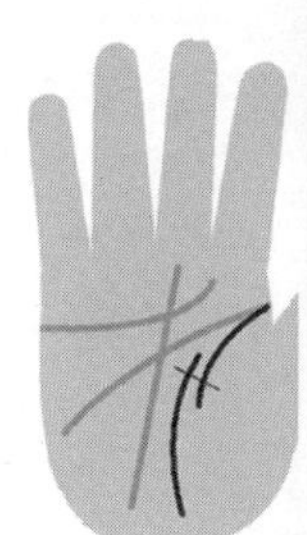

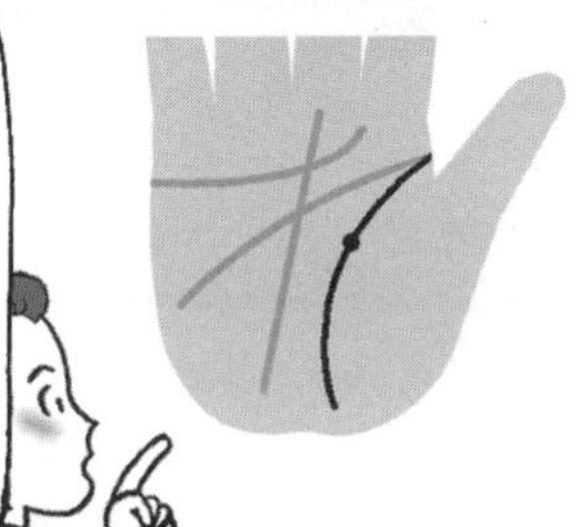

✳ F씨의 사례

F씨는 옛날에 양손의 생명선 위에 검은 반점이 있었다고 한다. 그것이 5년 전 뇌졸증으로 대수술을 받아 기적적으로 살아난 것을 계기로 점차 흐려졌다고 한다. 지금은 왼손의 반점은 완전히 없어졌으며, 오른손의 반점도 거의 알아볼 수 없을 정도가 되었다.

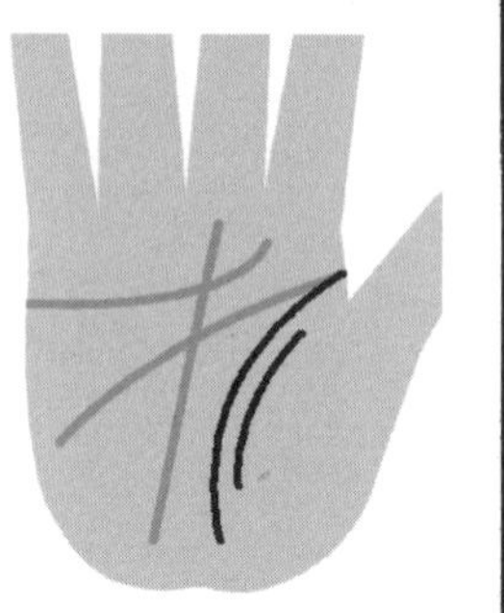

여기는
영향선이 있는
곳이잖아.

영향선은 생명선에서 5mm 이내에 있는 가는 선이기 때문에 쉽게 구별할 수 있어.

생명선으로
개운도
알 수
있어.

정말?

생명선에서 둘째손가락으로 향한 선이 있는 사람은 야심가로 자신의 목적을 위해 노력한다.

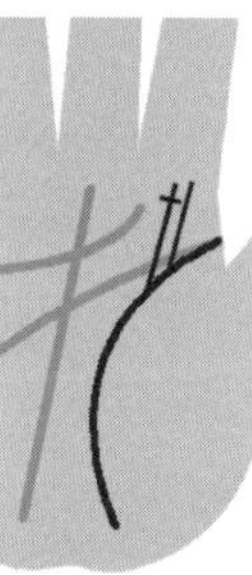

가로선에 막혀 멈춰 있으면 목표달성이 어렵지만, 멈추지 않고 뻗으면 장애를 이겨낼 수 있다.

단, 흐린 선이 여러 개 있는 경우에는 욕심을 부려서 여러 일에 손을 대지만 무엇 하나 제대로 되는 게 없다.

노력은
하는데
안타깝다.

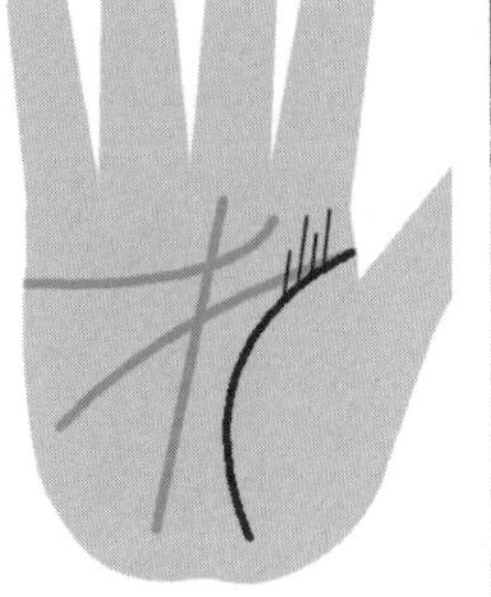

생명선에서 가운뎃손가락이나 넷째손가락을 향해 올라가는 선을 개운선이라고 하고, 목표달성을 하는 해에 나온다.
개운선이 생명선 안쪽에서 나오면 가족이나 친지의 도움으로 개운하는 거야.

넷째손가락을 향한 개운선도, 생명선 안쪽에서 나온 개운선도 결혼할 가능성이 커.

있잖아, 내 가운뎃손가락으로 향한 개운선은 거의 생명선 아래쪽에서 나왔는데.
어디 어디?

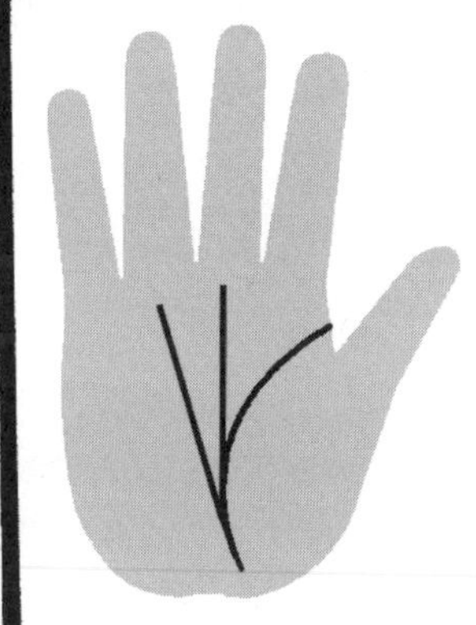

생명선 아래쪽에서 가운뎃손가락으로 향한 것은 운명선으로 본다. 넷째손가락을 향한 것은 태양선으로 본다.

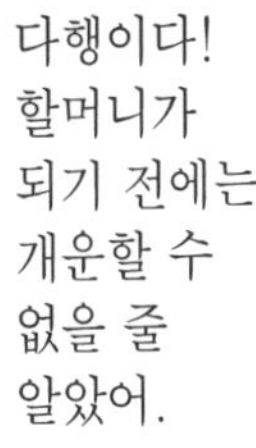

다행이다! 할머니가 되기 전에는 개운할 수 없을 줄 알았어.
그건 강한 의지로 난관을 극복한다는 운명선이야.

야호!

# 여러 형태의 생명선

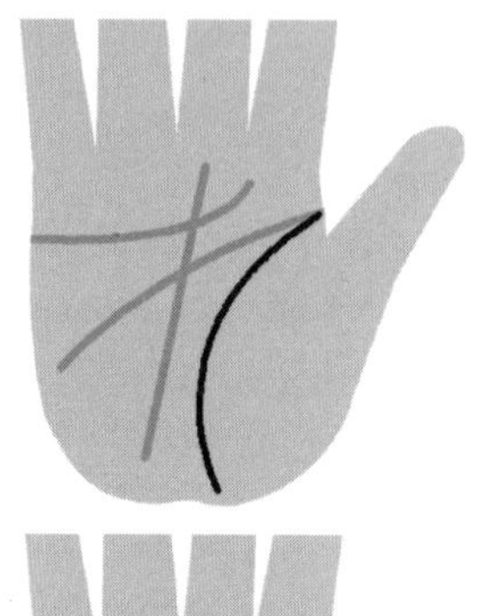

긴 생명선

육체적인 에너지가 넘쳐 활기차고 병이나 사고에 대해서도 저항력이 있다.

짧은 생명선

병약하여 병이나 사고에 대한 저항력이 없다. 평소 건강관리에 충분히 주의해야 한다.

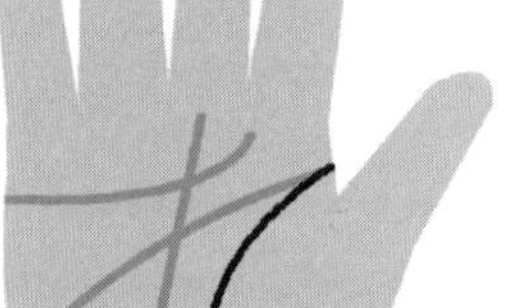

사슬모양의 생명선

허약체질로 신경과민증이 있어서 노이로제에 걸리기 쉽다.

마디마디 끊어진 생명선

병약하고 특히 호흡기와 생식기 기능이 약하다.

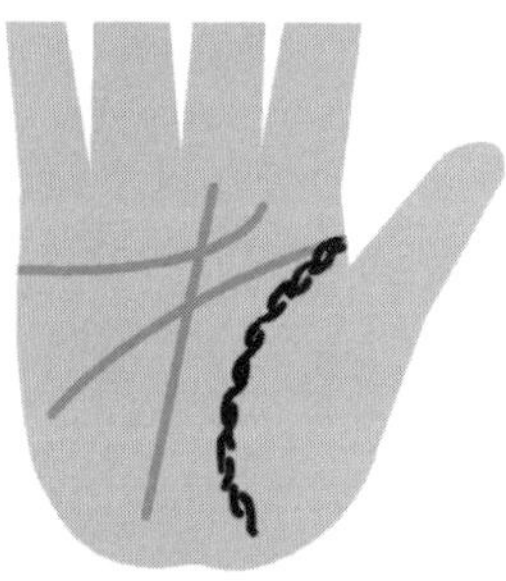

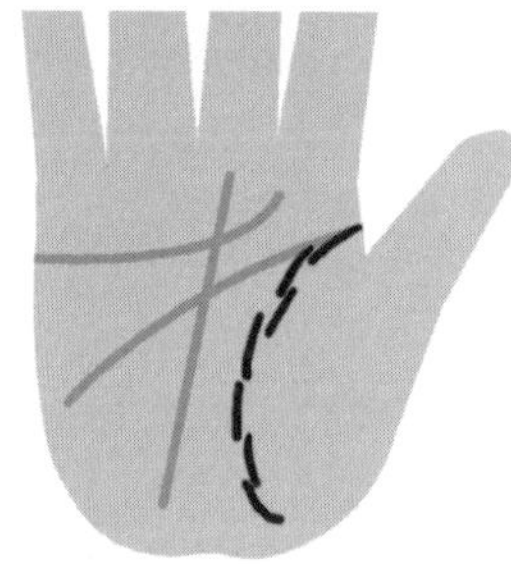

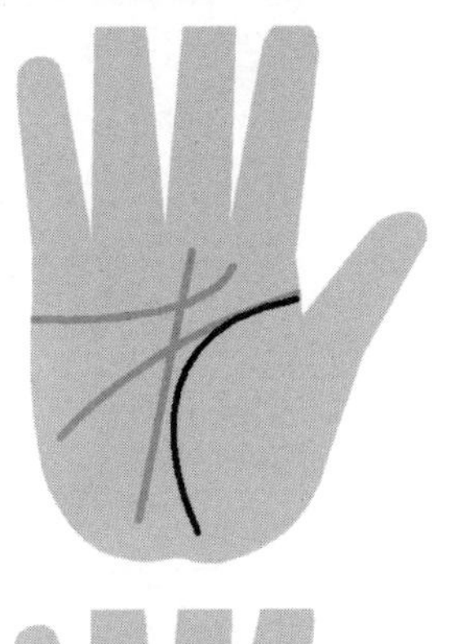

생명선의 굴곡이 크다

활동적이며 성적 매력이 있다.
여성도 전업주부로 있지 않고 자기 일을 가지고 사회활동을 한다.

생명선의 굴곡이 작다

조용한 성격으로 그다지 활동적이지 못하다.
성적 매력도 적고 담백한 성격이다.

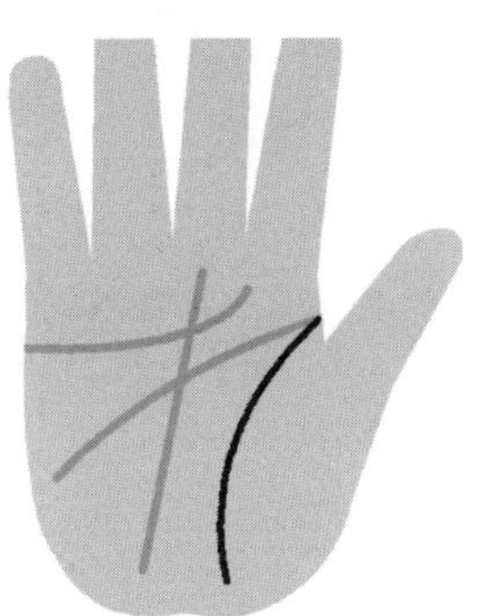

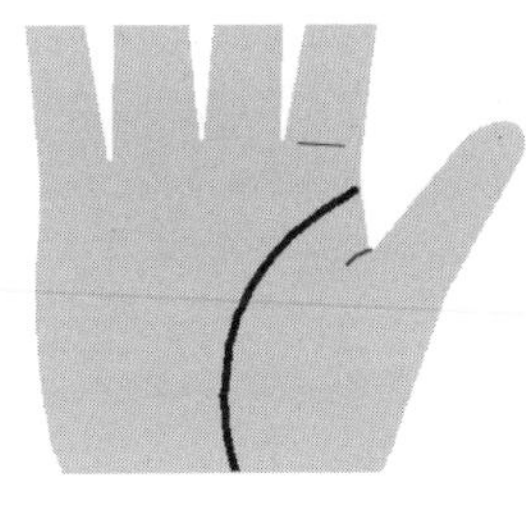

생명선의 시작점이 둘째손가락쪽에 가깝다

사회활동이 활발하며 리더로서 재능을 발휘한다. 야심가이며 노력형이지만 목성의 언덕이 지나치게 발달하면 이기주의자가 된다.

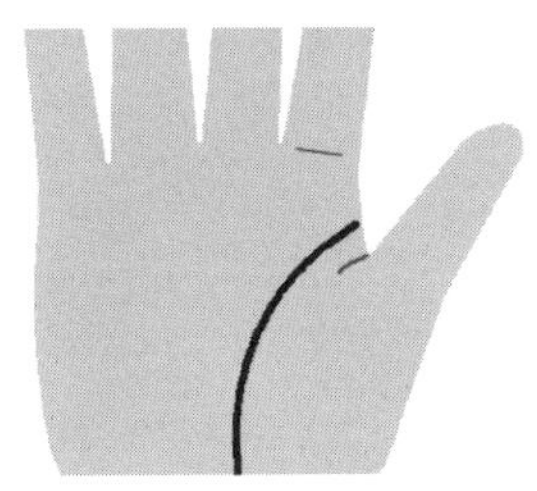

생명선의 시작점이 엄지손가락쪽에 가깝다

적극적이고 추진력이 있는 스포츠맨 타입이지만, 화성의 언덕이 지나치게 발달하면 투쟁심이 강한 급한 성격이 된다.

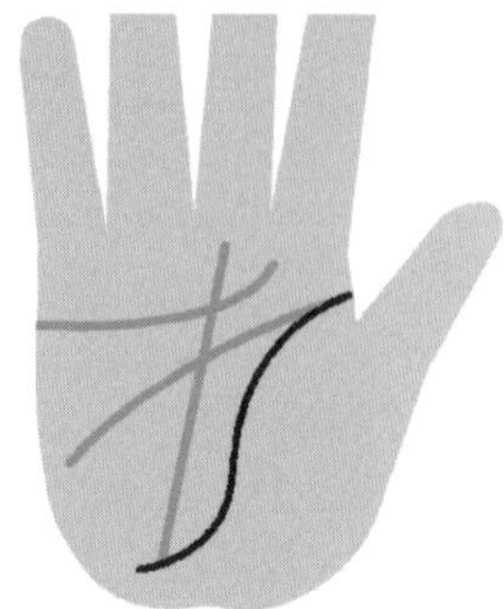

생명선의 끝이 달의 언덕으로 흐른다

침착하지 못한 성격으로, 이사나 이직을 되풀이한다. 이상주의자처럼 몽상가 기질이 있다.

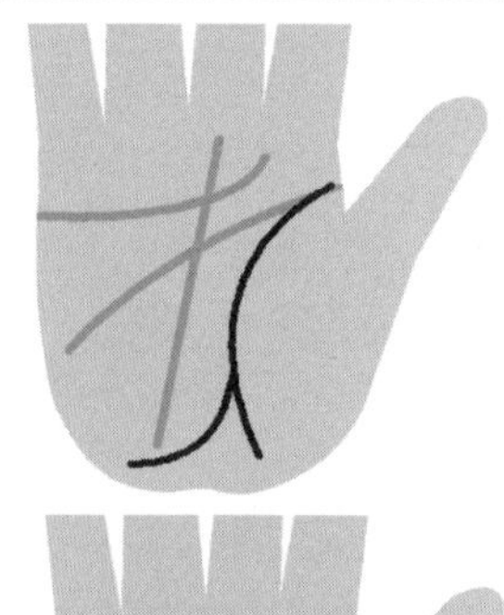

생명선의 끝이 크게 2줄로 나뉘어 1줄은 금성의 언덕으로, 또 1줄은 달의 언덕으로 흐른다

외국에서 사는 손금이다. 갈라진 선이 길수록 외국생활이 길어진다.
장기여행도 이 손금에 나타난다.

생명선의 끝이 몇 가닥으로 나뉜다

방랑벽이 있어서 한 곳에 오래 머무르지 못한다. 일도 자주 바꾸는 경향이 있다.

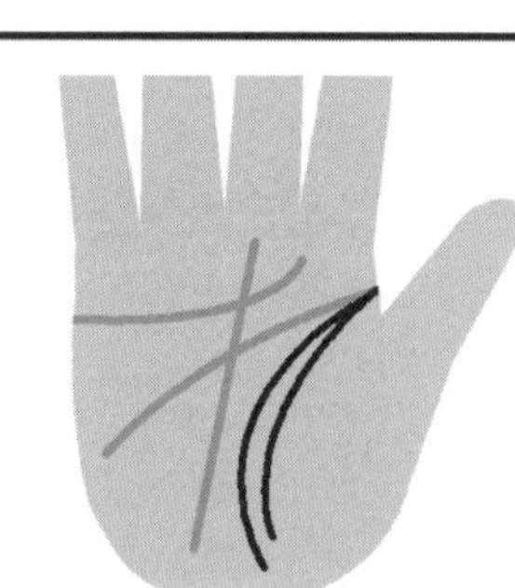

생명선이 2줄 있다

힘이 있는 강한 체력의 소유자다.

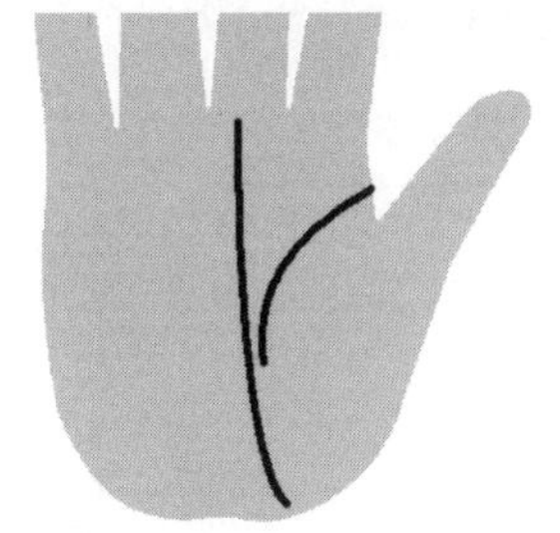

짧은 생명선 옆에 운명선이 있다

짧은 생명선을 운명선이 막고 있다. 의지가 강해 노력으로 개운하지만 다소 고집이 세서 주위에 적을 만들기 쉽다.

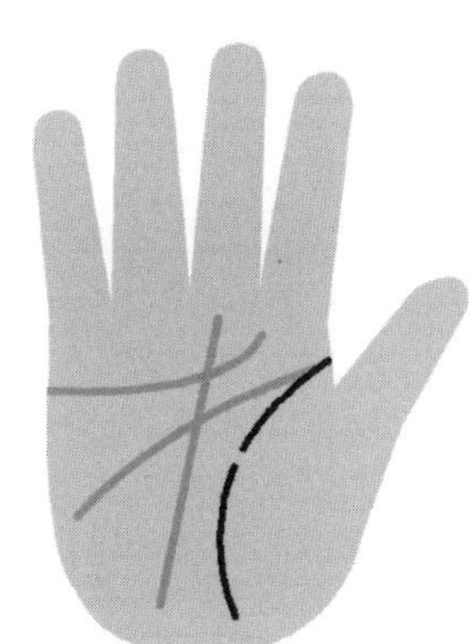

생명선에 끊긴 자국이 있다

생명선의 끊긴 자국은 병이나 사고를 나타내며, 끊긴 정도가 크면 클수록 병이 심각하거나 큰 사고를 당한다.
양손 모두 같은 곳이 크게 끊어져 있을 경우에는 특히 위험하다.

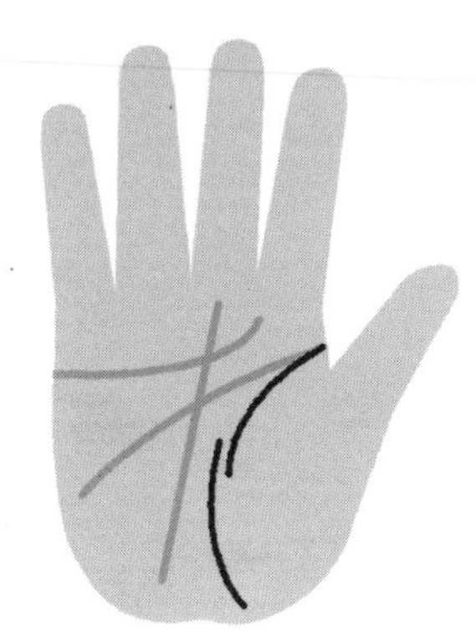

끊어진 생명선이 겹쳐진다

병이나 사고를 피할 수 있다. 설령 병에 걸리거나 다치더라도 회복이 빠르고 원래 생활로 되돌아오는 손금이다.

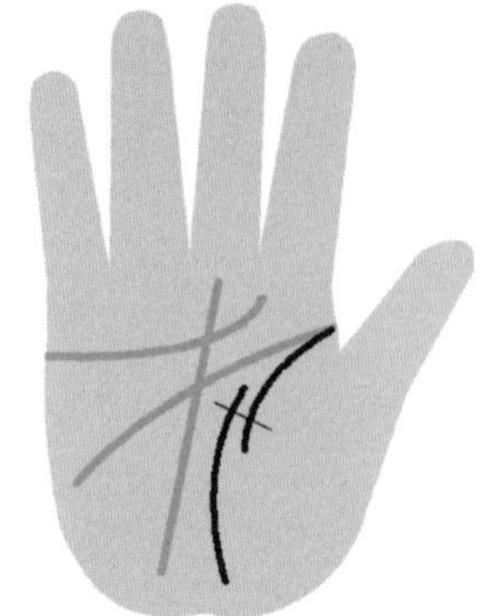

겹쳐진 선 사이에 가로선이 있다

병이나 사고를 피할 수 있다. 병에 걸리거나 다치더라도 금방 완쾌된다.

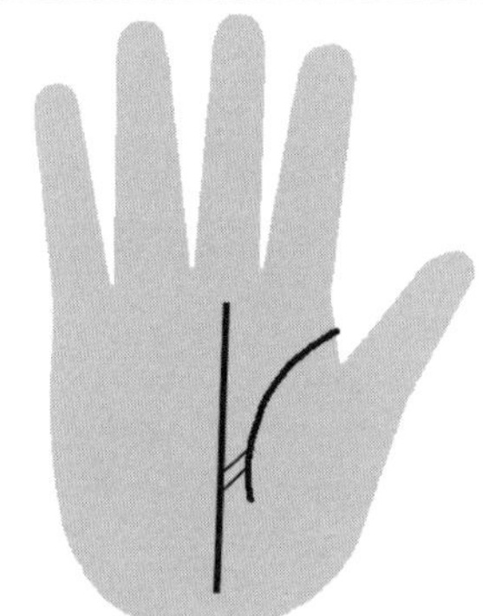

짧은 생명선과 운명선 사이에 가로선이 2~3줄 있다

생명선과 운명선 사이에 사각형이 생긴 경우이다. 짧은 생명선을 보완해준다. 큰병이나 큰 사고가 나더라도 목숨을 건지고, 생명의 위기에서 구해줄 손금이다.

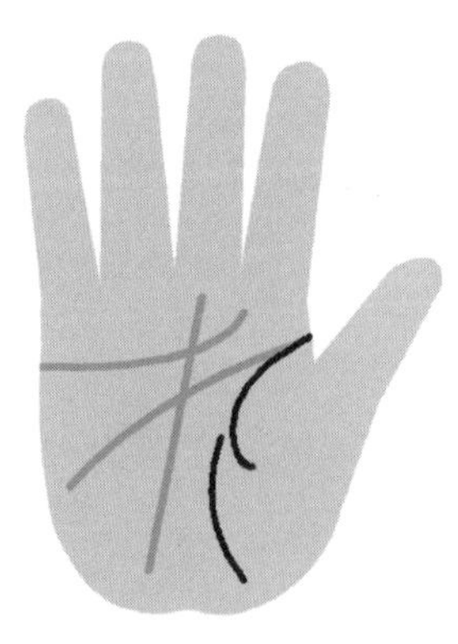

생명선이 중간에 끊어져 끝이 낚싯바늘모양으로 금성의 언덕쪽으로 구부러져 있다

생명이 위험한 심각한 병이나 사고를 당할 손금이다.
밑으로 이어지는 선이 없는 경우에는 특히 더 위험하다.

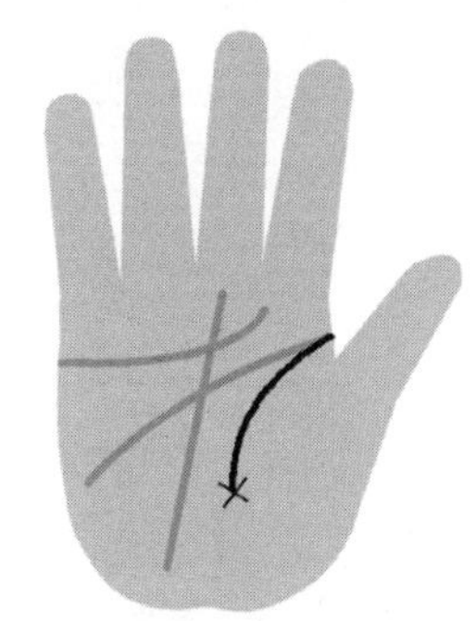

생명선이 ✚ 무늬에서 멈췄다

생명이 위험한 심각한 병이나 사고를 당할 손금이다.

생명선에 나타나는 신호

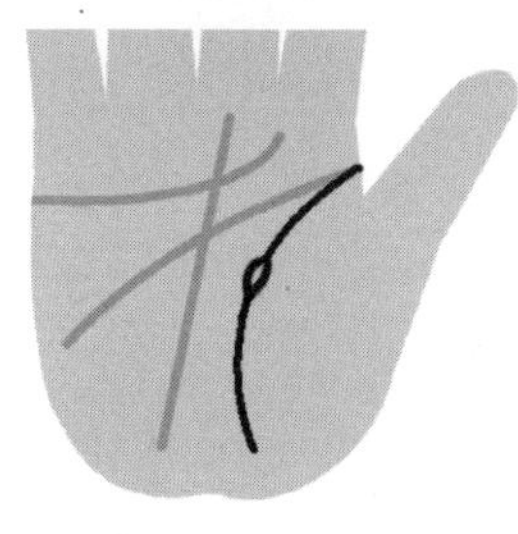

생명선 중간에 섬이 있다

병이나 사고를 당할 우려가 있다.

생명선 안쪽에 섬이 가로로 붙어 있다

심각한 고민이나 불안이 있다는 것을 나타낸다. 자살이나 자살미수를 나타내기도 한다.

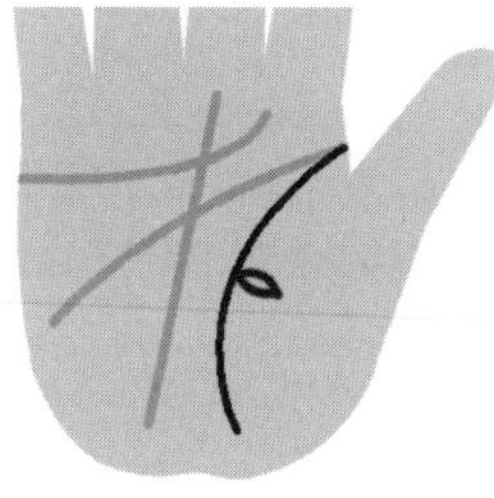

생명선 끝에 섬이 있다

체력 · 정신력 모두 쇠약해지고 있는 손금이다.

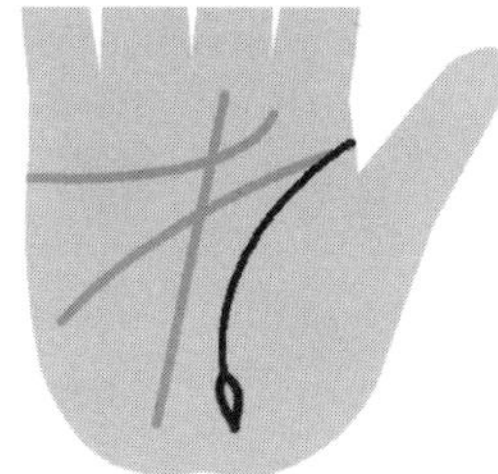

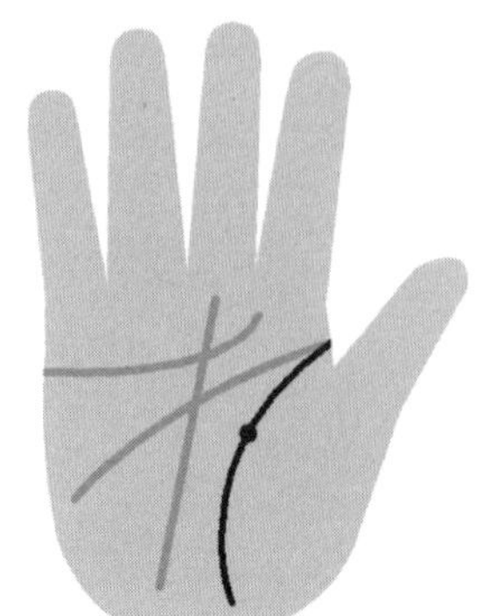

생명선 위에 반점이 있다

반점은 색에 따라서 의미가 다르다. 파란색은 사고, 갈색은 병, 옅은 회색은 큰 사고나 큰병을 나타낸다.

생명선 중간에 톱니모양이 있다

피로가 쌓여 정신력·체력 모두 쇠약해졌다는 것을 나타낸다.

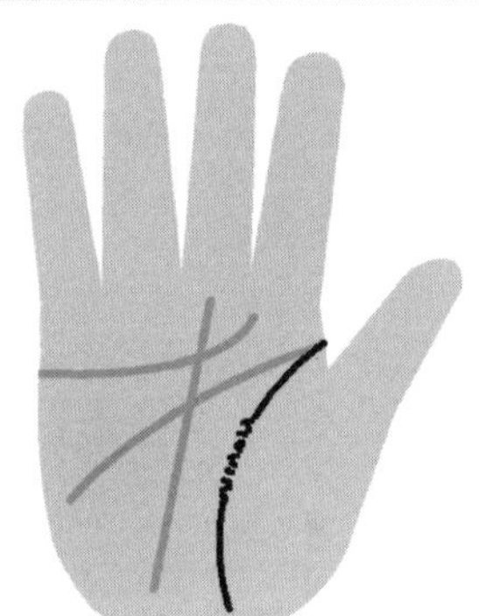

생명선 끝이 나뭇가지모양이다

젊은 시절 건강을 돌보지 않고 과로하였거나 또는 큰병을 앓은 것이 원인이 되어 만년에 갑자기 쇠약해지는 손금이다.
누구나 만년에는 노화현상으로 체력이 떨어지는데 이 모양이 있는 사람은 특히 빨리 늙는다.

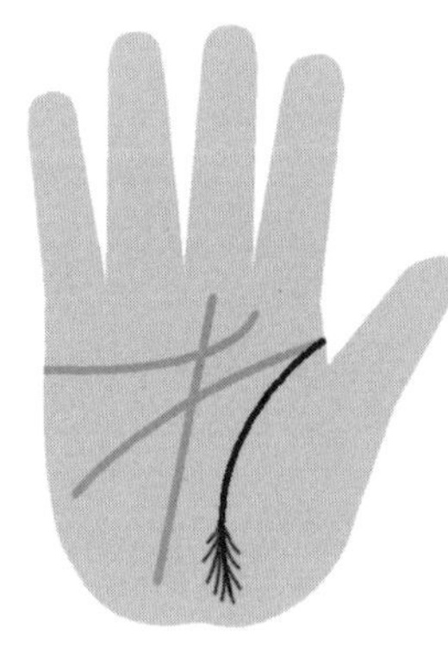

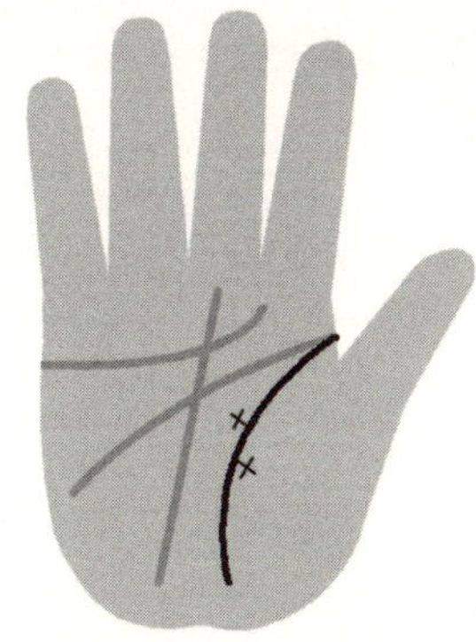

생명선에 ＋ 무늬가 붙어 있다

＋ 무늬가 생명선 바깥쪽에 붙어 있으면 사고나 재난, 안쪽(금성의 언덕쪽)에 붙어 있으면 병이나 근심이 있다는 것을 나타낸다.

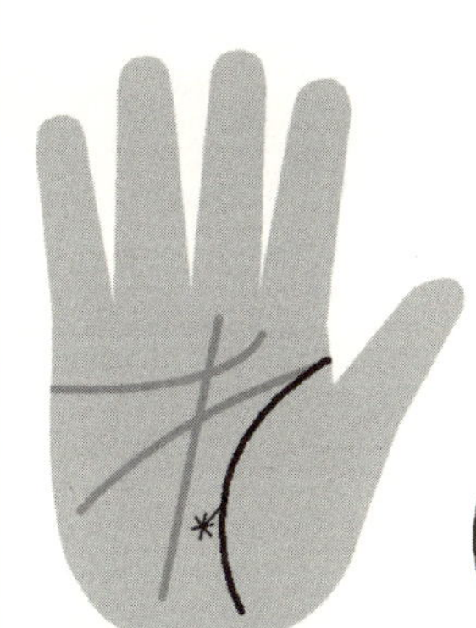

생명선에서 나와 밑으로 향한 약 1㎝의 선에 별이 있다

심각한 큰병에 걸릴 가능성이 있는 손금이다.

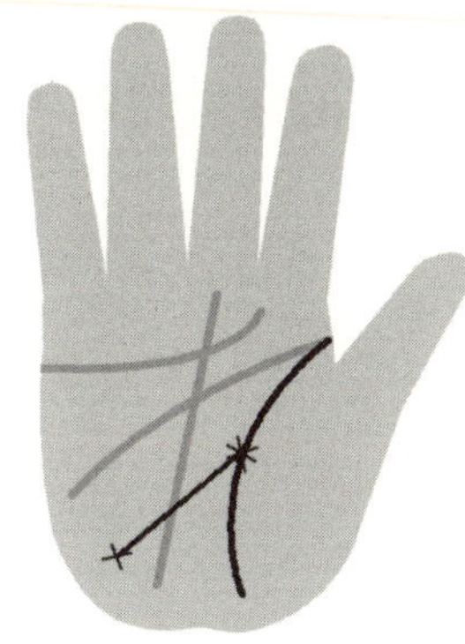

생명선 위에 있는 별에서 나온 가지선이 달의 언덕에 있는 ＋ 무늬로 들어간다

물난리를 당하는 손금이다. 이 손금이 나타나 있는 동안은 강이나 바다, 물과 관련된 운동을 피하는 것이 좋다.
비뇨기계통의 병에 걸린다는 의미도 있다.

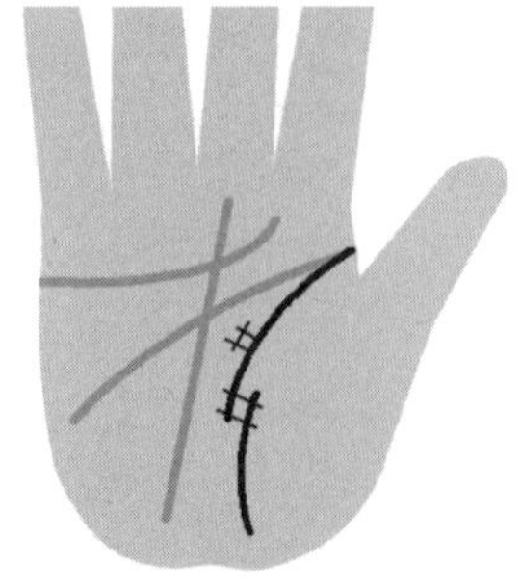

생명선에 사각형이 있다

생명의 위기에서 벗어나는 손금이다.
사각형은 끊어진 생명선 사이에 있어도, 선에 붙어 있어도 생명이 위태로운 사고나 재난을 당하는 것을 나타내지만 구사일생으로 살아난다는 의미다.

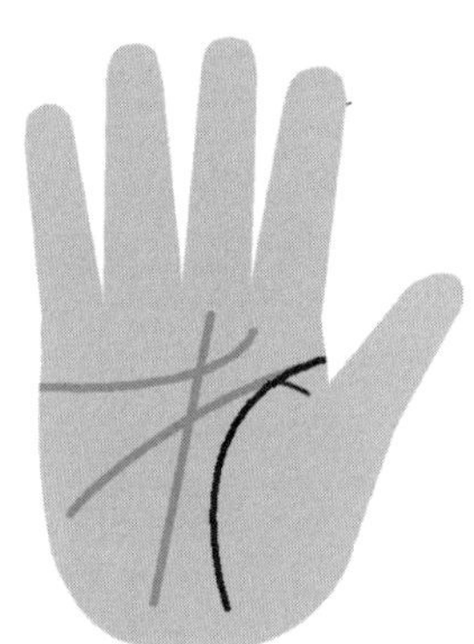

생명선에서 화성의 언덕쪽으로 아래를 향한 선이 나와 있다

생명선에서 나온 아래를 향한 선은 건강을 해친다는 의미다.
화성의 언덕으로 들어가는 선은 별일 아닌 일에 전전긍긍 고민하는 신경과민 증상의 손금이다. 이 증상이 심해지면 노이로제가 된다.

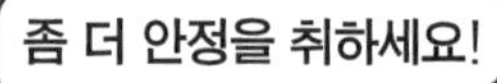

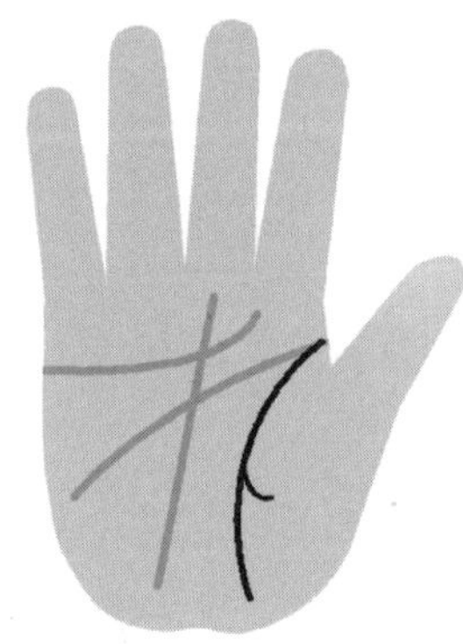

생명선에서 금성의 언덕쪽으로 아래를 향한 선이 낚싯바늘모양으로 나와 있다

만성적인 내장질환이 있음을 나타낸다.
무리하면 큰병으로 발전하므로 걱정되는 증상이 있으면 빨리 병원에 가는 것이 좋다.

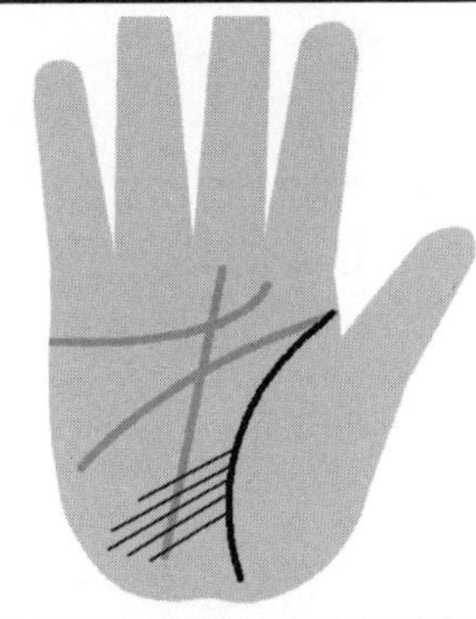

생명선에서 달의 언덕쪽으로 아래를 향한 선이 몇 가닥 나와 있다

피로선으로 쉽게 피로해지고 신경과민 증상을 나타낸다.
체력을 회복하면 선이 없어진다.

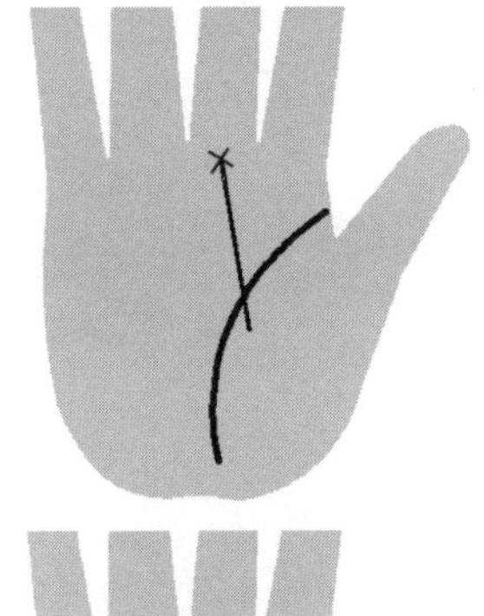

토성의 언덕에 있는 ＋ 무늬에서 아래를 향해 나온 선이 생명선을 끊는다

토성의 언덕에 있는 섬에서 아래를 향해 나온 선이 생명선을 끊는다

토성의 언덕에 있는 ＋ 무늬에서 아래를 향해 나온 선이 생명선 위에 있는 검은 반점에 붙는다

모두가 사고나 재난으로 심각한 상처를 입는 손금이다.

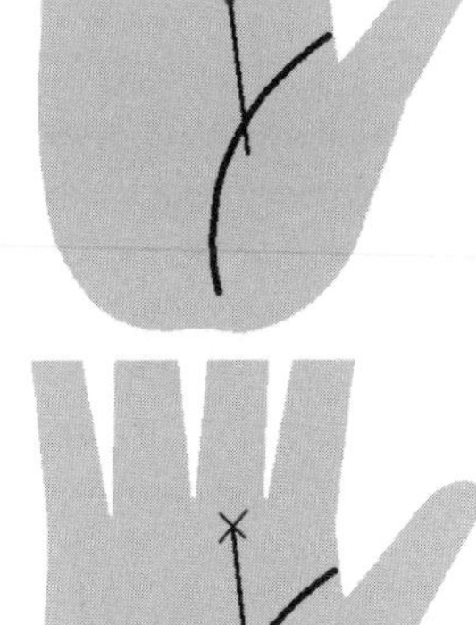

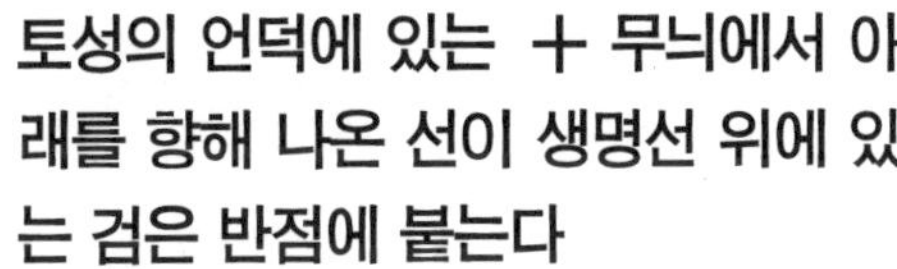

 # 생명선을 보완하는 화성선

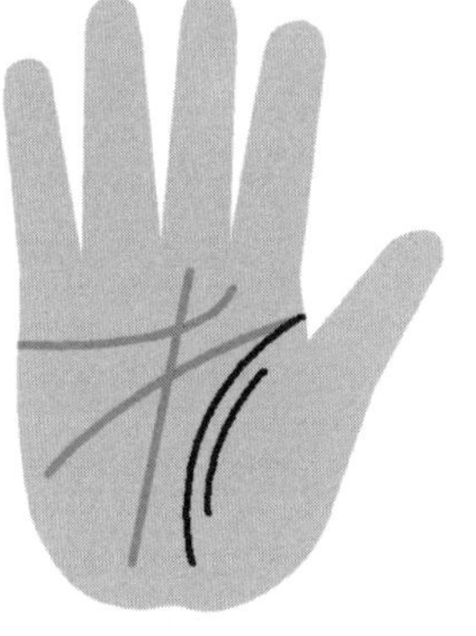

생명선에 평행하여 굵고 진한 화성선이 있다

화성선이 있는 사람은 심지가 곧고 끈기가 있어 병에 대한 저항력이 있다. 병에 걸려도 회복이 빠르다.
행동력과 결단력이 있고, 어려움을 극복해 나가는 강한 체력과 정신력을 갖고 있다.

이중생명선과 화성선을 구별하는 방법은 엄지손가락이 굳어서 잘 휘어지지 않는 사람은 이중생명선이고, 유연해서 잘 휘어지는 사람은 화성선이다.

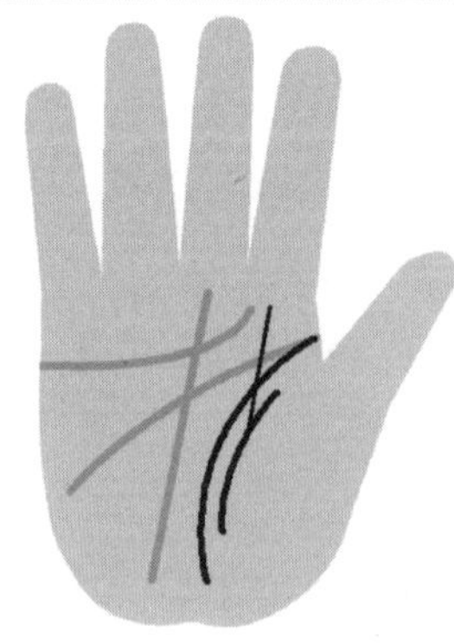

화성선에서 목성의 언덕으로 올라가는 선이 나와 있다

이 손금을 가진 사람은 체력 · 정신력이 왕성하여 어떤 어려움도 굳은 의지로 맞서서 이겨낸다.

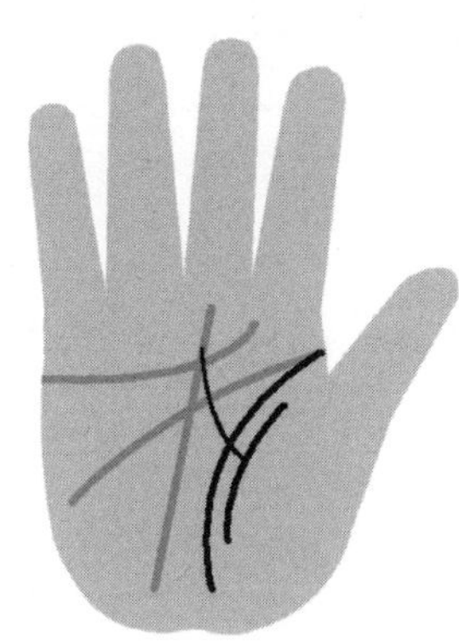

화성선에서 위로 향한 가지선이 운명선으로 들어간다

이 손금인 사람은 생활력이 강하고 일처리를 잘하여 성공한다.
여성인 경우는 유력한 후원자가 생기거나, 사회적으로 인정 받고 성공한다.

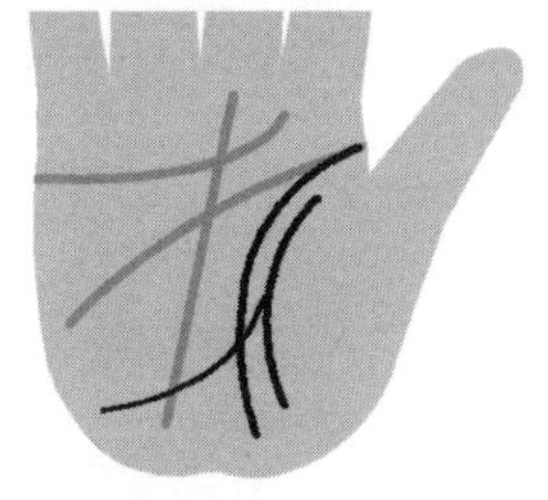

화성선에서 아래로 향한 가지선이 나와 달의 언덕으로 들어간다

불규칙한 생활로 건강을 해치는 손금이다.

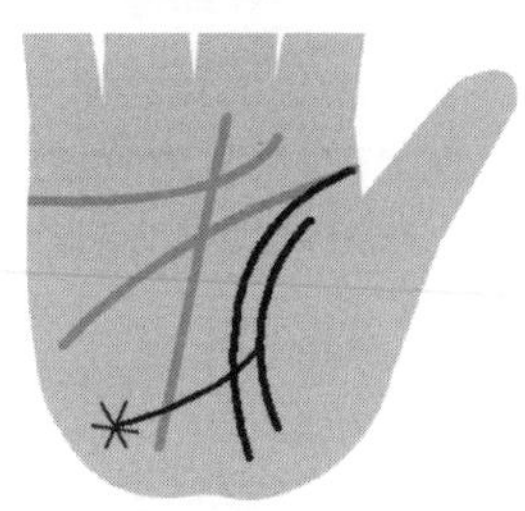

그 끝에 별이 있다

불규칙한 생활을 하고, 알코올이나 마약에 중독될 손금이다.

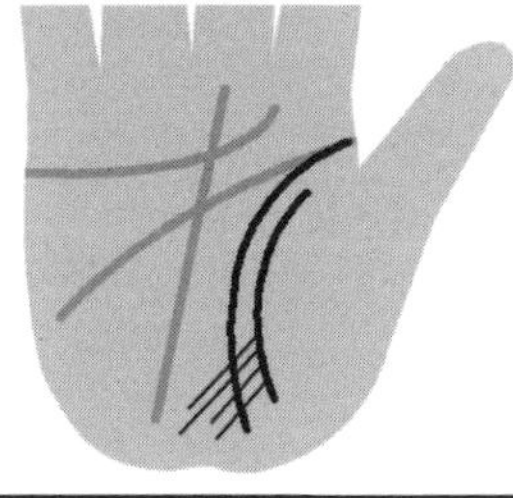

화성선 끝부분에 길이가 불규칙한 선들이 많이 나와 있다

이 손금을 가진 사람은 기가 약해서 삼각관계나 불륜 같은 연애문제에 휘말린다.

 # 생명선으로 개운을 본다

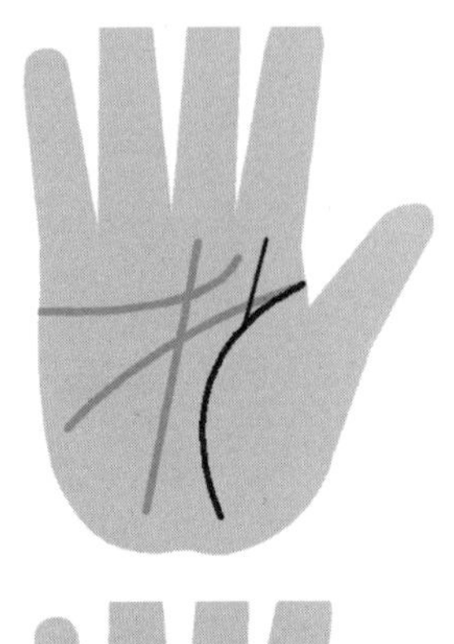

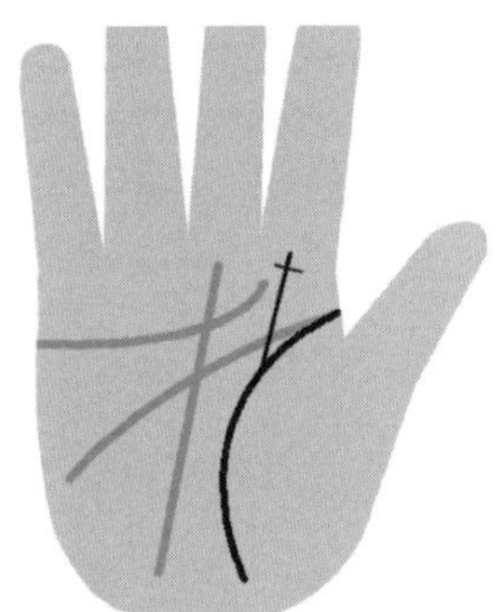

생명선에서 둘째손가락을 향해 올라가는 향상선이 있다

이 선은 노력선이라고도 하며, 목적달성을 위해 노력하고 있음을 나타낸다.

향상선 끝에 짧은 가로선이 있으면 어떤 장애로 목적달성이 곤란하지만 결국 극복한다는 것을 나타낸다. 단, 가로선에서 향상선이 멈추면 실패로 끝난다.

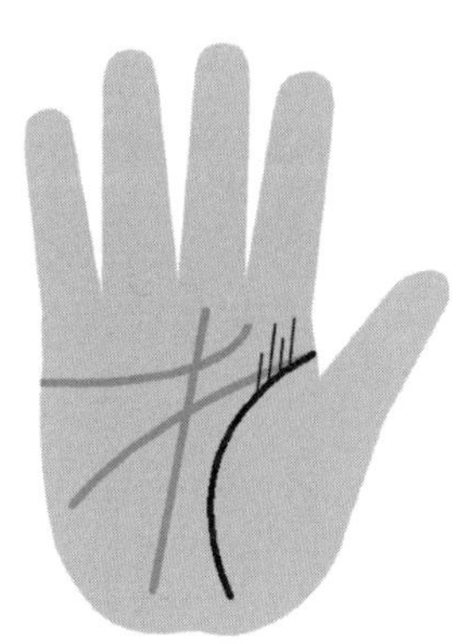

생명선에서 둘째손가락을 향해 길이가 불규칙한 선이 몇 줄 있다

이런 손금인 사람은 욕심이 많아서 여러 가지 일에 손을 대지만 어느 것도 성공하지 못한다.

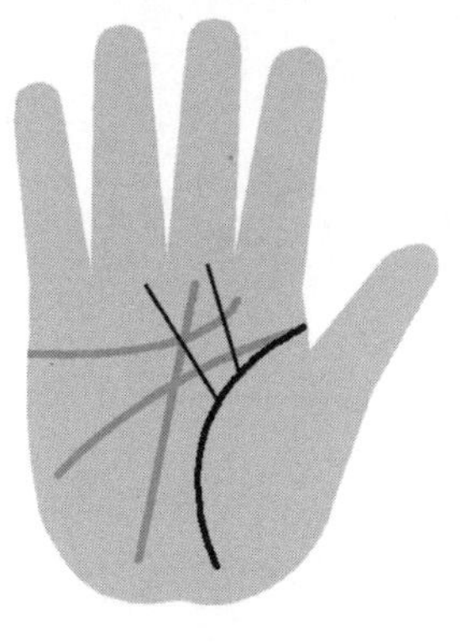

생명선에서 가운뎃손가락과 넷째손가락을 향해 올라가는 개운선이 있다

개운선은 목표를 향한 노력이 성공하는 해에 나타난다. 가운뎃손가락을 향한 개운선은 일로 성공하고, 넷째손가락을 향한 개운선은 명예나 부를 얻는 행운을 나타낸다.

생명선 안쪽부터 개운선이 나와 시작하면 친지나 가족의 도움으로 개운하는 것을 나타낸다.

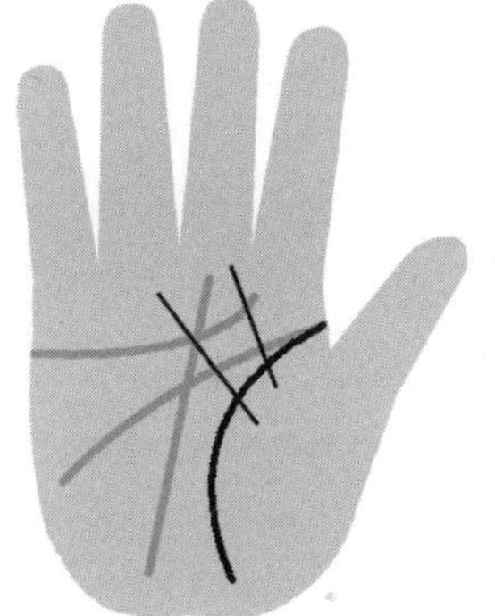

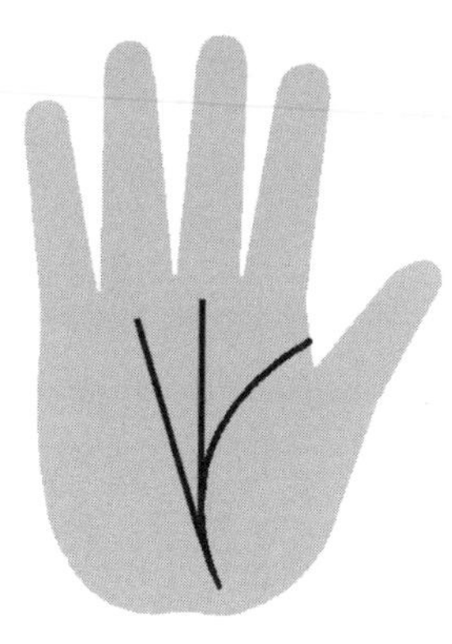

생명선 한가운데보다 조금 밑에서 가운뎃손가락을 향한 개운선은 운명선으로 본다

강한 의지의 소유자로 어려움을 이겨내는 노력가다.

생명선 한가운데보다 조금 밑에서 넷째손가락을 향한 개운선은 태양선으로 본다

중년 이후 노력의 결실을 맺어 명성을 얻는다.

감정선으로 알 수 있는 것

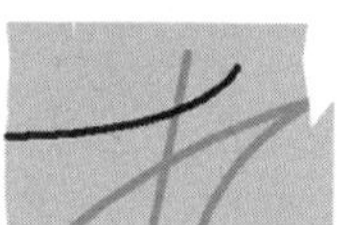

감정선이 선명하게 1줄 있는 사람은 직선적이며 고집이 세다.

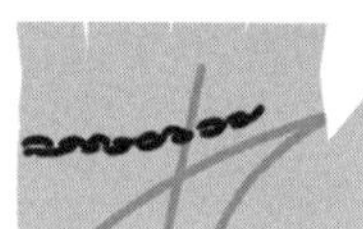

감정선이 사슬모양인 사람은 감정이 풍부하며 인정이 많고 연애를 좋아한다.

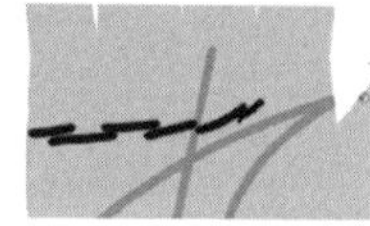

감정선이 마디마디 끊어진 사람은 엄하고 무미건조한 성격이다.

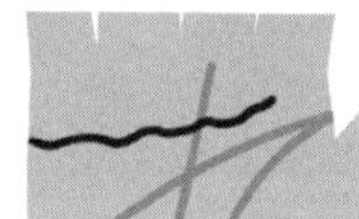

감정선이 파도모양인 사람은 상대의 감정에 둔감하다.

그럼 감정선은 긴 것, 짧은 것 중 어느 것이 좋아?
뭐라고 딱 잘라 말하기 어려워.

감정선이 긴 사람은 정열적이고 인정이 많지만 감정을 억제하지 못하고, 그 반대로 짧은 사람은 냉정하고 침착하며 감정을 조절할 수 있지만 조금 차가워.

어느 쪽이나 좋은 면과 나쁜 면이 있네.
그런 거야.

감정선의 시작점이 새끼손가락에 가까운 사람은 정열적이며, 밑으로 내려가 있는 사람은 냉정하고 침착한 사람이야.

감정선이 수성의 언덕에서 시작하는 사람은 재물에 집착한다.
구두쇠구나.

2줄의 감정선이 평행하는 사람은 감정면에서 모두 2배이다.
밝은 것도 2배, 독점욕도 2배, 질투심도 2배.
에너지가 넘치는 사람이네.

2번째 선이 위쪽에 있으면 사랑에 빠지기 쉽고, 아래쪽에 있으면 일벌레가 되기 쉬워.

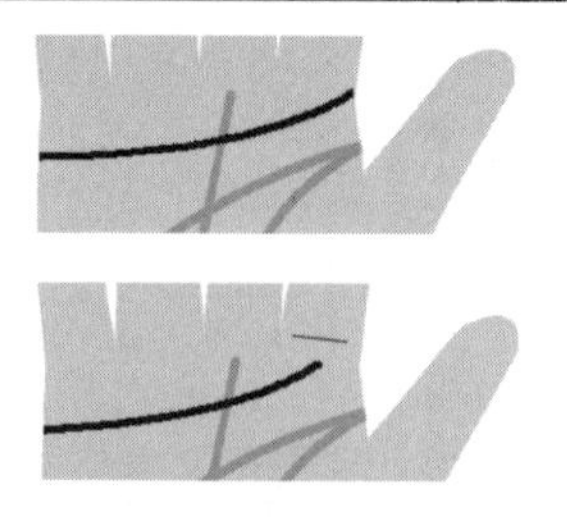

감정선 끝이 손바닥 끝까지 뻗은 사람은 독점욕이 강하며 질투심이 많다.

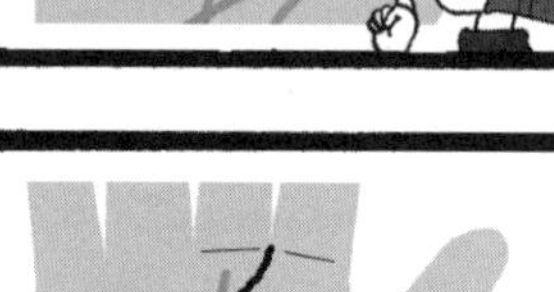

목성의 언덕으로 향한 사람은 성실하며 박애주의자다.

둘째손가락의 밑부분까지 뻗은 사람은 상대방에게 헌신한다.

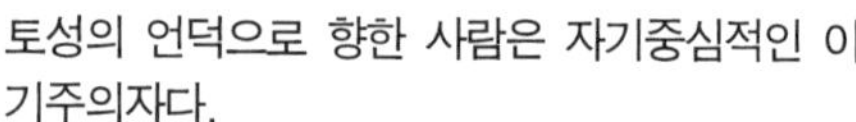

감정선 끝이 둘째손가락과 가운뎃손가락 사이로 들어간 사람은 애정결벽증이다.

토성의 언덕으로 향한 사람은 자기중심적인 이기주의자다.

가운뎃손가락 아래쪽으로 곧게 뻗은 사람은 사랑 때문에 약해지지 않는다.

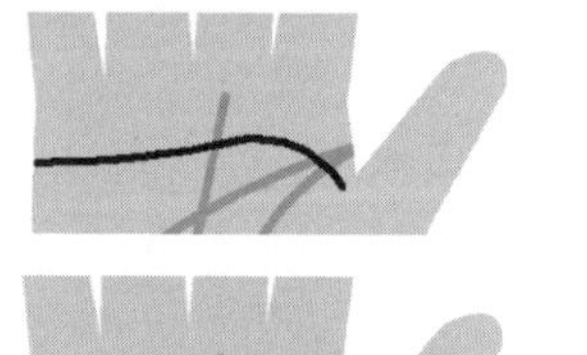

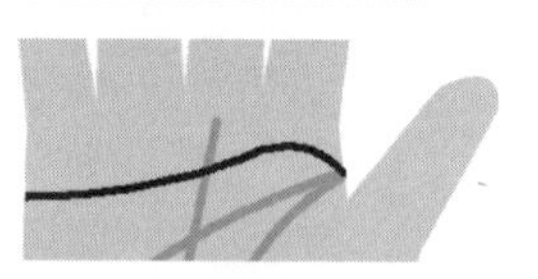

감정선의 끝이 화성의 언덕으로 들어간 사람은 급한 성격이지만 인정이 많다.

둘째손가락과 가운뎃손가락 밑에서 갑자기 아래를 향해 생명선에 붙은 사람은 자존심이 강하다.

가운뎃손가락 밑에서 갑자기 아래를 향한 사람은 낭만적인 사람이다.

아아! 왜 나는 좋아하는 사람과 사랑이 이루어지지 못할까! 이 얼마나 불쌍한 여자인가!
흑흑흑
저런 여자는 자기 실연에 취해 있는 타입.

감정선 아래쪽에 가는 선이 있는 사람은 내성적이며 겁쟁이다. 실연하면 금세 낙담한다.
비극의 여주인공이 되고 싶나봐.

반대로 위쪽에 있는 사람은 쾌활하고 사교적이어서 사람들이 좋아한다. 그렇지만 연애에는 담백하다.
희망이 없는 것을 알면 곧 포기해 버려.

끝이 2갈래로 갈라진 경우도 위로 향하는지 아래로 향하는지에 따라 정반대의 타입이 돼.

갈라진 1 줄이 위를 향한 사람은 매력적이다.

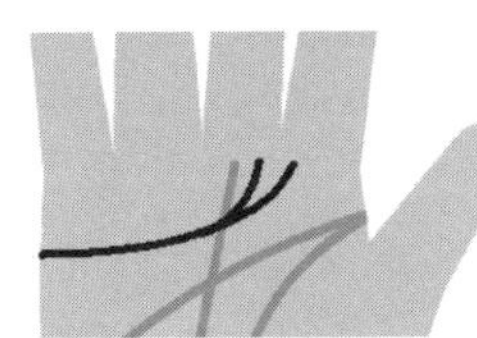

2줄 모두 위를 향한 사람도 인기가 많지만 금방 뜨거워지고 금방 식는다.

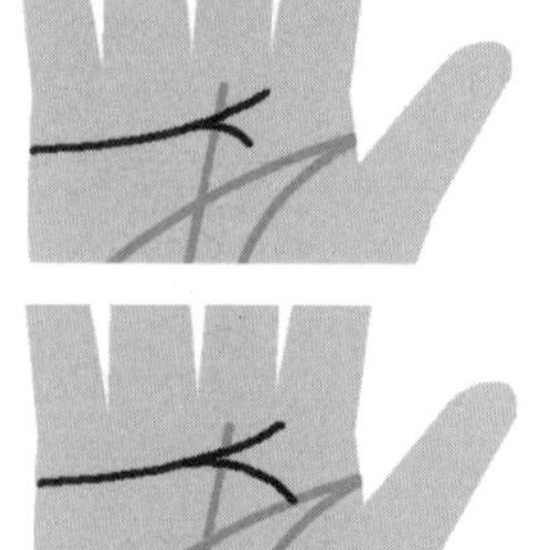

갈라진 1 줄이 밑을 향한 사람은 실연하면 금세 낙담한다.

밑을 향한 1 줄이 지능선에 닿으면 실연의 충격에서 벗어나지 못한다.

먼저 잘 빈정거리는 사람의 손금이야.

감정선의 시작점 근처에 그림처럼 가지선이 나온 사람은 유머는 있지만 조금 빈정대는 사람이다.

넷째손가락과 새끼손가락 아래쪽의 감정선 위에 3개의 섬 같은 모양이 있는 사람은 그 자리의 분위기를 금방 알아차려서 좋은 분위기로 바꿀 수 있다.

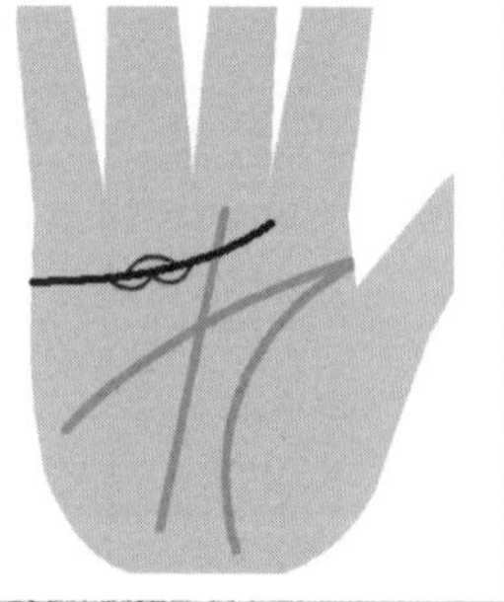

 # 여러 형태의 감정선

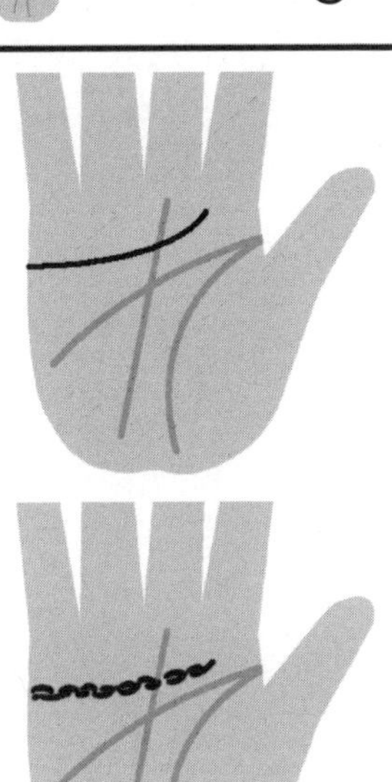

1줄로 선명한 감정선

희로애락의 감정표현이 직선적이며 표현방법도 서툴러 그다지 재미있는 사람은 아니다. 대인관계도 그다지 좋지 않다.

사슬모양의 감정선

감정이 풍부하며 표현력도 있어 매력적이다. 인정은 많지만 약간 변덕스러운 면이 있으며 자기중심적으로 생각한다. 연애하기 좋아하는 사람의 손금이다.

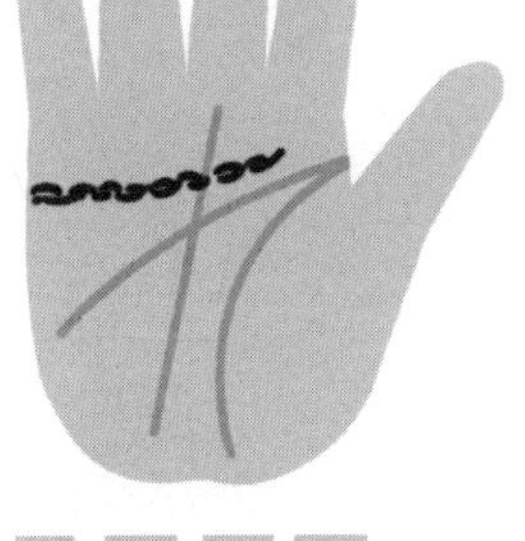

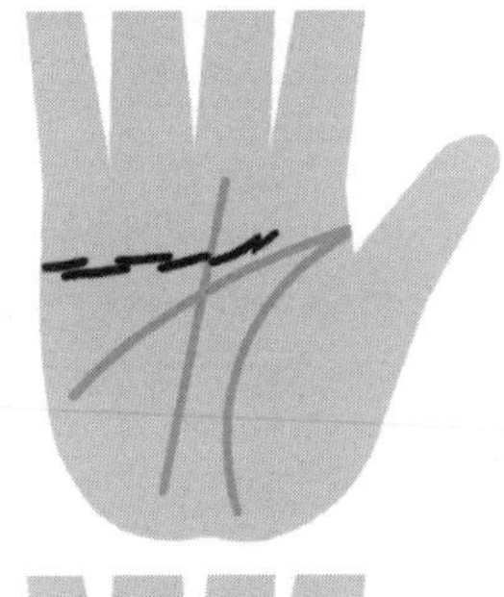

마디마디 끊어진 감정선

성격은 엄하고 무미건조하다. 연애감정이 그다지 강하지 않기 때문에 결혼생활이 길게 유지되지 않을 수도 있다.

물결모양의 감정선

상대방의 감정에 둔감한 면이 있어서 냉정한 사람이라고 오해받기 쉬운 타입이다. 연애에도 둔감하다.

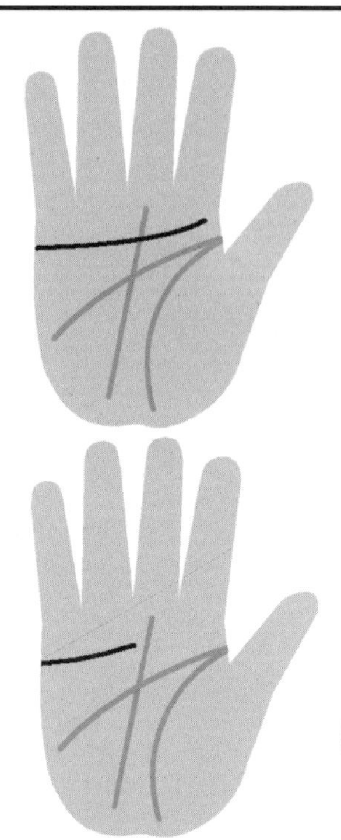

긴 감정선

희로애락의 감정폭이 심하며 연애나 일 모두 정열적이다. 인정이 많아서 친구도 많지만 반면에 감정을 잘 조절하지 못해 주위에 적을 만들기 쉽다.

짧은 감정선

냉정하고 침착하며 감정을 조절할 수 있는 이성적인 사람이다. 단, 너무 짧으면 냉담한 면이 있다.

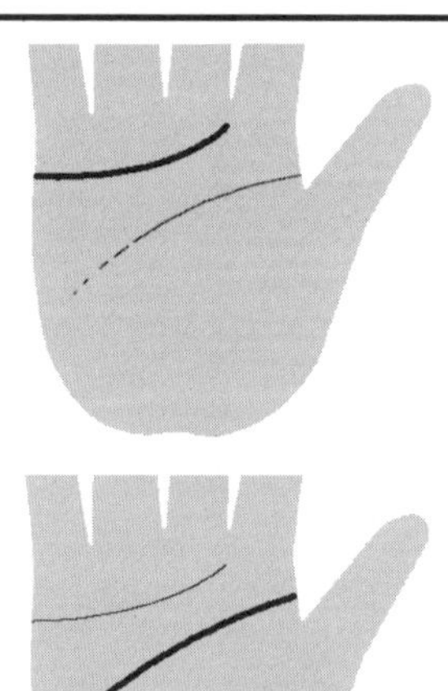

감정선과 지능선의 균형

감정선은 발달했지만 지능선이 빈약한 사람은 감정을 억제하지 못해서 멋대로 행동한다.

반대로 지능선은 발달했지만 감정선이 빈약한 사람은 이론만 내세우는 사람이라서 주위 사람들이 싫어한다.

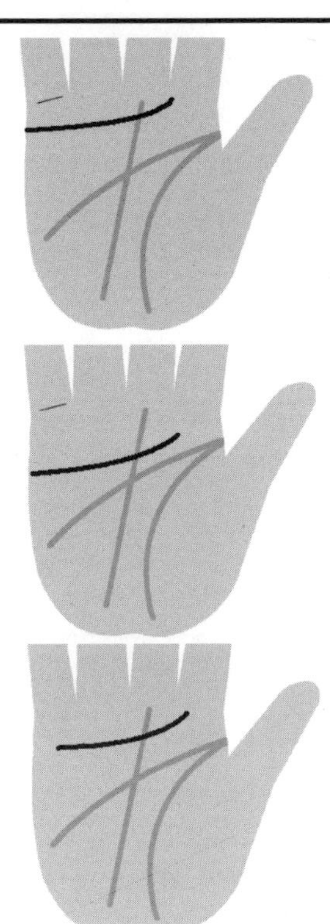

감정선의 시작점이 수성의 언덕쪽에 가깝다

화성의 언덕 범위가 넓어지고 그 의미도 강해진다. 격정적이어서 감정을 조절하지 못하며 완고한 사람이다.

감정선의 시작점이 화성의 언덕쪽에 가깝다

수성의 언덕 범위가 넓어지고 그 의미도 강해진다. 냉정하고 침착하며 이성적인 사람이다.

수성의 언덕에서 시작되는 감정선

금전감각이 뛰어나지만 재물에 너무 집착하는 경향이 있다.

감정선이 2줄 있다

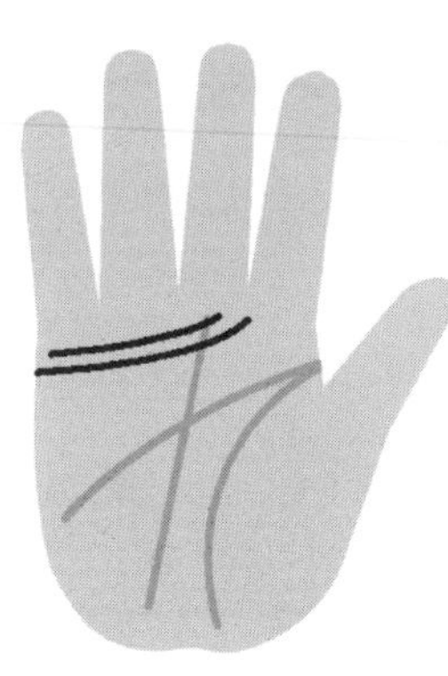

감정도 보통사람의 2배이며 아주 정열적인 사람이다. 밝고 정열적이며 연애경험도 많다. 단, 소유욕도 질투심도 보통사람의 2배이기 때문에 그만큼 갈등이 많을지도 모른다.
2번째 줄이 본선 위쪽에 있으면 음란하다고 할 수 있을 정도로 연애에 열중하는 사람이고, 아래쪽에 있으면 일에 열중하는 사람이다.

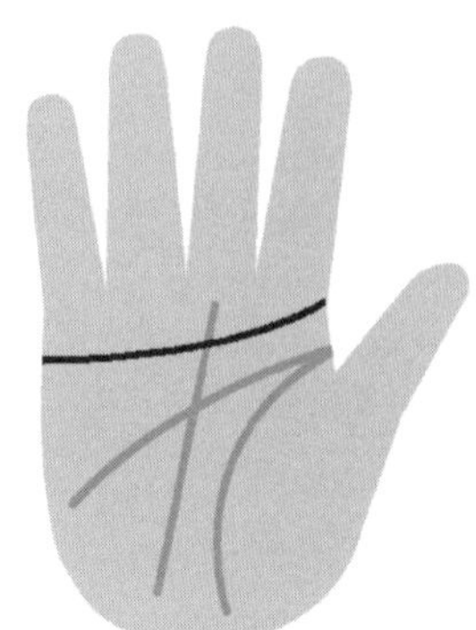

감정선의 끝이 손바닥 끝까지 뻗어 있다

애정에 대한 집착이 강해서 애인을 독점하고 싶어한다. 병적으로 질투심이 강해서 싸움을 하는 경우도 생긴다.

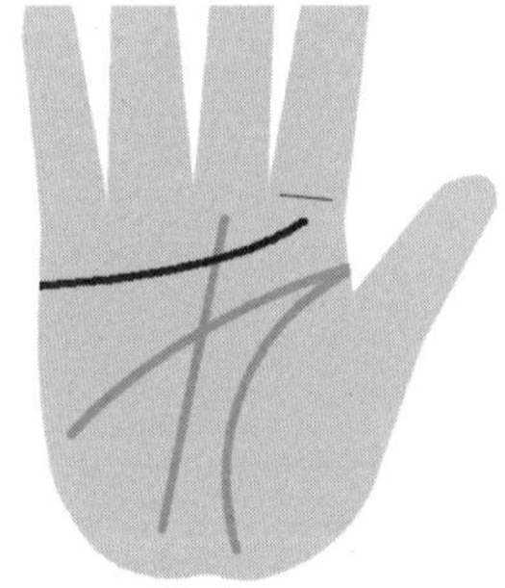

감정선의 끝이 목성의 언덕으로 뻗어 있다

성실하며 신뢰할 수 있는 사람이다. 다정하며 애정도 풍부하지만 가족이나 다른 사람들에게도 친절하기 때문에 애인으로는 좀 부족할지도 모른다.

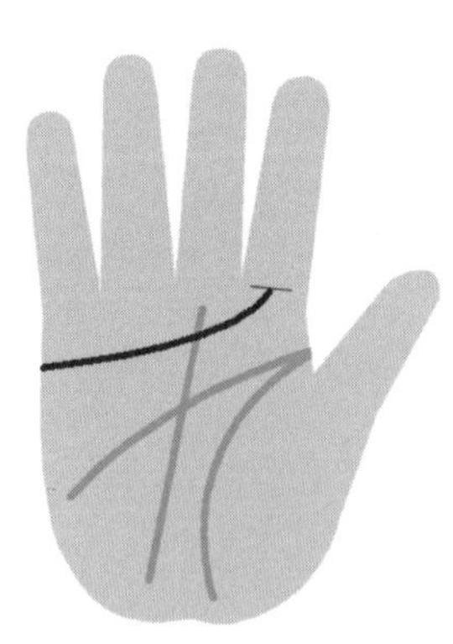

감정선의 끝이 둘째손가락의 밑부분에 붙어 있다

낭만적이며 애정에 민감한 사람이다. 애인에게도 헌신적이다.

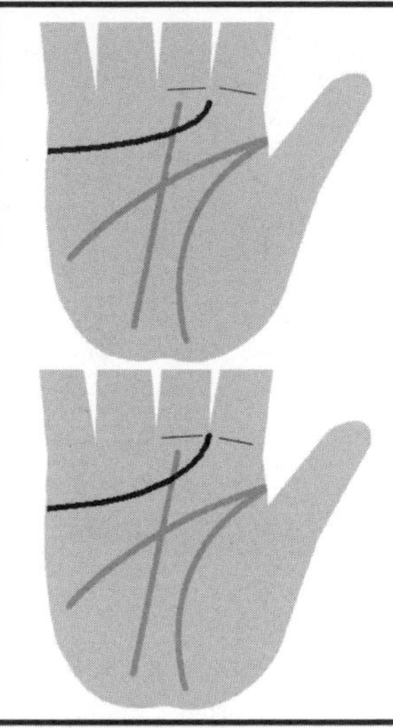

감정선의 끝이 둘째손가락과 가운뎃 손가락 사이를 향한다

여성이라면 현모양처, 남성이라면 가정적인 남편이 된다.

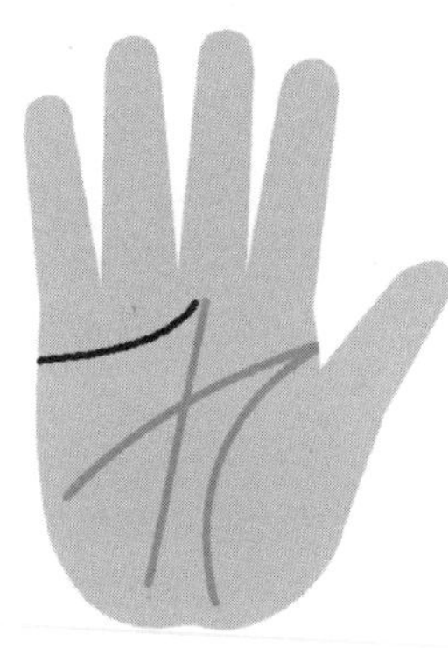

감정선의 끝이 둘째손가락과 가운뎃 손가락 사이에 있다

애정에 대해 결벽하여 남성이라면 절대로 아내를 배신하지 않는 좋은 남편이 된다.
단, 상대에게도 자기처럼 하기를 기대한다.

감정선의 끝이 토성의 언덕으로 뻗어 있다

자기중심적이며 차가운 면이 있는 사람이다.
만약 사슬모양이라면 맹목적인 연애를 하며, 선이 1줄이면 상대가 싫증나면 쉽게 차버린다.

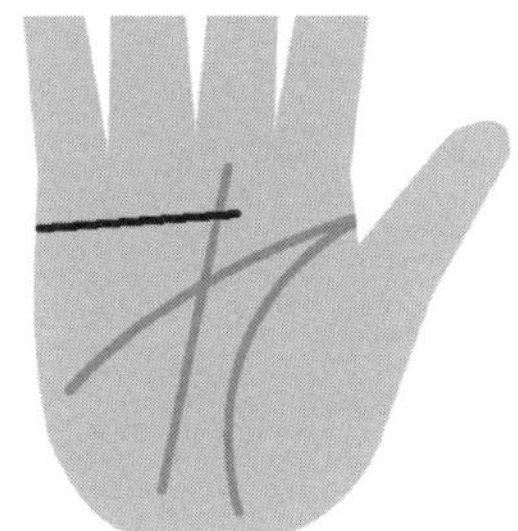

감정선이 곧게 뻗어 가운뎃손가락 아래쪽에서 끝난다

이성에게 관심이 없어서 애정에 빠지지 않는 사람이다. 사랑보다 일을 선택하는 타입이다.

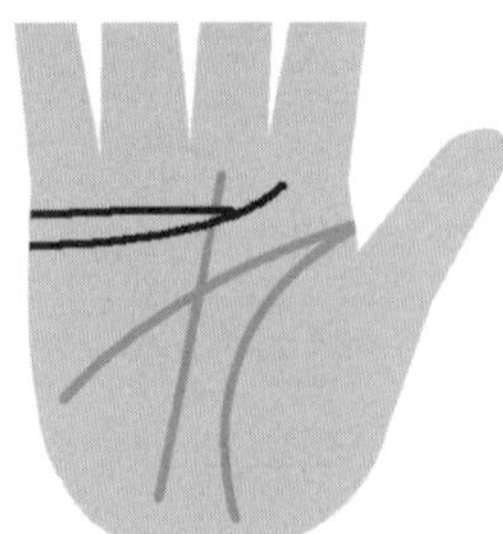

위쪽의 2번째 감정선이 가운뎃손가락 아래에서 본선과 붙어 있다

성(性)에 일찍 눈을 뜨고 젊은 시절에 애정문제를 일으킨다.

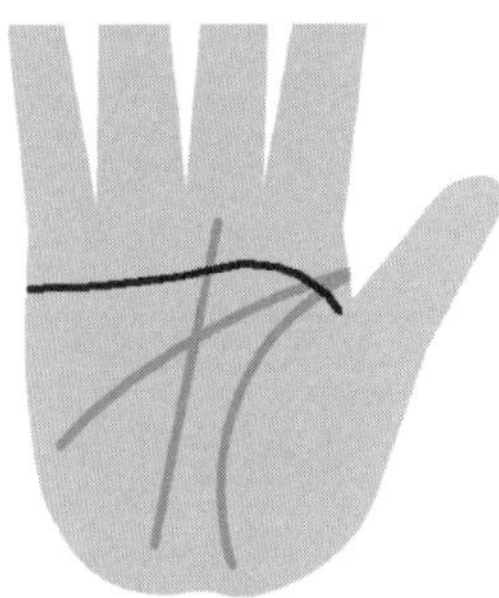

감정선 끝이 화성의 언덕으로 뻗어 있다

공격적인 성격의 사람이다. 곤경에 처한 사람을 그대로 보고만 있지 못하는 인정 많은 사람이다. 그러나 자기가 생각한 대로 하려고 남을 너무 간섭하기 때문에 상대방에게는 남의 일에 참견하기 좋아하는 사람으로 보일지도 모른다.

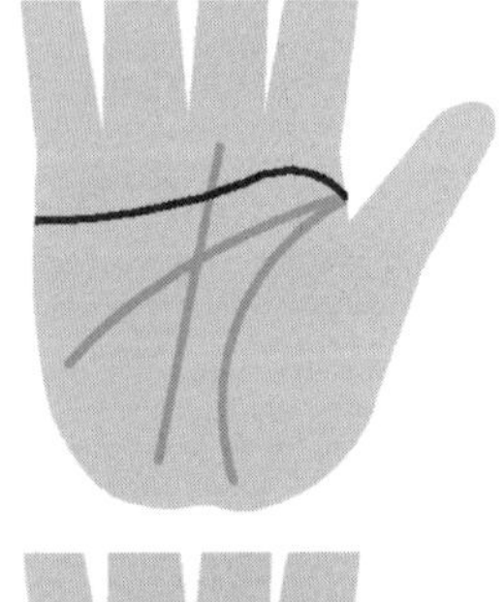

감정선의 끝이 둘째손가락 아래에서 갑자기 내려가 생명선의 시작점에 붙는다

정의감이 강하고 자기가 옳다고 확신하면 맹목적으로 곤란한 일에 뛰어드는 경향이 있다. 자존심도 매우 강한 사람이다.

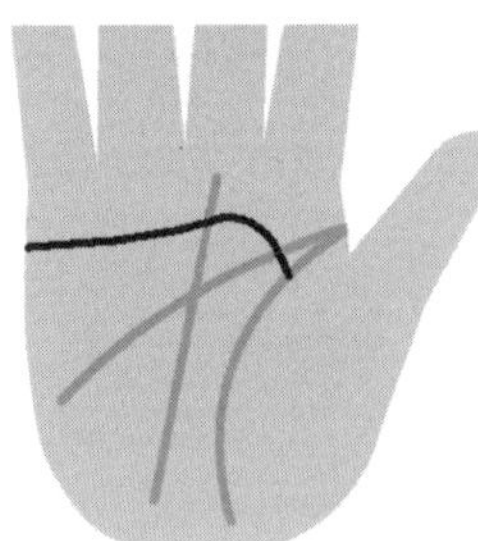

감정선의 끝이 가운뎃손가락 아래에서 갑자기 내려가 생명선에 붙는다

순정적이고 낭만적인 사람이다. 신경질적인 면이 있고 내성적이다.

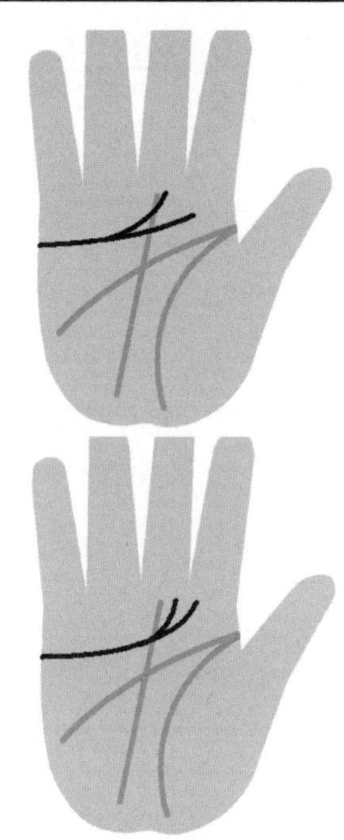

감정선의 끝이 2갈래로 갈라지고 갈라진 1줄이 위를 향한다

활달하며 사교적인 성격이다. 매력도 있어서 이성에게 인기가 많다. 최근에 갑자기 이런 손금이 나타나면 새로운 사랑을 시작한다는 신호이다.

2갈래로 갈라진 2줄 모두가 위를 향한다

활달하고 매력적이기 때문에 인기가 많다. 쉽게 뜨거워지고 쉽게 식기 때문에 연애가 길게 이어지지 않는다.

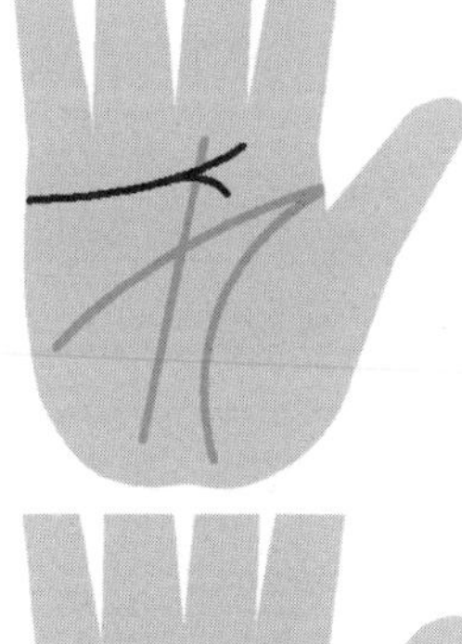

감정선의 끝이 2갈래로 갈라지고 갈라진 1줄이 아래를 향한다

책임감이 강하고 성실한 사람이다. 융통성이 없고 고지식하여 주위에서 멀리하는 경향이 있다. 실연을 당하면 아주 낙담하는 타입이다.

2갈래로 갈라진 1줄이 밑을 향하여 지능선에 붙는다

순정적인 사람이며 실연을 당하면 그 충격에서 헤어나지 못한다.

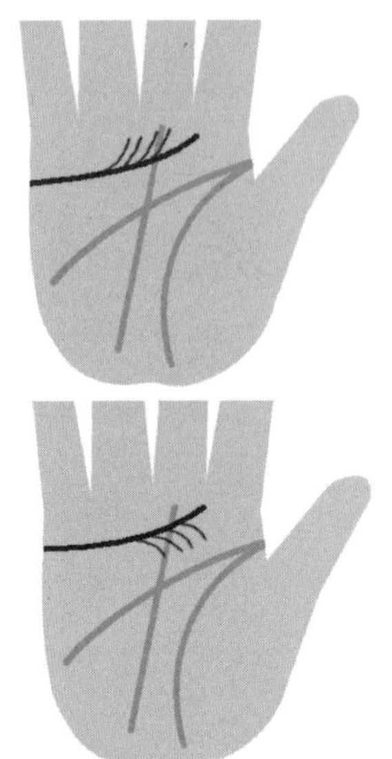

감정선에 위로 향한 가지선이 나와 있다

활발하며 사교적인 성격이다. 호감 가는 성격으로 주위에 친구들이 많지만 약간 덜렁거리는 면이 있다. 연애는 혼자 반했다 혼자 실연 당하는 타입이다. 가망이 없다고 생각하면 집착하지 않고 바로 포기한다.

감정선에 아래로 향한 가지선이 나와 있다

내성적이며 전전긍긍 고민하는 사람이다. 실연을 당하면 아주 낙담하여 마치 비극의 주인공인 것처럼 착각하는 타입이다.

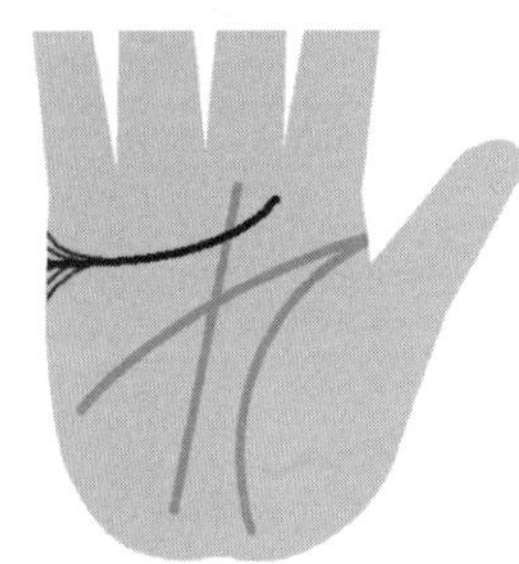

감정선의 시작점에 수성의 언덕, 화성의 언덕을 향한 가지선이 나와 있다

활달하고 유머가 있으며 적극적인 성격이다. 확실하게 말하는 성격이라서 주위에 적을 만들기 쉽지만 본인은 전혀 신경 쓰지 않는다.

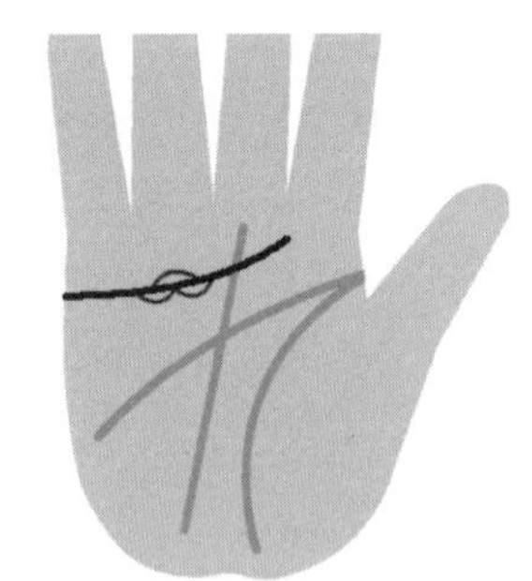

넷째손가락과 새끼손가락 사이의 아래쪽 감정선에 그림처럼 3개의 섬이 있다

분위기 파악을 잘하고 분위기를 좋게 바꿀 수 있는 사람이다. 술장사에 딱 맞는 손금이다.

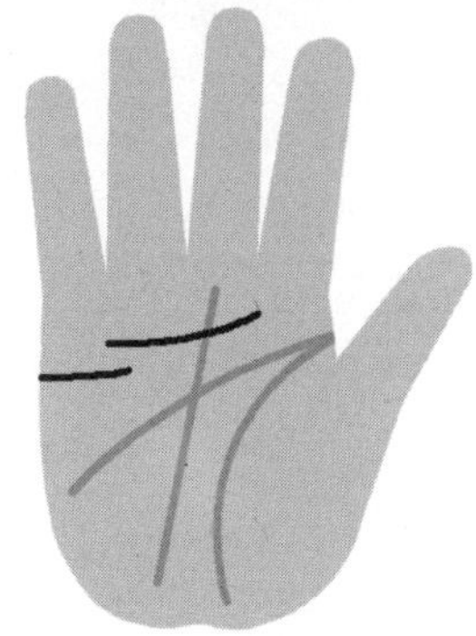

감정선이 넷째손가락과 새끼손가락 사이의 아래에서 아래위로 크게 끊어졌다

초혼이 이혼으로 끝나버리는 손금이다.

감정선에 나타나는 신호

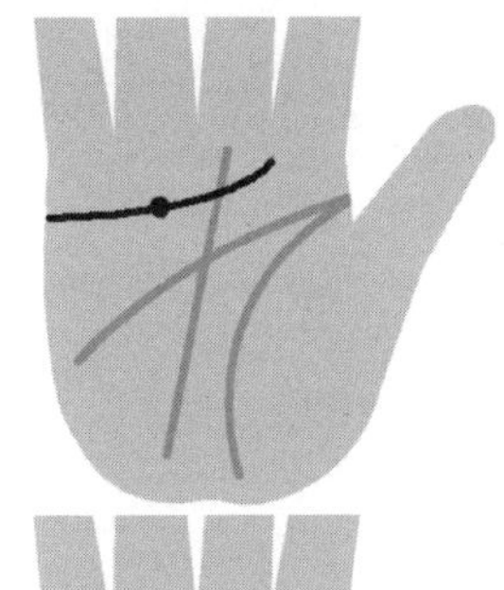

감정선 위에 붉은 반점이 있다

가까운 미래에 어떤 갈등에 휘말리는 것을 나타낸다.

감정선 끝이 ＋무늬에서 끝난다

가장 사랑하는 사람과 헤어지는 손금이다. 일시적인 이별이 아니라 관계가 원래대로 회복되지 않는다.

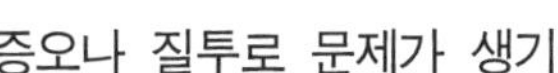

감정선 위에 별이 있다

증오나 질투로 문제가 생기는 것을 나타낸다.

지능선으로 알 수 있는 것

지능선으로는
지혜와 재능, 성격,
적성을 알 수 있어요.
지능선이 좋으면
운명선이 나쁘더라도
운은 열리죠.

지능선은
긴 것과
짧은 것 중에
어느 게
좋아?
길이보다는
힘있게
뻗었느냐
아니냐에
달렸어.

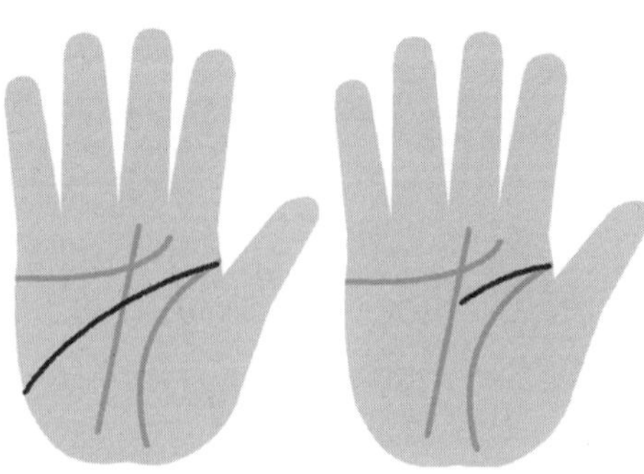

지능선이 길
고 힘있게
뻗은 사람은
머리가 좋고
사회에 잘
적응하는 사
람이다.
반대로 짧
으면서 힘
있게 뻗은
사람은 결
단력과 추
진력이 있
는 사람이
다.

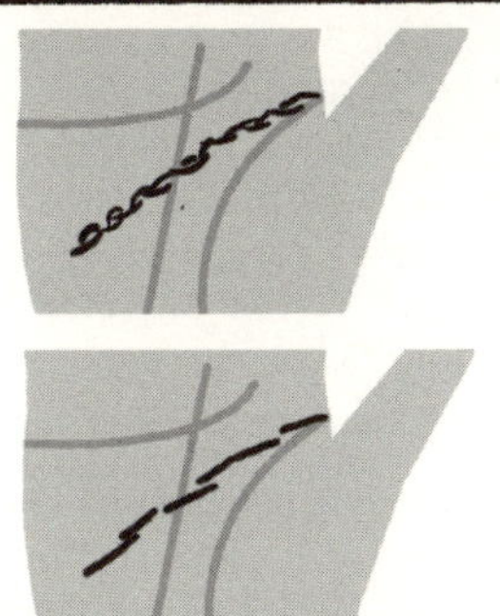

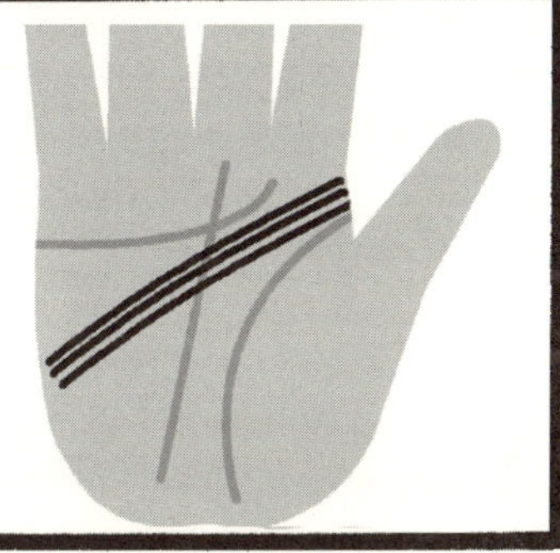

지능선의 시작점이 생명선에서 1~2㎜ 떨어진 사람은 밝고 직감이 뛰어나다.

3~7㎜ 떨어진 사람은 개방적이고 적극적이다.

그 이상 떨어진 사람은 자신감이 있으며 다른 사람의 말을 듣지 않는다.

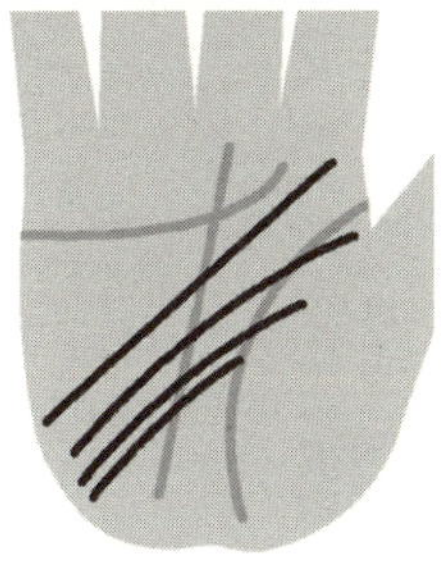

지능선이 목성의 언덕에서 달의 언덕을 향해 힘있게 뻗은 사람은 남녀 모두 성공한다.

화성의 언덕에 있는 사람은 대담하며 추진력이 있다.

생명선 안쪽에 있는 사람은 손재주는 좋지만 신경질적이다.

생명선 중간에 있는 사람은 예술적인 재능이 있다.

지능선 끝이 아래로 내려 갈수록 낭만적인 사람이래.
반대로 위로 향할수록 물질적이고 현실적인 성격이 되는 거야.

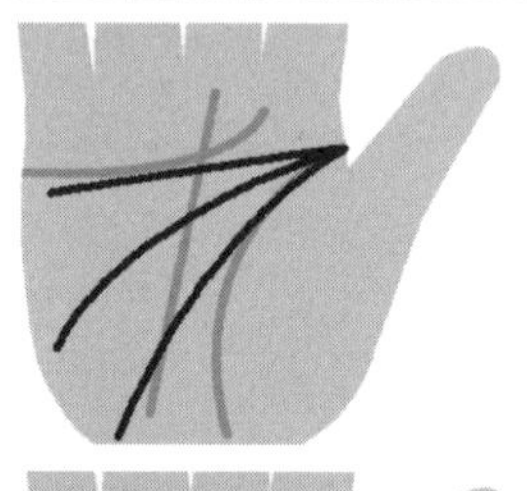

지능선이 가로로 일직선인 사람은 합리적이고 적극적인 성격이다.
지능선 끝이 달의 언덕을 향한 사람은 상상력이 풍부한 예술가 타입이다.
손목을 향한 사람은 비현실적이며 공상만 하는 사람이다.
수성의 언덕으로 갑자기 굽은 사람은 장사수완이 뛰어나다.

지능선이 2갈래로 갈라져 1줄은 일직선 가로로, 또 1줄은 달의 언덕을 향하여
2갈래로 갈라지면 물질적인 면과 정신적인 면이 균형을 이룬 사람이라는 의미지!

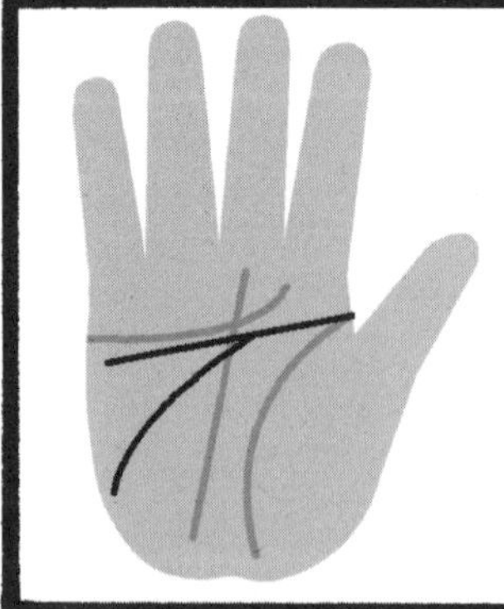

가운뎃손가락 아래쪽에서 1줄이 가로로 일직선, 다른 1줄이 달의 언덕으로 향한 사람은 요령이 좋고 처세에 뛰어나다.
단, 가로로 일직선이 짧으면 변명을 잘하는 사람이야.

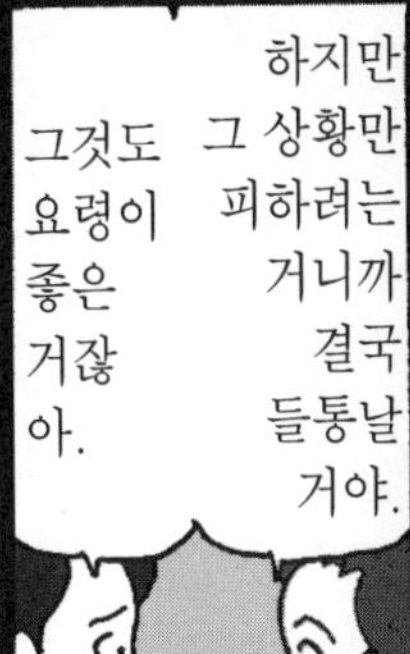
하지만 그 상황만 피하려는 거니까 결국 들통날 거야.
그것도 요령이 좋은 거잖아.

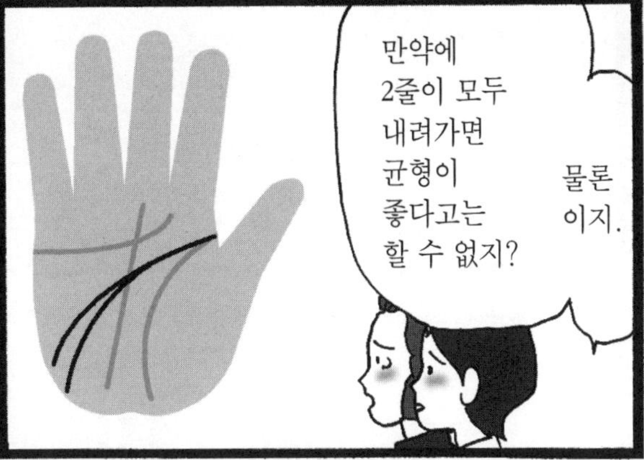
만약에 2줄이 모두 내려가면 균형이 좋다고는 할 수 없지?
물론이지.

그렇게 되면 또 천재라고 말하는 예술가 타입이야.
보통사람으로는 이해하기 힘들다는 말이구나.

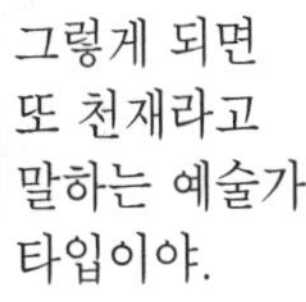

위쪽을 향해 짧은 가지선이 몇 개 있는 사람은 새로운 것을 만들거나 새로운 분야를 개척한다.
위쪽을 향한 가지선이 감정선에 붙은 사람은 이성에 대해서 맹목적인 정열을 가진다.

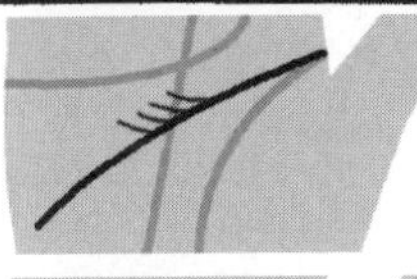
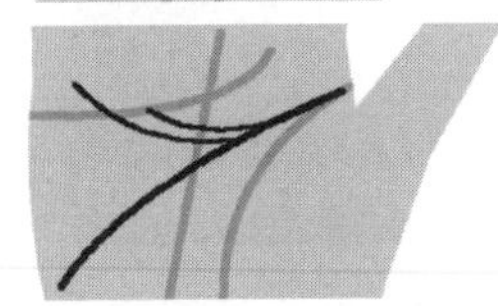
위쪽을 향한 가지선이 수성의 언덕으로 뻗은 사람은 금전감각이 뛰어나다.

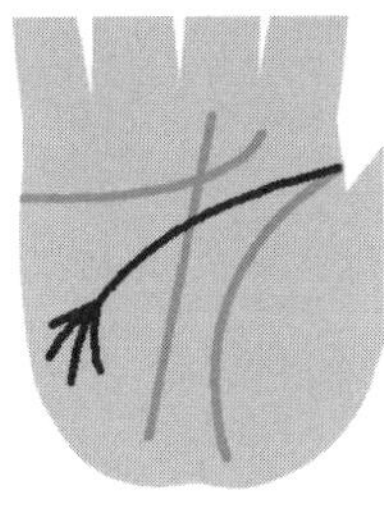
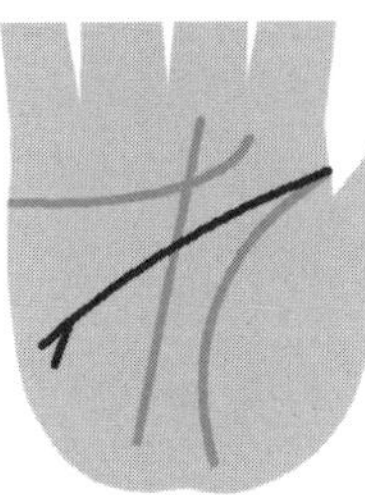
끝이 몇 갈래로 갈라진 사람은 재주가 없는 사람이다.
끝이 작게 2 갈래로 갈라진 사람은 재주가 있으며 창조적이다.

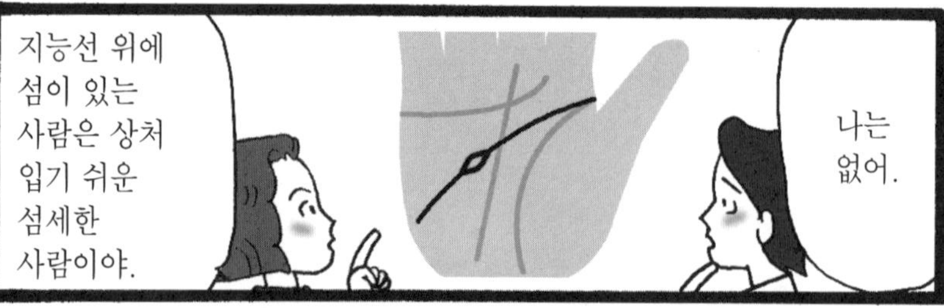

지능선 위에 섬이 있는 사람은 상처 입기 쉬운 섬세한 사람이야.
나는 없어.

병적이란 뜻이야. +무늬나 별도 마찬가지로 신경질환을 나타내.
그래?

검은 반점은 뇌에 병이 있다는 것을 나타내는 거야.

아무튼 특별히 의심나는 데가 있으면 병원에 꼭 가봐.
응

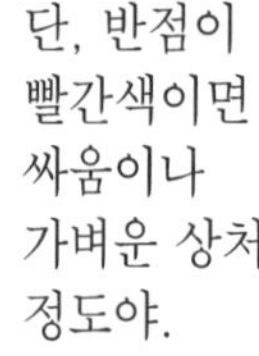

단, 반점이 빨간색이면 싸움이나 가벼운 상처 정도야.
그것뿐이야?

그렇지만 반점이 없어질 때까지는 충분히 주의를 기울이는 게 좋아.

지능선에도 특이한 경우가 몇 가지 있어.
그래?

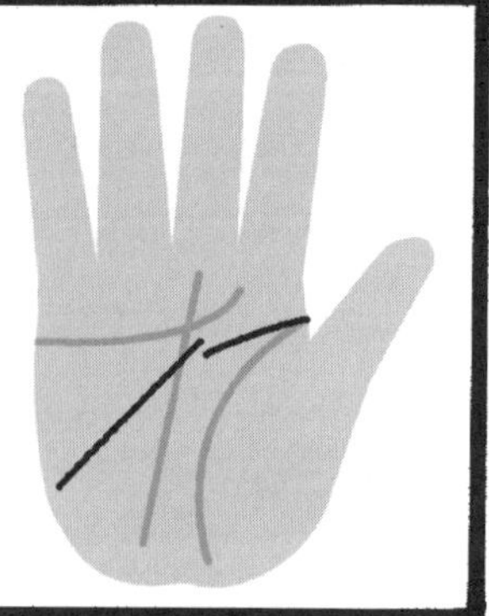

가운뎃손가락에서 끝나는 지능선을 조금 지나 또 다른 1줄이 달의 언덕을 향해서 일직선으로 뻗은 사람은 지성적이고 예술에도 재능이 있다.

너무 머리가 좋아서 다른 사람들을 얕잡아 보는 경향이 있어.
그럼 남들이 싫어하겠다.

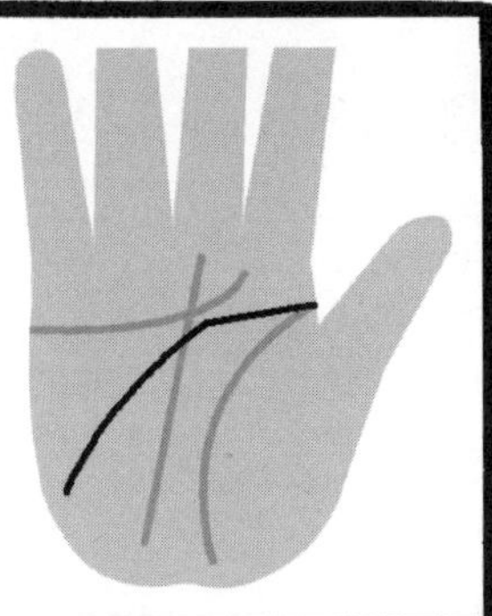

가로로 일직선인 선이 중간에 갑자기 방향을 바꾸는 사람은 머리는 좋지만 게으르다.

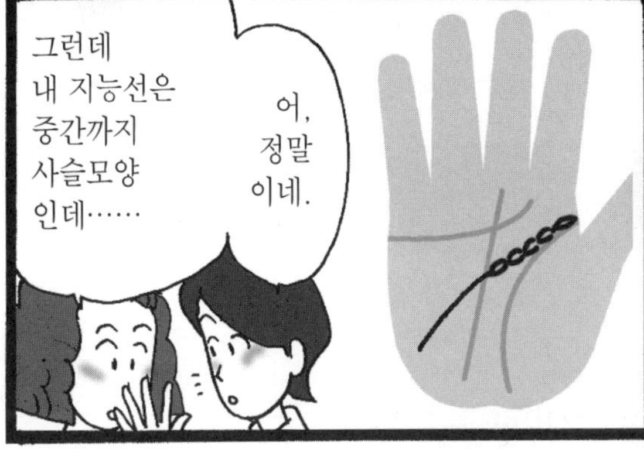

그런데 내 지능선은 중간까지 사슬모양인데……
어, 정말이네.

이건 당장 소동을 일으키는 덜렁이 손금이야.

맞아, 내 멋대로 생각하고 지레짐작으로 실패하는 경우도 많아.
중얼중얼
그렇지만 설마 그게 손금에 나올 줄이야……

굉장해!!
손금은 정말 잘 맞는 거 같아.

……

# 여러 형태의 지능선

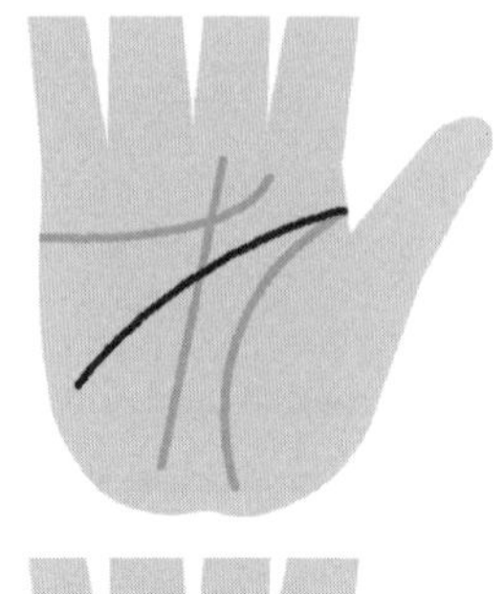

1줄로 선이 선명한 지능선

지능선이 선명하고 힘차게 뻗었으면 좋다고 말할 수 있다.
지적이며 사회적응도 뛰어나고 일도 잘해 생활력이 강하다.

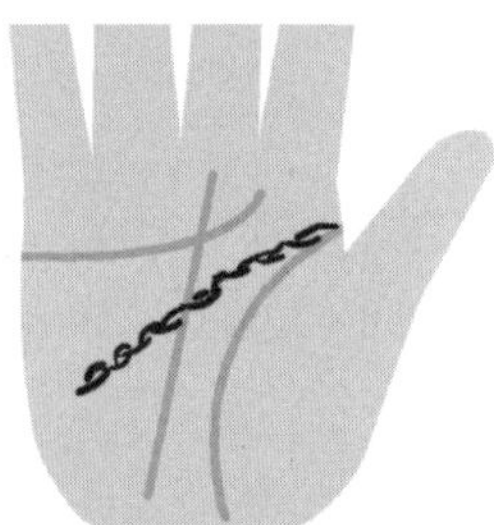

사슬모양의 지능선

신경질적인 성격이다. 감정선도 사슬모양이면 바람기가 있다.

마디마디 끊어진 지능선

눈앞의 쾌락만을 좇는 그다지 성실하지 않은 사람이다.

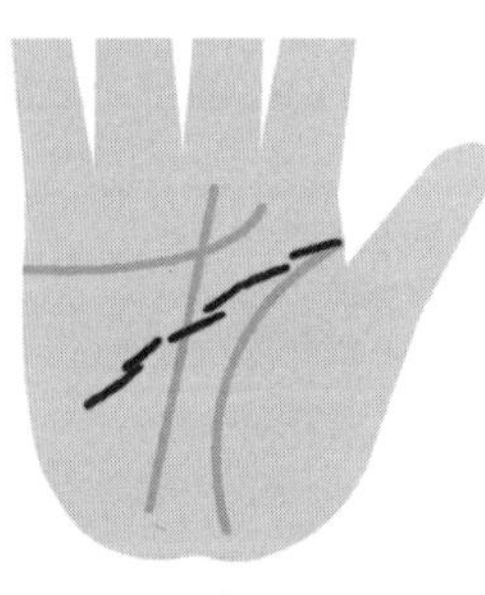

물결모양의 지능선

요령이 없고 처세술이 나빠 손해만 본다.

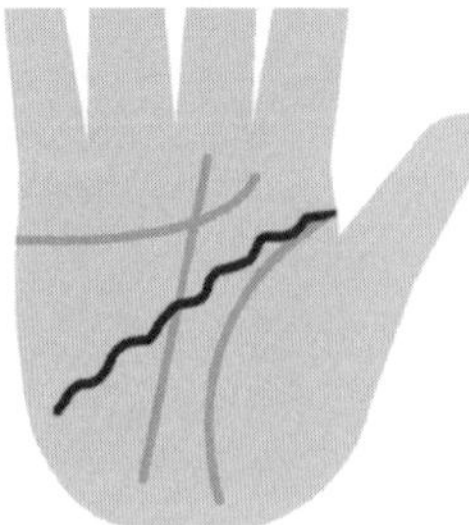

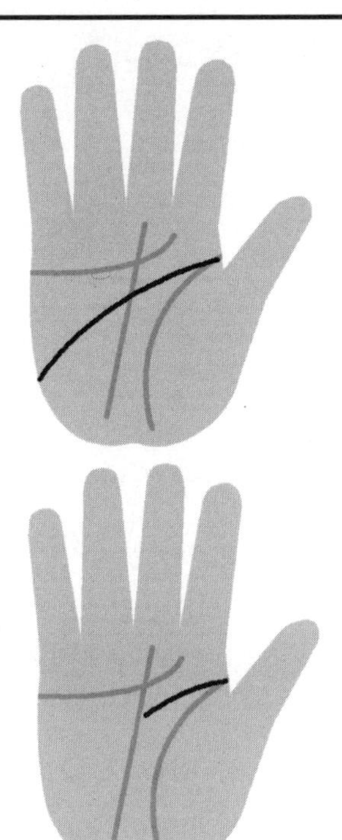

긴 지능선

지능선이 길면서 힘있게 뻗은 사람은 지적이고 사회에 잘 적응한다.
뻗는 힘이 너무 없으면 머리는 좋지만 우유부단한 경향이 있다.

짧은 지능선

짧고 힘있게 뻗으면 좋은 지능선으로 결단력과 추진력이 있는 사람이다. 손재주도 뛰어나고 꼼꼼하다.
뻗는 힘이 너무 없는 선은 고민하지 않는 반면 심사숙고도 안 한다.

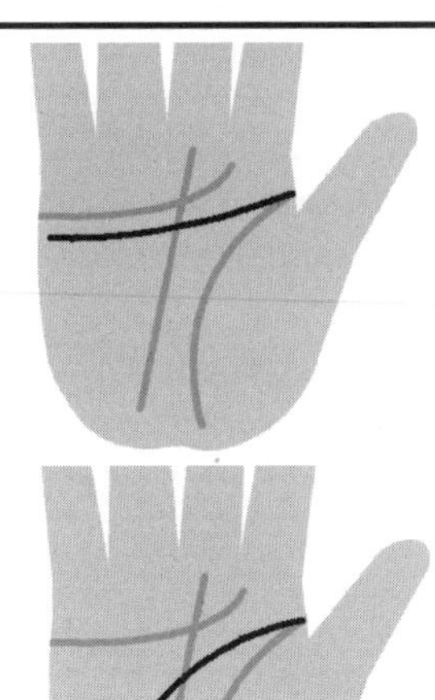

지능선의 끝이 위로 올라간다

물질적 또는 현실적인 성격이다. 선이 좋으면 적극적이고 노력하는 사람이며, 선이 나쁘면 돈에 너무 집착하며 꿈이 별로 없는 사람이다.

지능선의 끝이 아래로 내려간다

낭만적이며 비현실적인 성격이다. 아래로 내려갈수록 그 경향이 강해진다. 예술가 타입이지만 정도가 지나치면 어두운 성격이다.

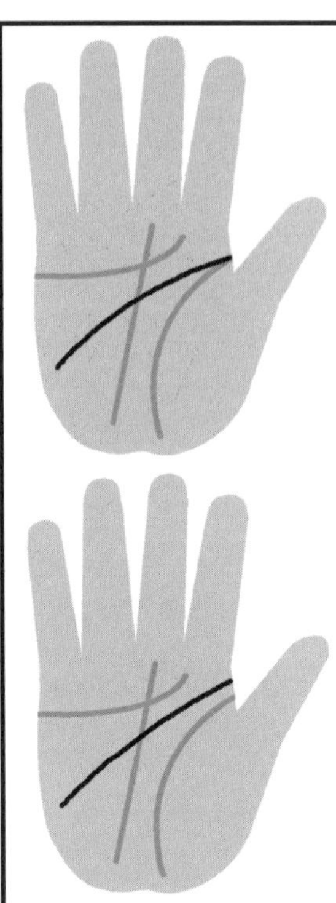

지능선의 시작점이 생명선과 같다

약 80%가 이 손금이다.

시작점이 생명선에서 1~2㎜ 떨어져 있다

밝은 성격이며 사교적이다. 감각이 좋고 행동도 민첩하다.

시작점이 생명선에서 3~7㎜ 떨어져 있다

개방적이고 적극적인 사람이다. 담력도 있어서 지도자 타입이다.

시작점이 생명선에서 7㎜ 이상 떨어져 있다

모든 일에 자신만만한 사람이어서 남의 의견에 귀를 잘 기울이지 않는다.

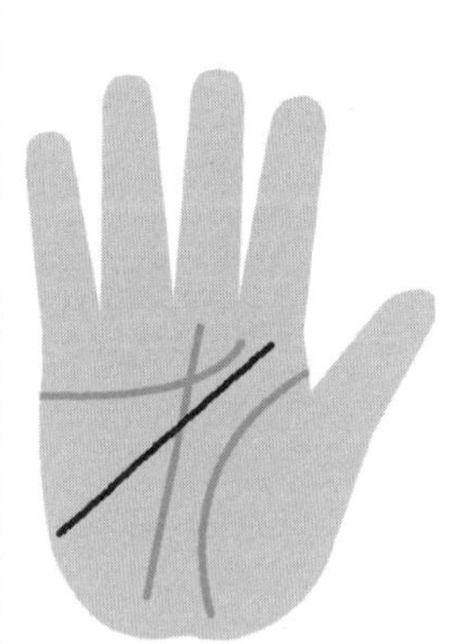

지능선이 목성의 언덕에서 달의 언덕을 향해 힘있게 뻗어 있다

이 손금인 사람은 남녀 모두 사회에서 성공한다. 지배력과 행정적인 수완이 좋아서 정치가가 적합하다.
예능에도 재능이 있다. 선이 나쁘면 오만하다.

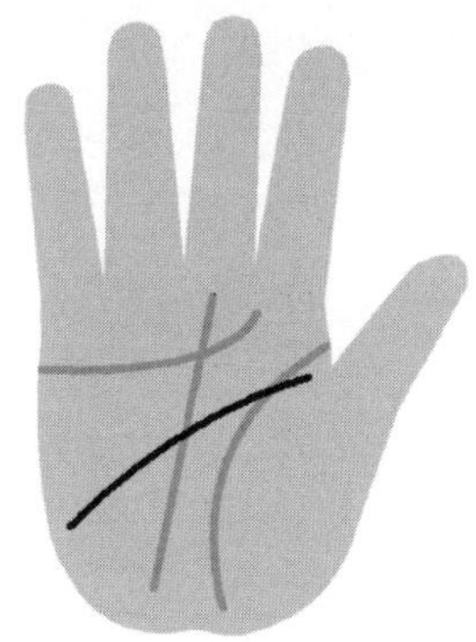

지능선의 시작점이 화성의 언덕

신경질적이며 신중한 성격이다. 선이 좋으면 투지가 좋고 열심히 노력하지만, 선이 나쁘면 성격이 급하다.

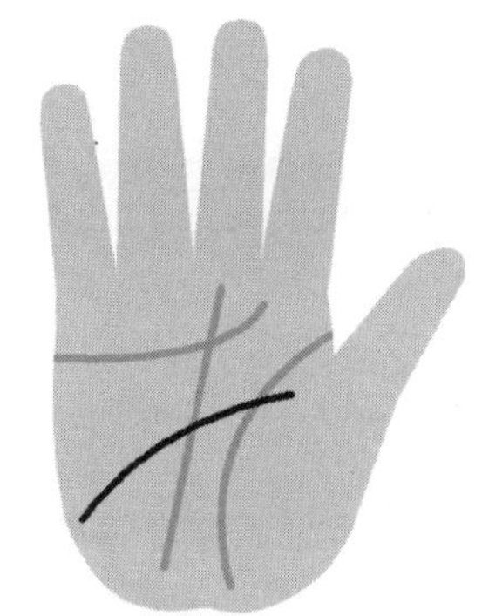

지능선이 생명선 안쪽에서 시작한다

신경질적이며 내성적인 성격이다. 아주 섬세하여 아름다운 것에 민감하다. 손재주도 뛰어나 미술작품을 창작하는 일에 적합하다.

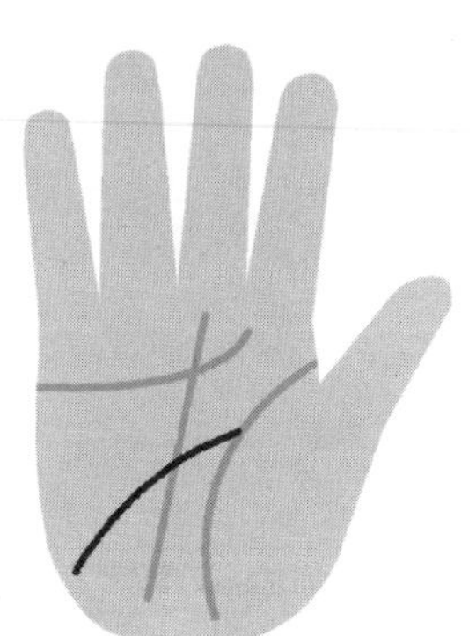

지능선이 생명선 중간에서 시작한다

미술이나 문예에 재능이 있는 사람이다. 사람의 마음을 잘 읽기 때문에 서비스업도 잘 어울린다. 단, 선이 나쁘면 요령이 없어서 무슨 일을 시켜도 꾸물거린다.

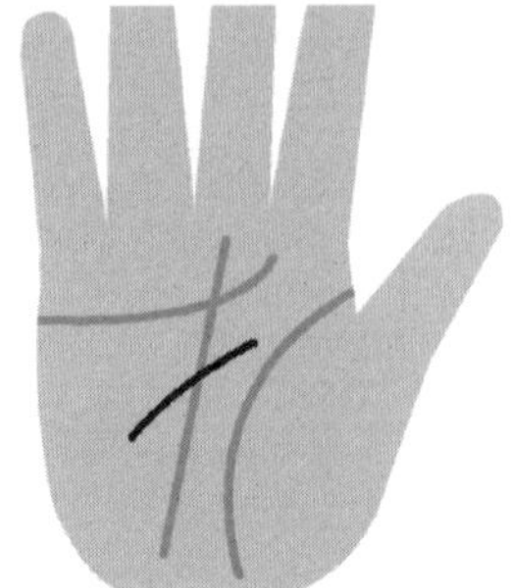

지능선이 화성평원에 있다

변덕이 심하고 인생의 목표가 없는 사람이
다. 일이나 사는 곳도 일정하지 않아 떠돌아
다닌다.

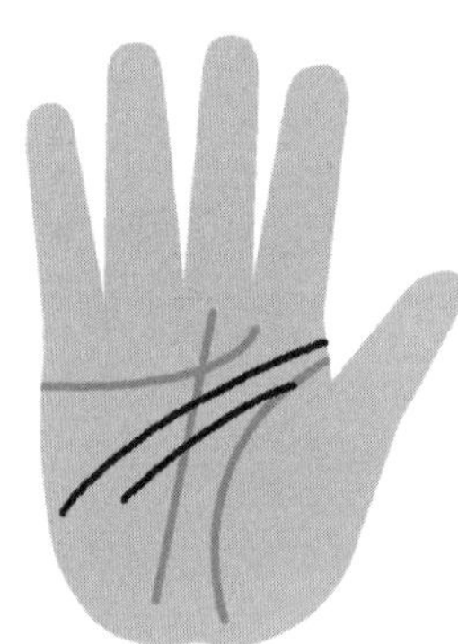

지능선이 2줄 있다

머리회전이 빠른 다재다능한 사람이다. 사교
성도 있고 매력적이기 때문에 이성에게 인기
가 많다. 2가지 일을 동시에 할 수 있는, 다
른 사람의 배 이상의 능력을 발휘하는 사람
이다. 단, 성격은 복잡하다.

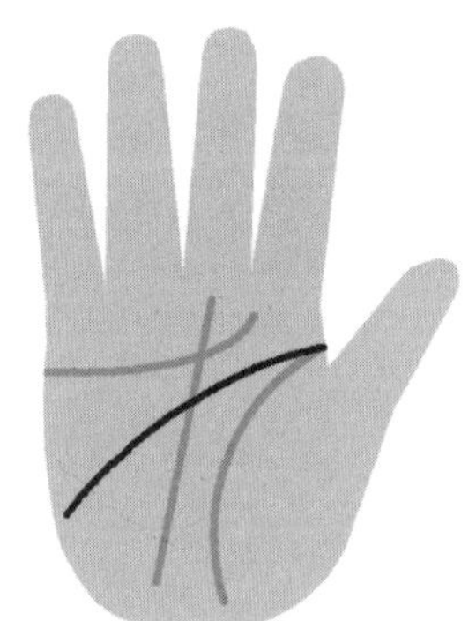

지능선의 기울기가 표준이다

물질적 · 정신적인 면이 모두 균형을 이룬 성
격으로 상식이 있는 사람이다. 인간관계도
원만하고 어떤 일에나 대처할 수 있다.

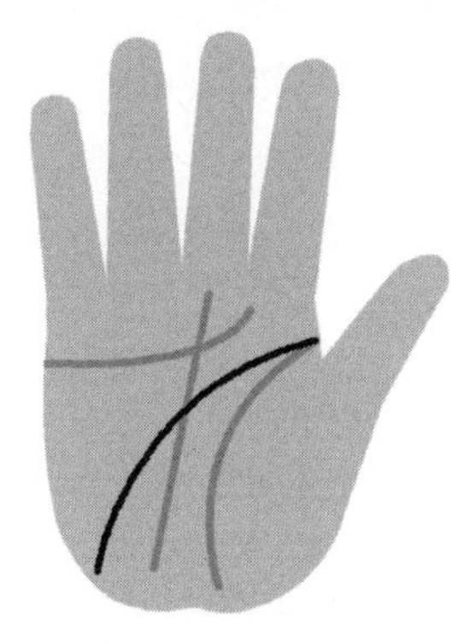

지능선이 내려간다

지능선 끝이 손목을 향할수록 낭만적이며 비현실적인 경향이 강하다.
공상가 타입이며 아름다운 것을 동경하는 예술가가 적합하다. 분위기에 약하고 선이 너무 내려가면 하찮은 일에도 깊게 고민하는 소심한 성격이다.

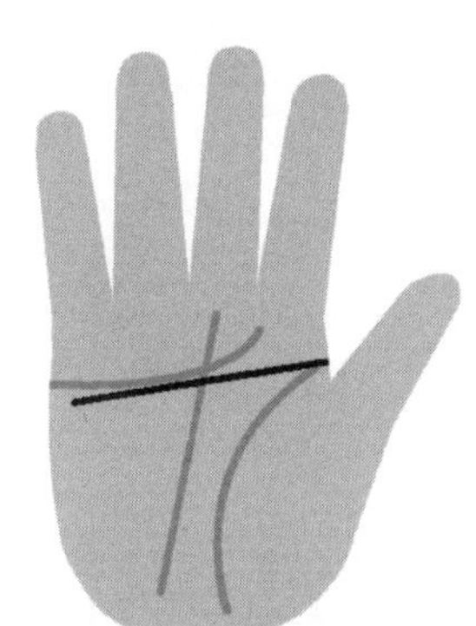

지능선이 일직선 가로로 뻗어 있다

합리적 · 실리적이며 추진력이 있는 사람이다. 의욕적이고 노력하는 사람이지만 약간 타산적인 면이 있다.

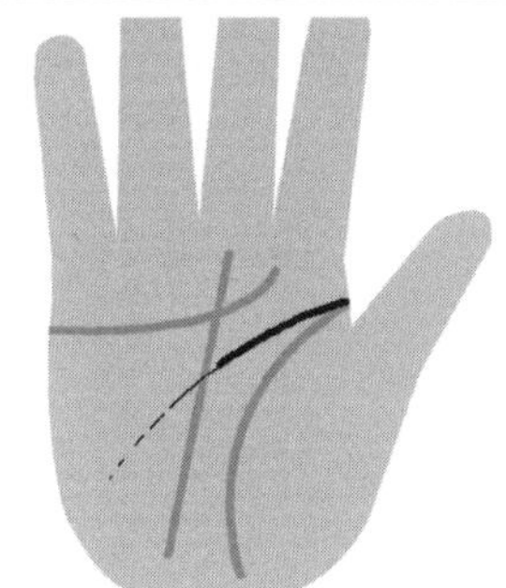

지능선이 중앙부터 아주 흐려진다

내성적이며 겁이 많고 정신적으로 약한 사람이다. 끈기도 별로 없다.

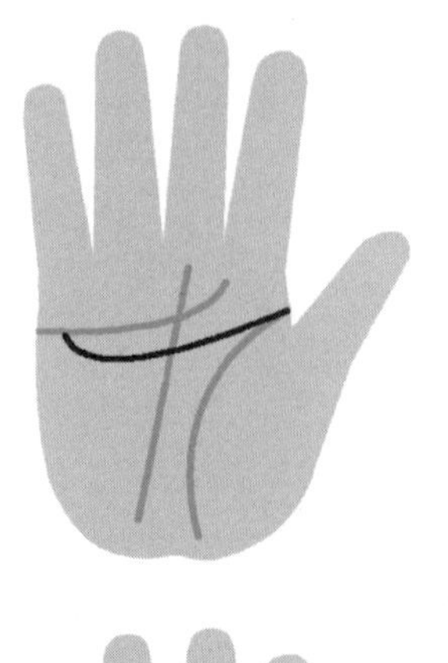

새끼손가락 아래쪽에서 갑자기 올라온 지능선이 감정선에 붙어 있다

돈에 집착하며 매우 타산적이지만 장사에는 적합하다. 구두쇠이며 여성인 경우에는 가정운이 좋지 않다.

감정선을 뚫고 지나간다

뛰어난 금전감각을 갖고 있으며 상술에 능하다. 주식투자로 큰돈을 벌 수 있는 타입이지만 지나치면 구두쇠가 될 수도 있다.
여성은 가정운이 좋지 않다.

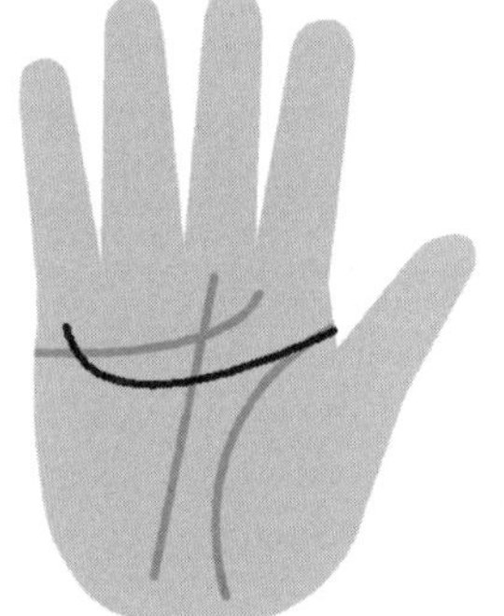

넷째손가락 아래에서 지능선이 감정선에 붙어 있다

돈에 대한 집착이 강해서 돈이라면 무슨 일이든 할 수 있기 때문에 주위에 적이 생기기 쉬운 타입이다. 결혼도 애정이 아니라 돈 때문에 한다.
감정선을 뚫고 지나가도 같은 의미다.

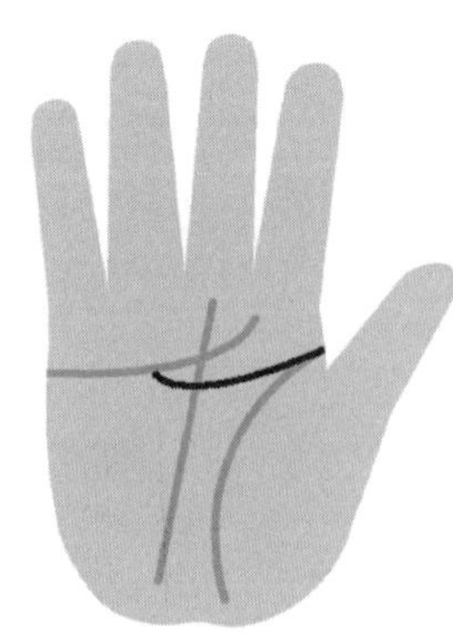

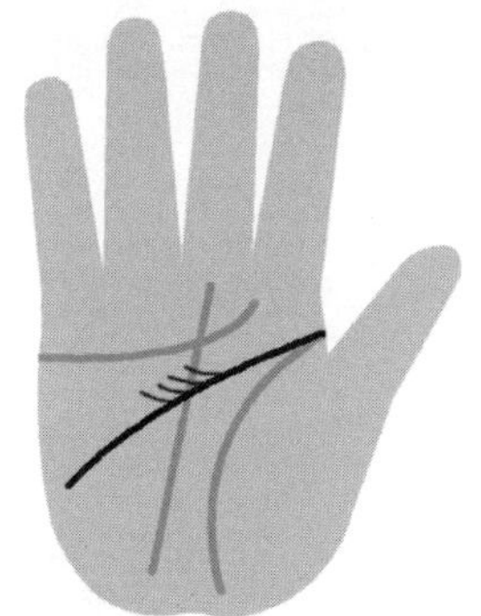

지능선에 위를 향한 짧은 가지선이 몇 줄 나와 있다

적극적인 성격의 사람이기 때문에 새로운 것을 만들거나 또는 새로운 분야를 개척한다.

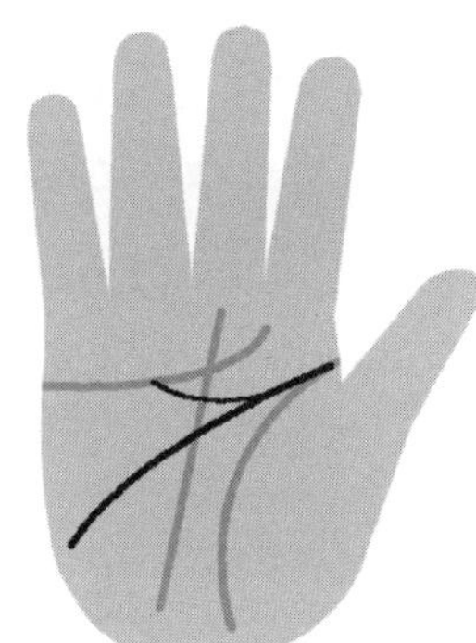

지능선에 위를 향한 가지선이 나와 감정선에 붙어 있다

애인에게 맹목적인 정열을 쏟지만 자기중심적인 사랑을 하기 때문에 상대에게는 부담스러운 타입이다.

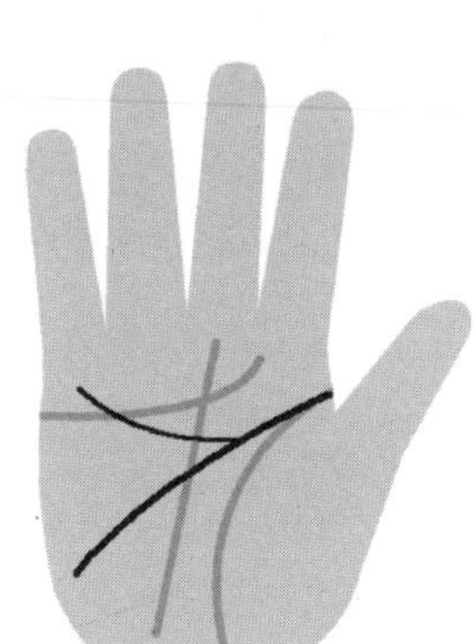

지능선에 위를 향한 가지선이 나와 수성의 언덕까지 뻗어 있다

뛰어난 금전감각이 있어 상술에 능하지만 너무 흥정을 잘해서 타산적인 면도 있다.

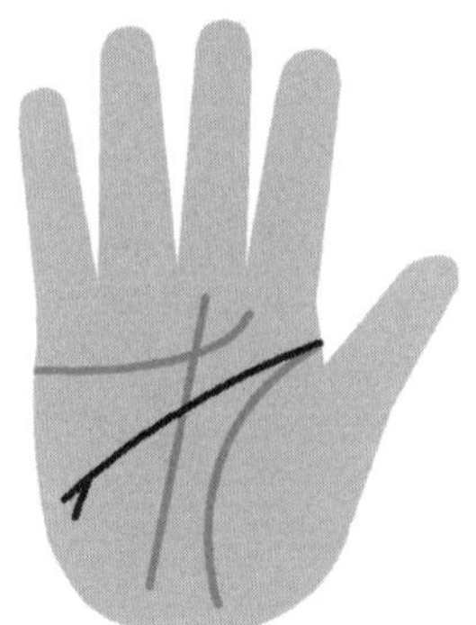

지능선의 끝이 작게 2갈래로 갈라진다

창작을 하는 문예에 재능이 있으며 무슨 일이든 깔끔하게 처리하는 능력이 있는 사람이다.

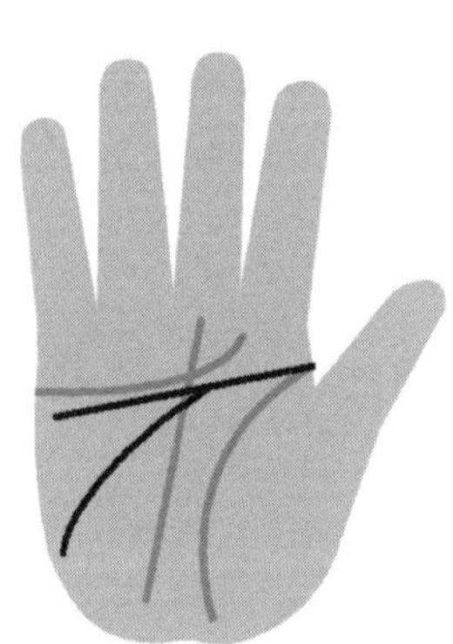

지능선이 가운뎃손가락 아래에서 둘로 갈라져, 1줄은 일직선 가로로 뻗고, 다른 1줄은 달의 언덕을 향한다

요령이 좋고 처세에 뛰어난 사람이다. 상술도 있고 사람의 마음을 잘 읽어 특히 서비스업에 적합하다. 예술에도 재능이 있다.

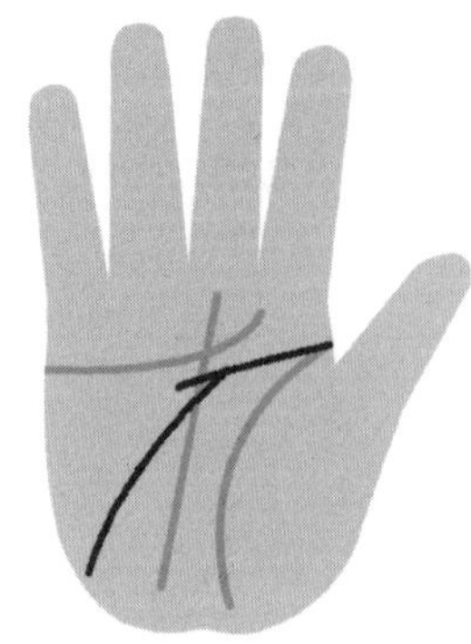

둘로 갈라진 지능선 중 위의 선이 짧고, 아래의 선이 달의 언덕으로 뻗어 있다

순간의 상황을 잘 모면하는 사람이다. 갑작스런 위기상황에서도 변명을 잘 둘러대지만, 나중에 들통 나서 신용 없는 사람으로 평가될지도 모른다.

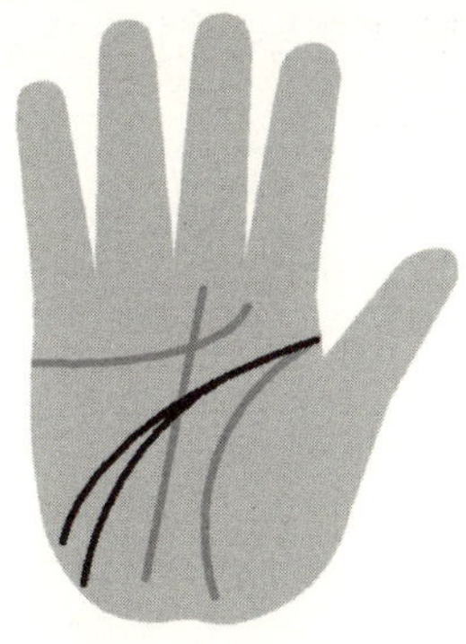

둘로 갈라진 지능선이 모두 달의 언덕으로 뻗어 있다

상상력이 풍부해서 예술방면에 재능 있는 사람이다. 2줄 모두 손목 부근까지 내려오면 일부 사람들에게 열광적인 지지를 받는 천재라고 불리는 예술가다.

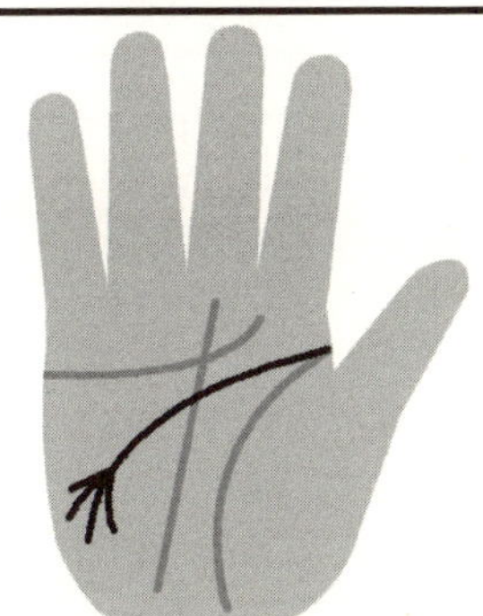

지능선의 끝이 3줄 이상 갈라진다

무엇이든 나름대로 할 수 있는 사람이지만 어느 한 분야에서도 최고가 되지 못한다.

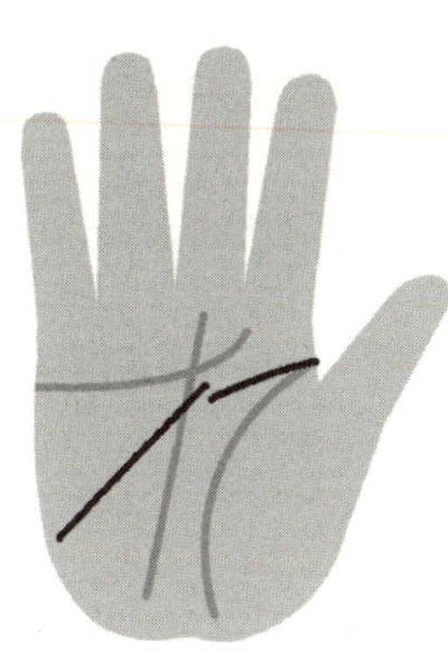

가운뎃손가락 아래에서 끝나는 짧은 지능선의 조금 위에서, 다른 1줄의 지능선이 일직선으로 달의 언덕을 향한다

대단히 머리가 좋은 사람이다. 예술에도 재능이 있으며 기획력도 뛰어나다. 단, 자기가 아니면 안 된다는 생각이 강해서 남들을 얕잡아 보는 경향이 있다.

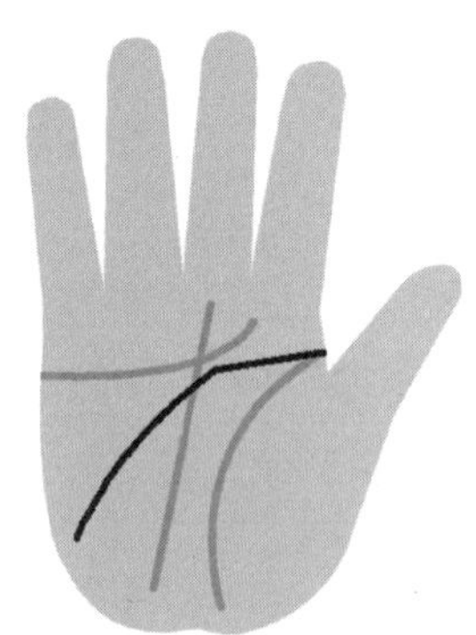

일직선 가로로 뻗은 지능선이 중간에 갑자기 방향을 바꾼다

머리는 좋은데 놀기 좋아하는 게으른 사람이다. 공부도 일도 싫어하기 때문에 생활력도 별로 없다.

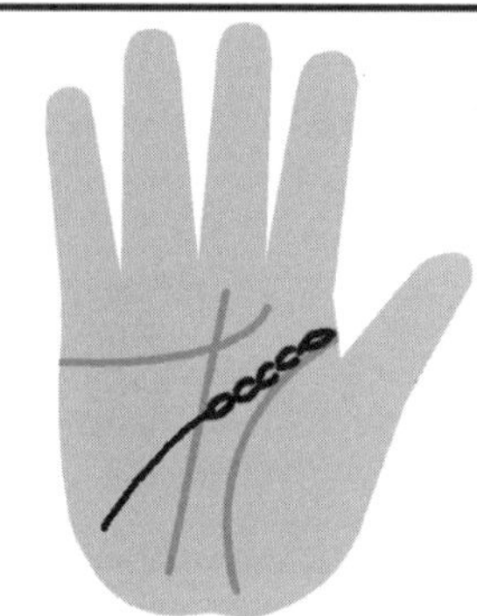

지능선이 운명선과 교차하는 지점까지 사슬모양이다

주의가 산만하며 남의 말을 잘 듣지 못하거나 잊어버리며, 별일 아닌 일에도 정신을 못 차리는 타입이다.

지능선에 나타나는 신호

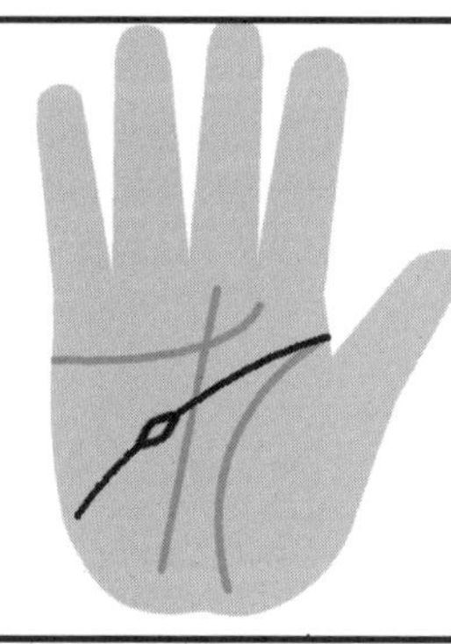

지능선 위에 섬이 있다

지능선 위에 섬이 있는 사람은 상처 입기 쉬운 여린 사람이다. 신경쇠약이나 신경질환에 걸리기 쉽고 만성적인 두통으로 괴로워하는 경우도 있다. 어떤 증상이 나타나면 빨리 병원에 가는 게 좋다.

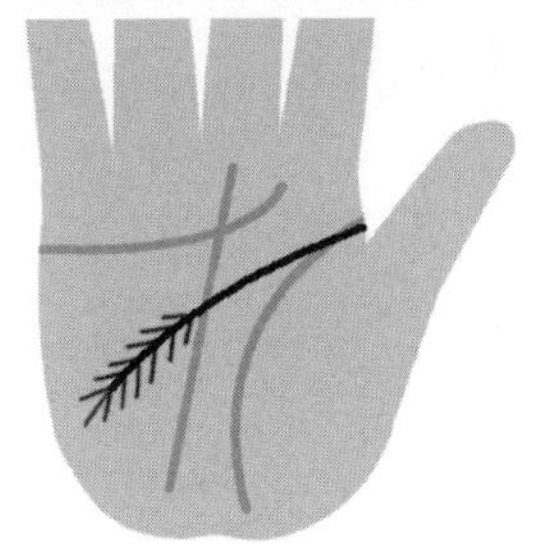

지능선 양쪽에 짧은 선이 많이 있다

뇌신경 기능이 피로해 있다는 것을 나타낸다. 심신이 모두 휴식을 취할 수 있도록 주의를 기울이는 것이 좋다.

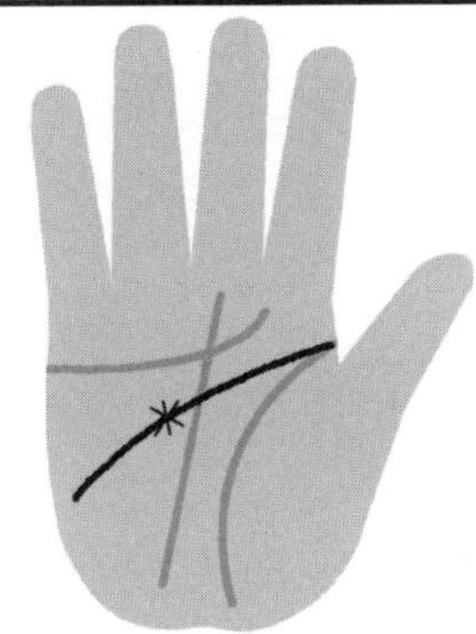

지능선 위에 별이 있다

육체적 또는 정신적으로 갑작스런 충격을 받는 것을 나타낸다. 급성질환이나 정신적인 쇼크다.

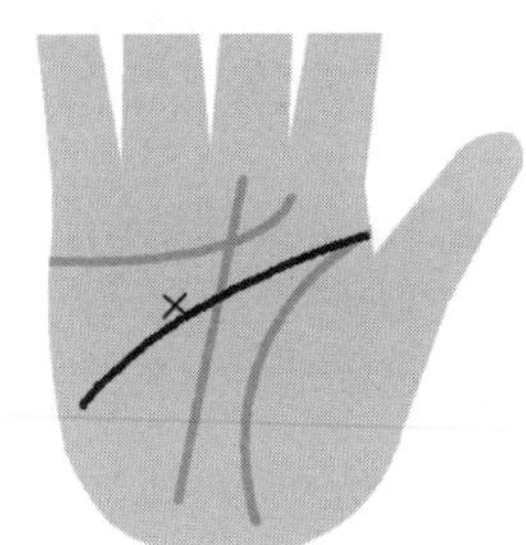

지능선 위에 ✛ 무늬가 있다

고열이나 사고로 뇌신경을 다칠 가능성을 나타낸다.

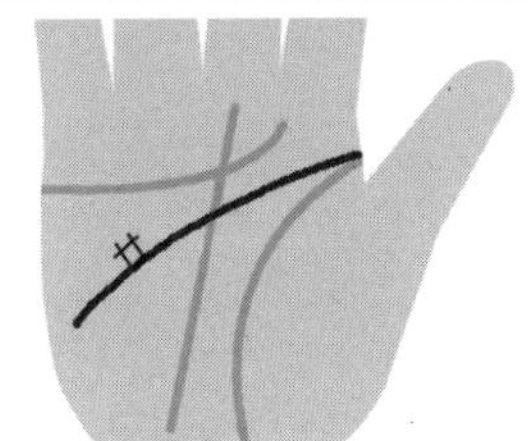

지능선 위에 사각형이 있다

큰 사고나 큰병으로 뇌를 다치지만 다행히 목숨은 건지는 손금이다.

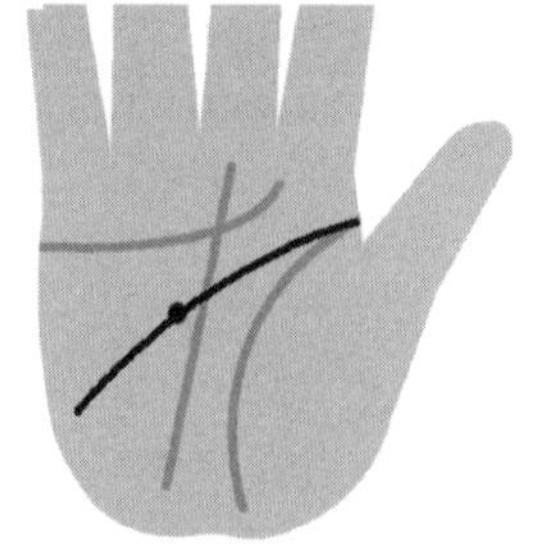

지능선 위에 반점이 있다

검은 반점이면 뇌신경 질환이나 노이로제에 걸릴 가능성을 나타내며, 빨간 반점이면 사고 또는 가벼운 상처를 나타낸다.

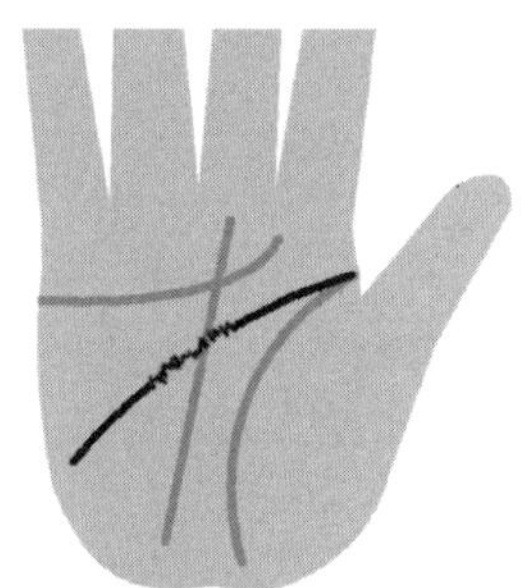

지능선 중간에 톱니모양이 있다

신경이 매우 날카로운 상태를 나타낸다. 병으로 발전하지 않도록 안정을 취해야 한다.

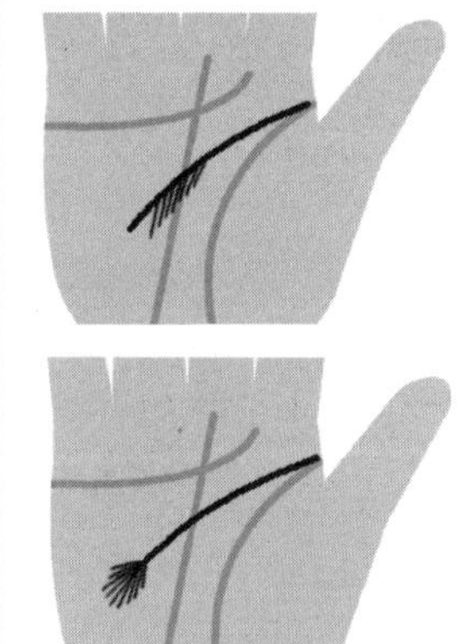

지능선 아래에 깃털모양의 선이 나와 있다

뇌신경 기능이 피로해져 있음을 나타낸다. 심신이 모두 안정을 취할 수 있도록 주의해야 한다.

지능선 끝이 나뭇가지모양으로 갈라진다

위의 경우와 같은 의미다.

» Lesson 6 «

운명선으로 알 수 있는 것

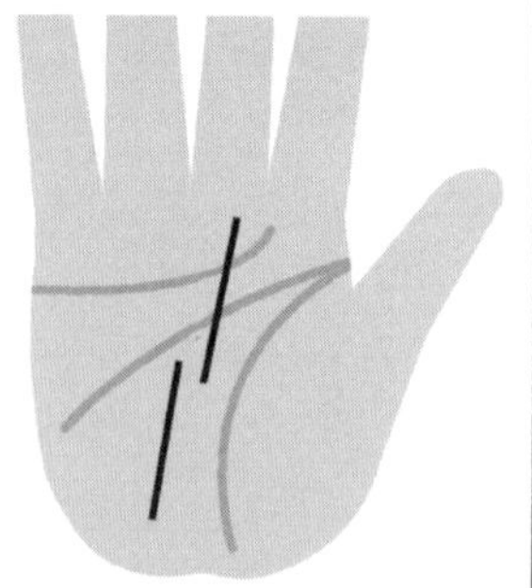

운명선이 끊어진 부분은 결혼이나 이직 등 인생의 커다란 전환점을 나타낸다.

끊어진 곳에서 운명선 앞쪽이 진해지거나 위를 향한 가지선이 나오면 좋은 변화를 의미해.

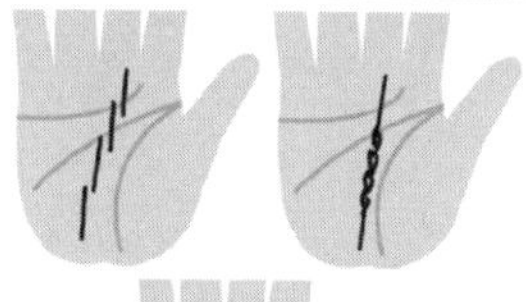

단, 운명선 전체가 마디마디 끊어진 사람은 일을 끝까지 마무리하지 못하고 생활도 안정되지 않아.

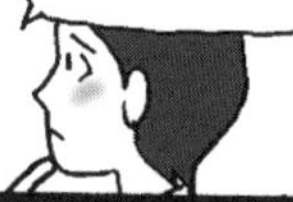

사슬모양 또는 물결모양인 사람도 생활력은 강하지 않아.

좋은 운명선이 있다는 것만으로 꼭 행복해진다고는 말할 수 없지만
지능선이나 운명선도 좋으면 운세는 좋아지는 거야.

운명선의 시작점을 보고 타고난 운세를 알 수 있어.

손목 부근에서 가운뎃손가락을 향해 일직선으로 올라가는 운명선이 있는 사람은 자신의 노력으로 성공을 거둔다.
자수 성가형 이구나.

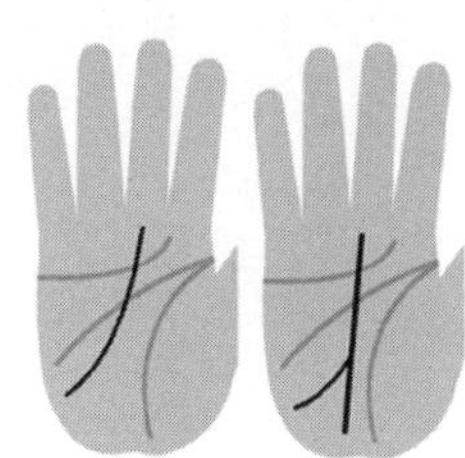

달의 언덕에
서 운명선으
로 선이 들어
와도 의미는
같다.

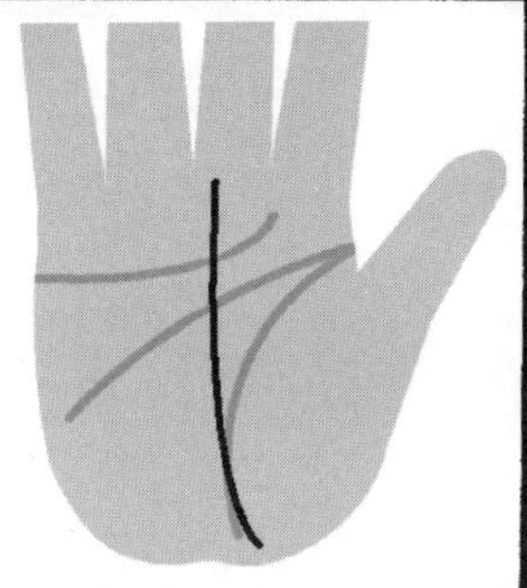

생명선 안쪽부터
선이 올라온 사람
은 친지나 가족 중
에 부자 또는 지위
가 높은 사람이 있
어서 그것을 상속
받을 수 있다.

운명선이 짧으면
유산을 탕진하지만
길게 뻗어 있으면
그 유산을 발판으로
성공하게 돼.

생명선의 중
간 안쪽에서
선이 올라온
사람은 결혼
으로 운이
열린다.

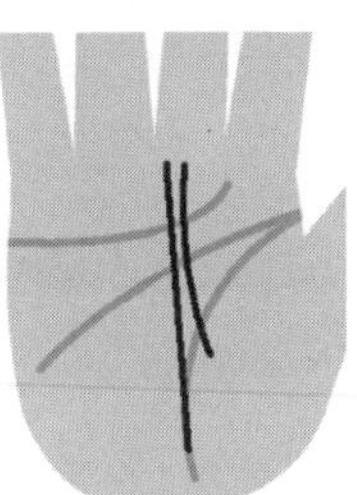

생명선의 중
간보다 아래
에서 선이
올라온 사람
은 자기 노
력으로 운이
열린다.

운명선에서 위로 나온
가지선은 모두 운세가
호전되는 것을 나타내.

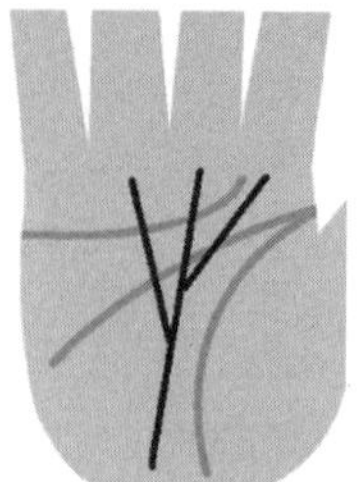

가지선이 둘째손가락을 향하면 야심을 갖고 노력해서 커다란 성공을 거둔다.
가지선이 넷째손가락을 향하면 지위나 명성을 얻는다.

가운뎃손가락 이외의 다른 손가락을 향하는 운명선도 있어.

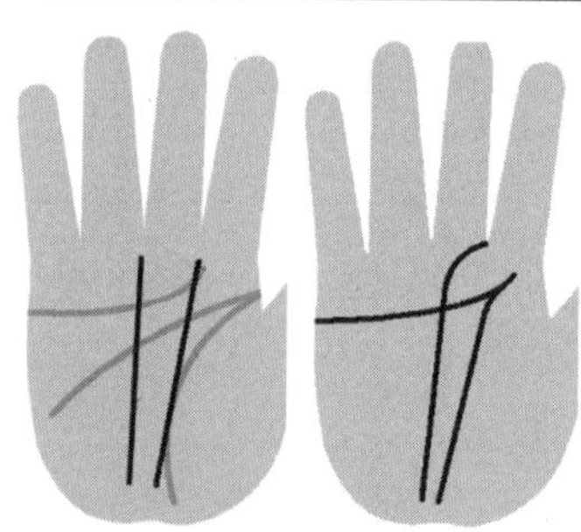

운명선이 둘째손가락과 가운뎃손가락 사이로 들어간 사람은 야심가다.
넷째손가락과 가운뎃손가락을 향한 사람은 재능을 인정받는다.
둘째손가락 아래쪽에서 감정선과 합류하는 사람은 사교적이며 강한 운세의 소유자다.
감정선 근처에서 갑자기 둘째손가락과 가운뎃손가락 사이로 향하는 사람은 야심가다.

운명선에는 인생의 불길한 신호도 많이 나타나.

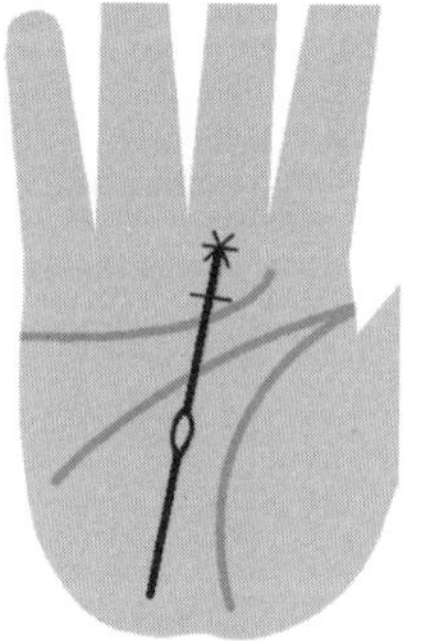

별은 갑작스런 병이나 실직 등과 같은 재난을 나타낸다.
운명선을 가로지르는 짧은 선은 장해를 나타낸다.
섬은 금전적인 타격을 나타낼 때도 있다.

경고로 받아들여 세심하게 주의하면 막을 수도 있어.

 # 여러 형태의 운명선

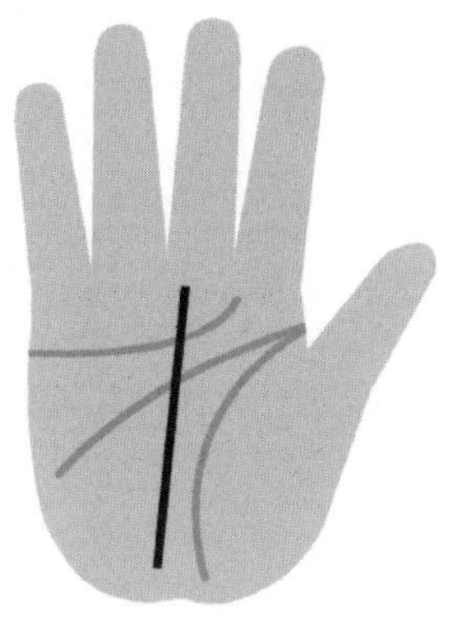

굵은 운명선

인생목표를 향해 자신의 재능이나 실력을 충분히 발휘할 수 있음을 나타낸다.
여성도 평생 직업을 가진다.

가는 운명선

인생목표를 정하지 못하고, 또 그다지 노력도 하지 않고 일생을 지내는 것을 나타낸다.
일에 특별한 정열이 없고 우유부단한 면도 있다.

운명선이 없다

생활이나 일에 열중하지 않고, 그렇게 살아도 생활을 유지할 수 있다는 것을 나타낸다.
지금은 없더라도 인생목표가 생겨서 노력하면 운명선은 저절로 생긴다.
단, 운명선이 없다고 해서 운이 없다는 것은 아니다.

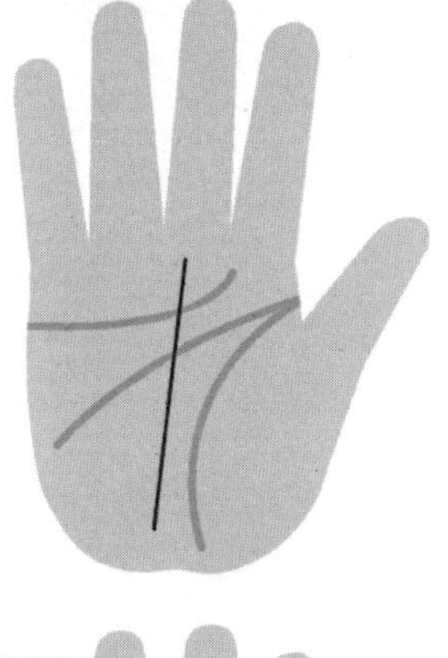

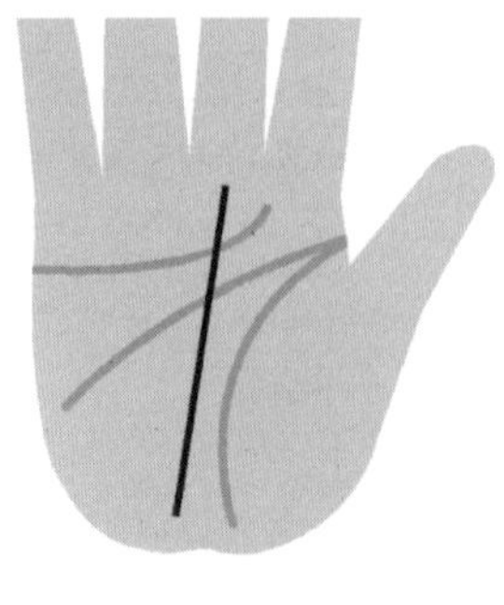

1줄로 된 선명한 운명선

인생목표를 향해 일을 일관되게 지속적으로 노력하는 사람이다.

마디마디 끊어진 운명선

끊긴 부분이 클수록 큰 변화가 있음을 의미한다. 굵고 선명한 선이 마디마디 끊어져 있으면 직장을 옮기더라도 노력에 따라 성과가 있지만, 가늘고 흐린 선이 마디마디 끊어져 있으면 일을 계속하지 못하고 생활력도 없다는 것을 나타낸다.

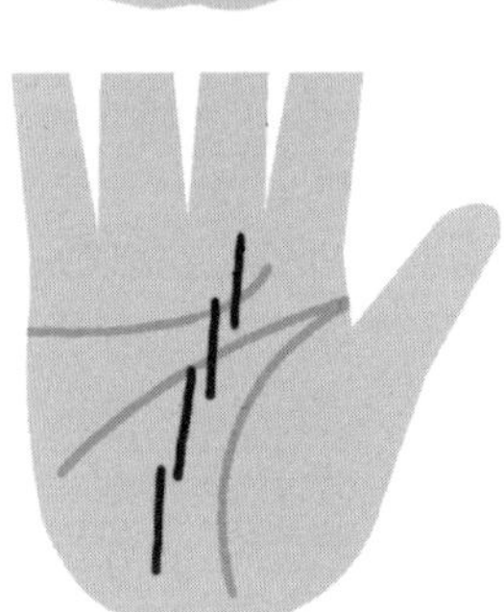

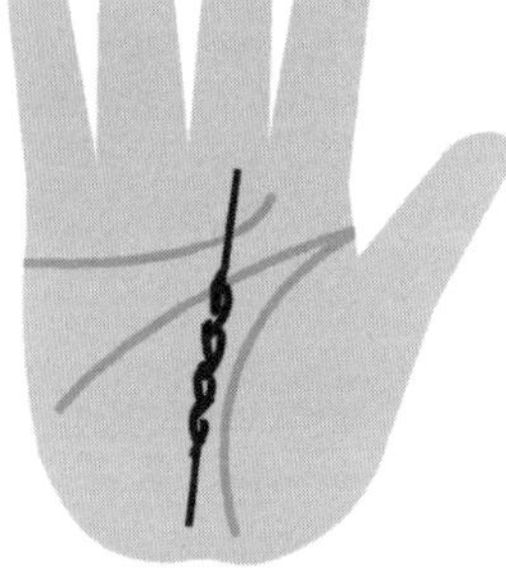

사슬모양의 운명선

사슬모양이 이루어진 시기에 병에 걸려 활동할 수 없다는 것을 나타낸다.

물결모양의 운명선

빈둥거리는 불안정한 생활을 나타낸다.

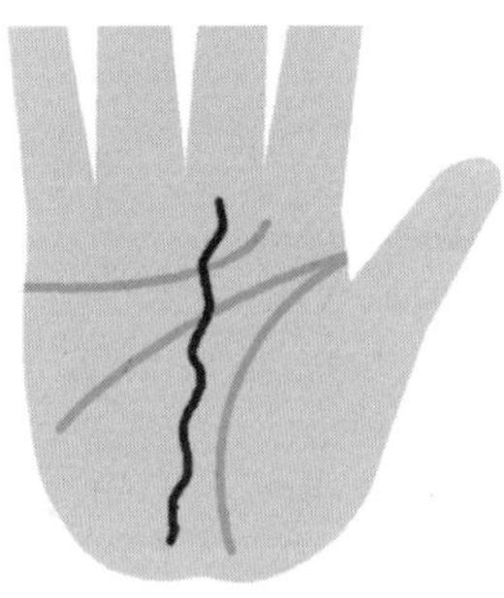

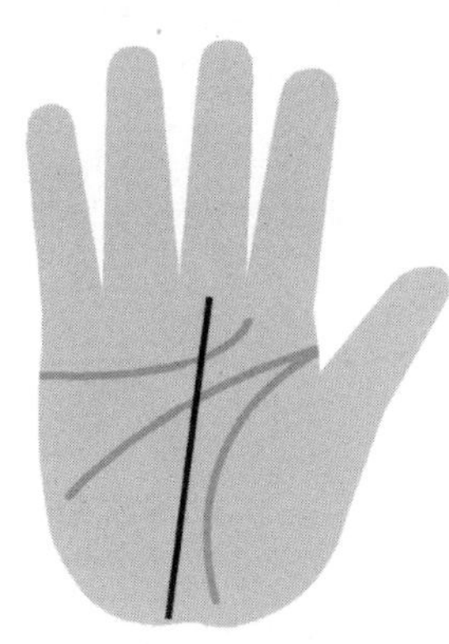

운명선이 손목 근처에서 곧게 일직선으로 올라온다

이 손금은 자수성가형으로 젊었을 때부터 스스로 노력하여 성공하는 것을 나타낸다.
의지가 강하며 목표를 향해서 강인하게 추진하므로 주위에서 멀리하려 한다.

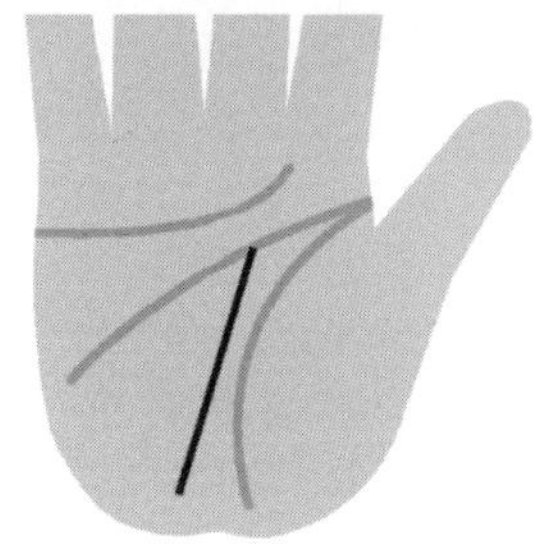

둘째손가락과 가운뎃손가락 사이를 향한 운명선이 지능선 위에서 멈춘다

이 손금인 사람은 강한 운세를 타고난 사람이다.
지기 싫어하고 활동적이며 노력하는 사람이다. 여성도 사회에 진출하여 인정받는다.

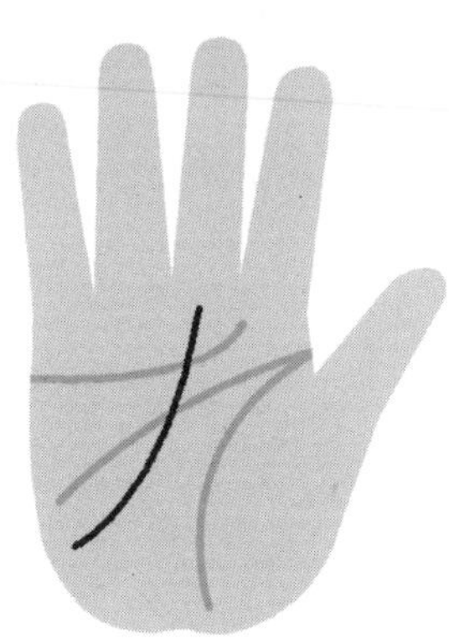

운명선이 달의 언덕에서 활모양으로 올라온다

타인의 도움으로 운이 열릴 손금이다. 주위 사람에게 도움을 받거나 힘 있는 선배로부터 후원을 받기도 한다. 서비스업이나 대중의 인기가 필요한 연예인 또는 소설가에게 적합하다.

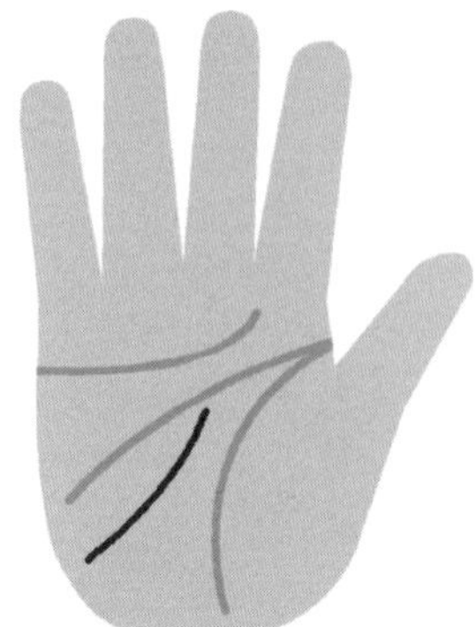

달의 언덕에서 시작한 운명선이 지능선에 도달하지 못하고 끝난다

이 손금인 사람은 화려한 것을 좋아해서 연예계 등 화려한 곳에서 일을 하지만, 노력하지 않으면 성공하기 어렵다.

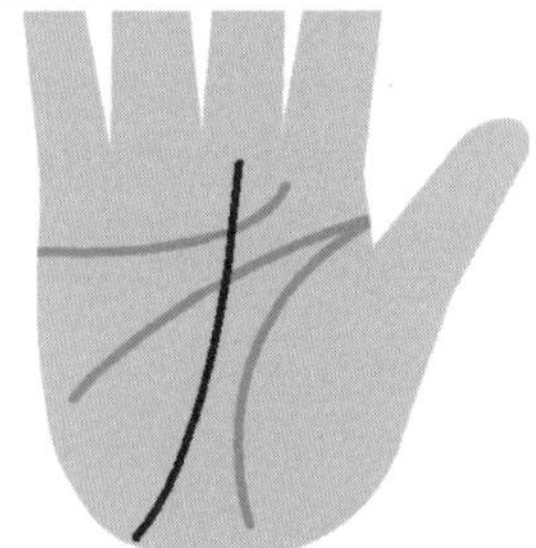

운명선이 손목 근처의 달의 언덕에서 활모양으로 올라온다

이 손금인 사람은 좋은 환경에서 유년기를 보냈기 때문에 성격도 밝고 친절하다. 사람들에게 호감을 주며 도움을 받는다.

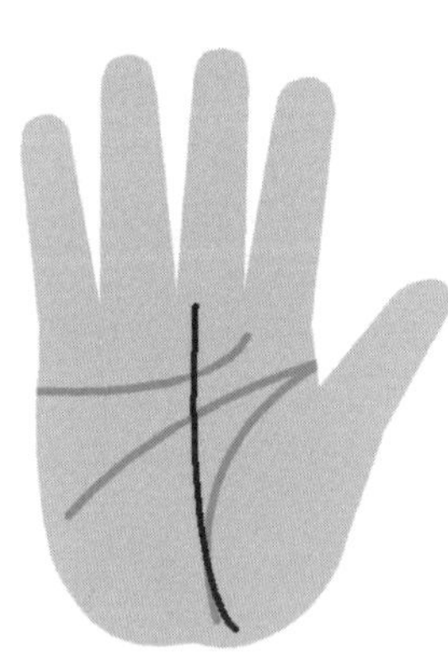

금성의 언덕에서 올라온 운명선이 생명선의 밑부분을 통과한다

부모형제나 친지로부터 금전이나 지위·명성을 상속받는 행운의 손금이다.
운명선이 가운뎃손가락 아래까지 뻗어 있으면 그것을 발판으로 더욱 발전시켜 커다란 성공과 명성을 얻을 수 있다.

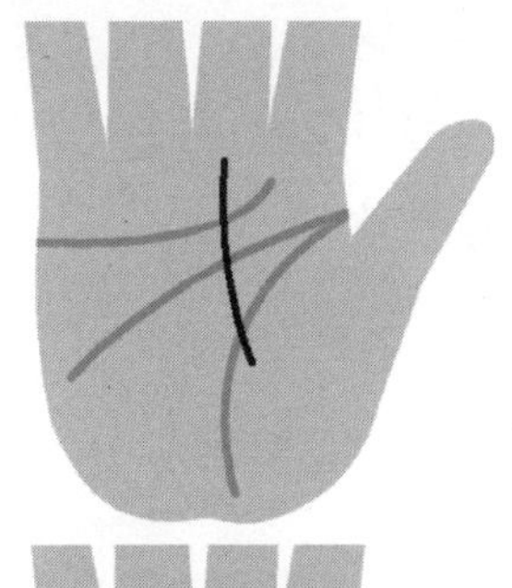

금성의 언덕에서 올라온 운명선이 생명선 한가운데를 통과한다

결혼으로 운이 트일 손금이다. 지위가 높거나 돈이 많은 사람과 행복한 결혼생활을 할 수 있는 것을 나타낸다.

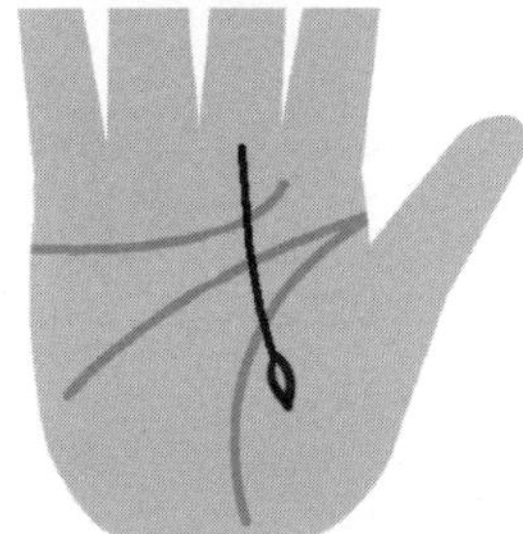

그 운명선의 시작점에 섬이 있다

사회적으로 지위가 높거나 재산가인 이성의 도움으로 운이 열릴 손금이다. 단, 이 경우에는 결혼상대가 아닌 동거나 불륜관계의 상대일 수도 있다.

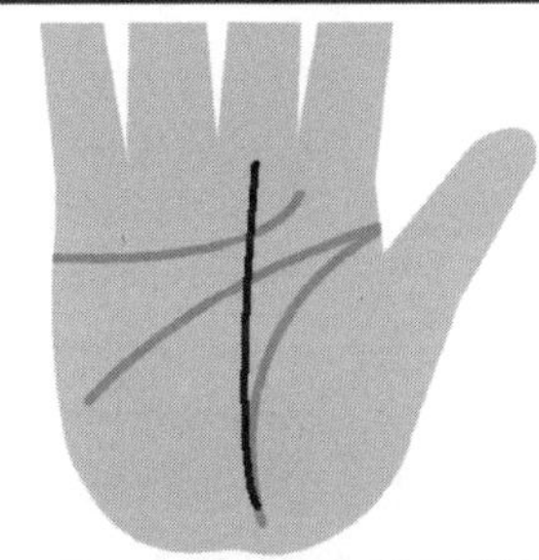

운명선이 생명선 위에 서 있다

이 손금을 가진 사람은 스스로 노력하여 이루는 개운을 목표로 한다. 부모의 도움을 받지 않거나 바라지도 않으며, 보다 높은 희망을 갖고 노력하는 사람이다.

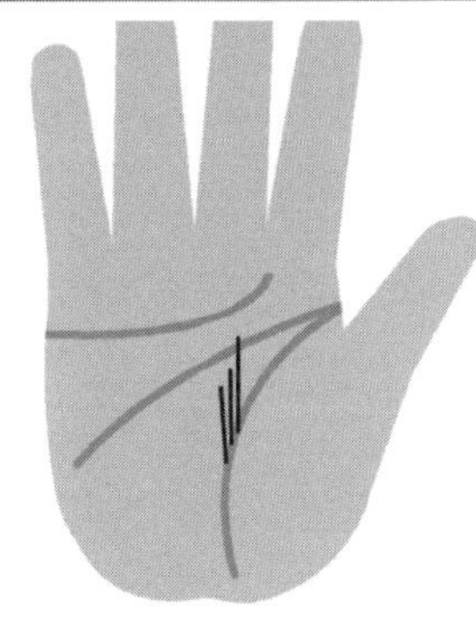

생명선 중앙에 짧은 운명선이 여러 개 위로 서 있다

상황이 자주 변화하여 삶이 안정되지 못하는 손금이다.

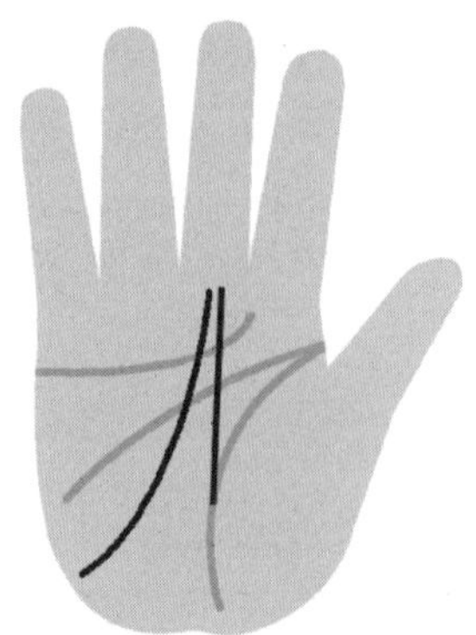

생명선에 붙어서 올라가는 운명선과 달의 언덕에서 올라오는 운명선이 평행하거나 합류한다

본인의 실력과 노력으로 성공하며, 대중의 인기를 한몸에 받는 손금이다. 특히 예술과 예능 방면에서 큰 활약을 할 수 있다.

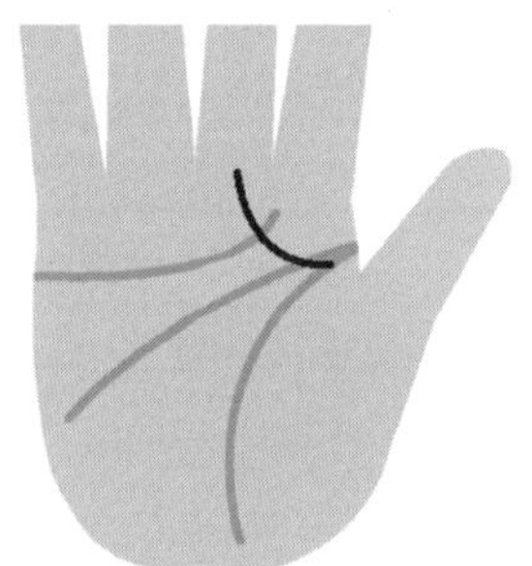

운명선이 생명선의 시작점 근처에 서 있다

이 손금을 가진 사람은 큰 부자가 될 운을 타고난 매우 좋은 손금이다. 세상의 움직임을 정확하게 판단하기 때문에 비즈니스 기회를 잡아 크게 성공한다.

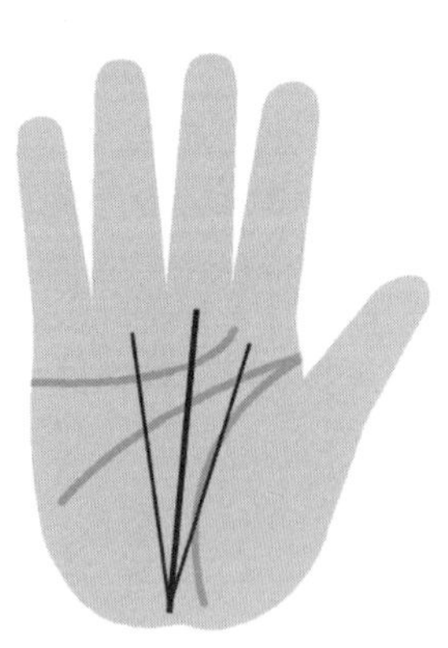

손목 부근에 서 있는 운명선의 시작점에서 둘째손가락과 넷째손가락을 향한 선이 나와 있다

둘째손가락을 향한 선은 노력하여 출세하는 것을, 넷째손가락을 향한 태양선은 지위와 명성을 얻는 것을 나타낸다. 3줄 모두 선명한 좋은 선이라면 무엇을 하더라도 성공한다.

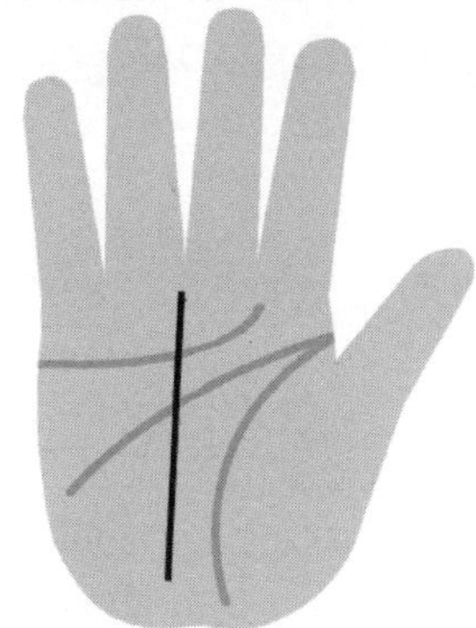

운명선이 가운뎃손가락과 넷째손가락 사이를 향한다

밝고 사교적이기 때문에 주위사람에게 호감을 주는, 인기를 한몸에 받는 손금이다.
재능도 인정받고 성공한다. 단, 사치가 심해서 돈을 낭비하는 손금이기도 하다.

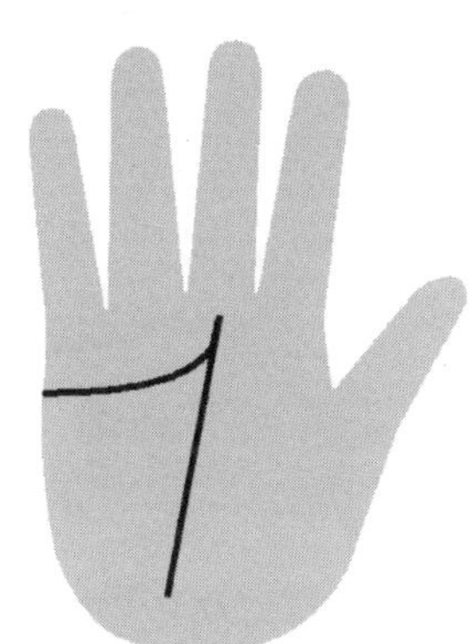

운명선 끝이 감정선 끝과 합류하여 가운뎃손가락으로 향한다

이 손금인 사람은 사람에게 빠지기 쉬운 사람이다. 항상 연애를 하기 때문에 일이 손에 잡히지 않거나 낭비 등으로 실패를 계속하는 삶을 보낸다.
결혼하더라도 바람을 피우는 손금이다.

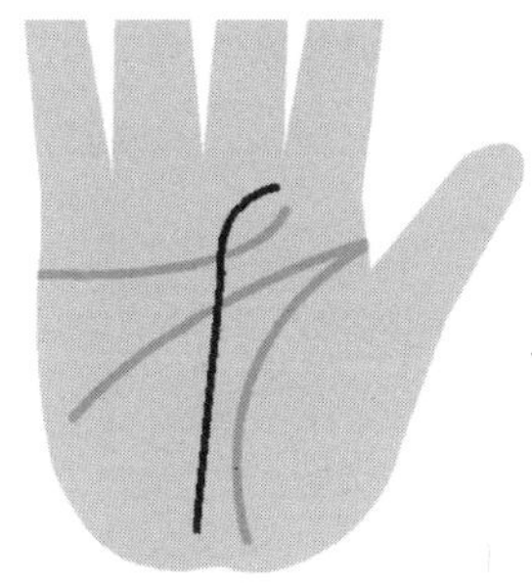

운명선 끝이 감정선을 가로지르는 부근에서 갑자기 둘째손가락과 가운뎃손가락 사이를 향한다

이 손금을 가진 사람은 야심가로 지기 싫어한다. 일에 열성적이고, 여성은 결혼 후에도 자기 일을 계속한다.

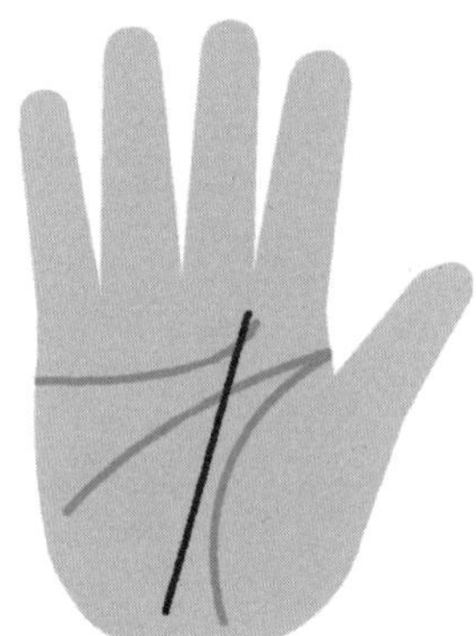

운명선 끝이 둘째손가락과 가운뎃손가락 사이에 있다

이 손금인 사람은 행동력이 있어서 지위나 명예를 얻기 위해 노력하는 야심가다.

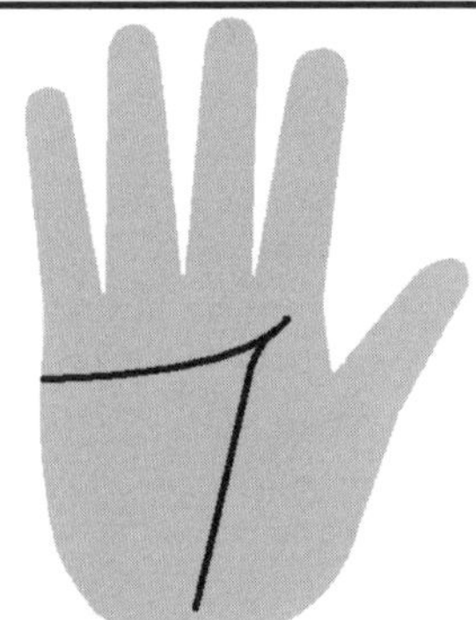

운명선 끝이 둘째손가락 밑에서 감정선과 합류한다

이 손금인 사람은 밝고 사교적이다. 일을 열심히 하며 게다가 강한 운을 타고났기 때문에 성공할 수 있다.

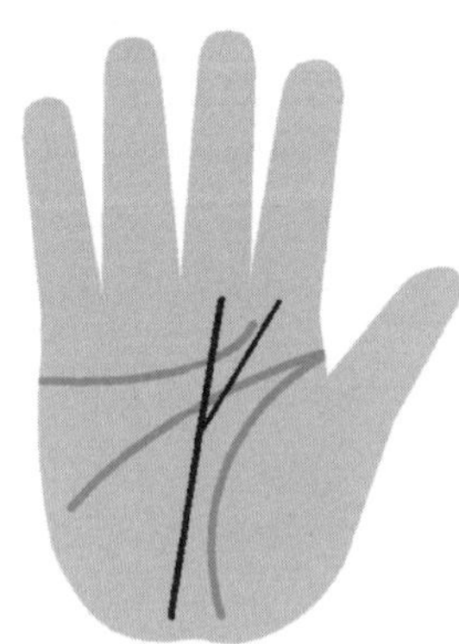

운명선에서 둘째손가락을 향한 가지선이 위로 나와 있다

목적을 향해 노력하고, 자기 대(代)에서 업계 1위를 차지하는 성공의 대길(大吉) 손금이다.

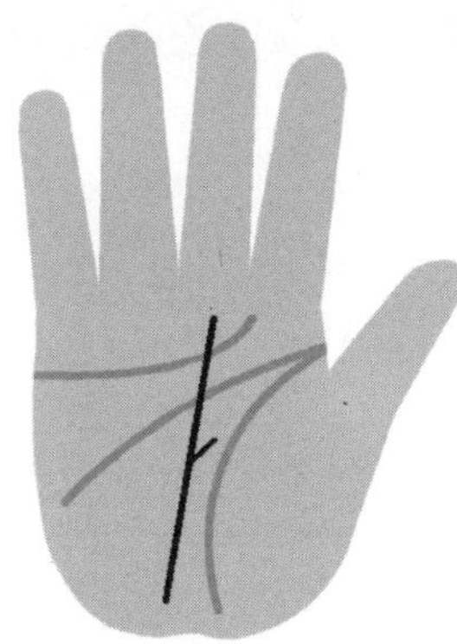

운명선에서 엄지손가락을 향한 가지 선이 위로 뻗어 있다

짧은 선이라도 영전이나 결혼, 개업 등 좋은 운세 변화를 나타낸다. 이 손금인 사람은 야심가로 목표를 향해 노력하는 사람이다.

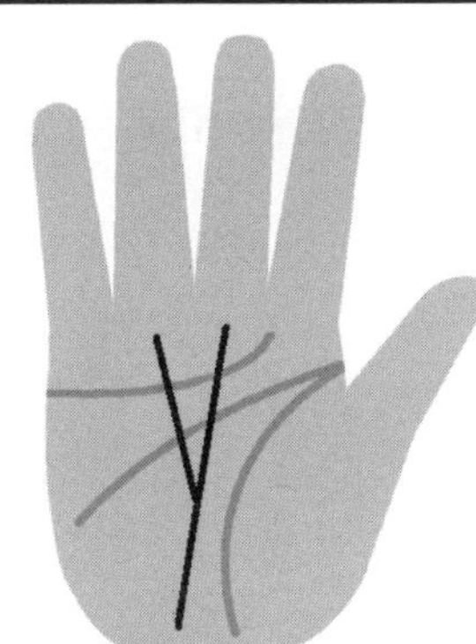

운명선에서 넷째손가락을 향한 태양 선이 위로 나와 있다

지위나 명예, 부를 얻을 수 있는 좋은 운세 변화를 나타낸다.

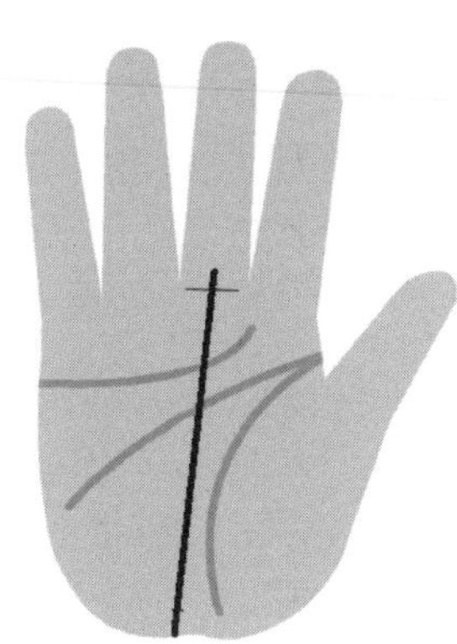

자수성가형의 운명선 끝이 가운뎃손 가락의 뿌리 부분의 선을 넘어 뻗어 있다

성공해서 자기 대(代)에 부를 쌓아 권력자가 되지만, 거만해지기 쉽고 운이 다하면 모든 것을 한꺼번에 잃는 종말을 맞이한다.

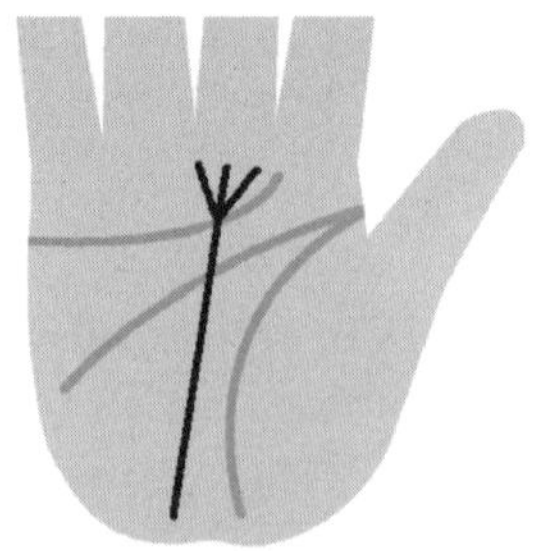

운명선 끝이 2갈래 또는 3갈래로 갈라졌다

여러 어려움을 겪지만 최후에는 행복한 시간을 보낸다.

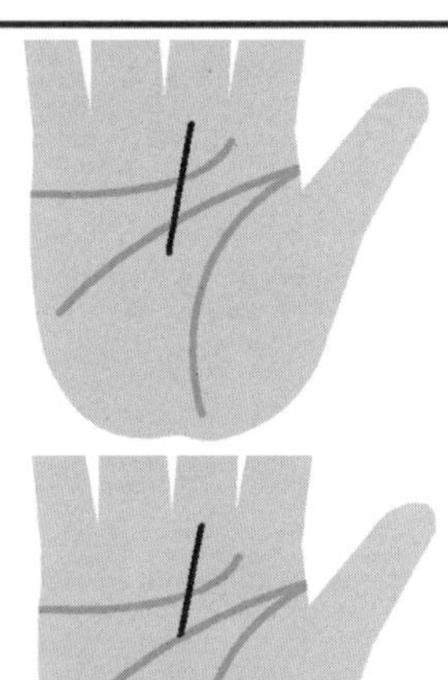

운명선이 손바닥 중앙에 서 있다

전직이나 결혼 등으로 중년 이후에 새로운 생활이 시작되는 것을 나타낸다.

운명선이 지능선 위에 서 있다

위의 경우와 같은 의미다.

운명선 끝이 감정선에서 멈춘다

이 손금인 사람은 인정이 많아 곤경에 처한 사람을 보고 그냥 지나치지 못하는 타입이다. 기가 약해서 다른 사람에게 이용당하기 쉽다.

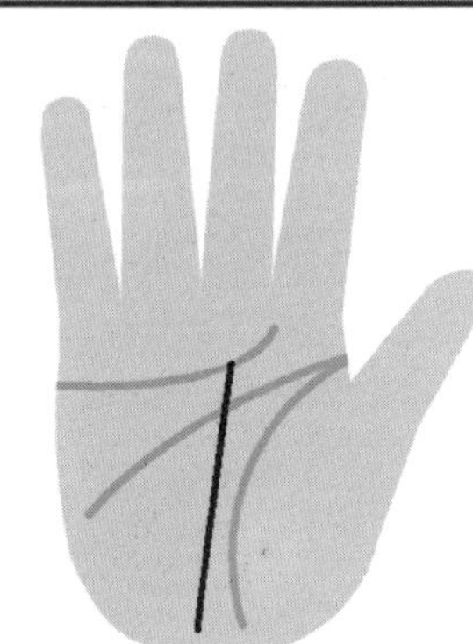

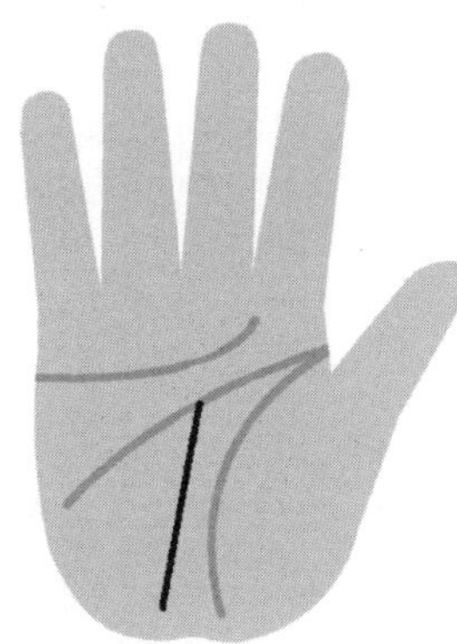

운명선 끝이 지능선에서 멈춘다

이 손금인 사람은 경솔한 행동으로 실패하는 타입이다.

잠깐의 불장난 정도로 생각한 바람기 때문에 이혼하거나, 조금 나태해져 비즈니스 기회를 놓치기도 한다.

위로 운명선이 계속 이어지지 않으면 되돌릴 수 없게 된다.

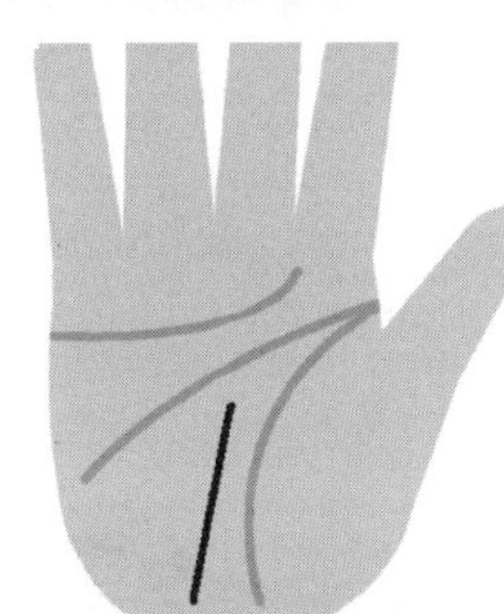

운명선이 손바닥 중앙에서 흐지부지 사라진다

사라진 나이부터 생활이 기울어진다.

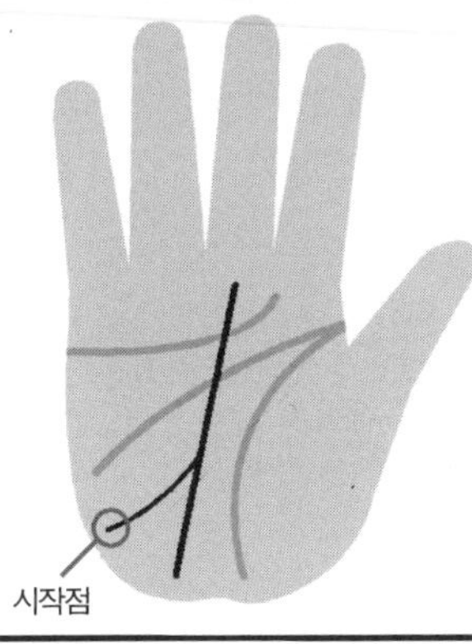

운명선에 달의 언덕에서 올라온 선이 합류한다

결혼 상대나 유력한 후원자의 출현을 나타낸다.

대중의 인기를 얻는다는 의미도 있다.

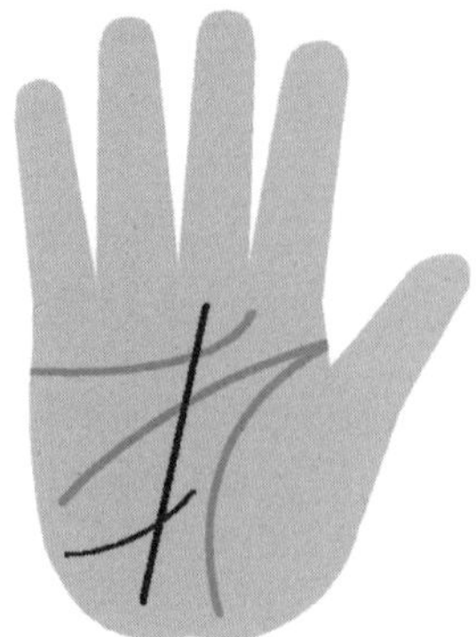

달의 언덕에서 올라온 선이 운명선을 가로지른다

운명선에서 1㎜ 이상 돌출하면 이성 때문에 곤란을 겪는 손금이다. 이성 때문에 큰 타격을 받아 순조로웠던 운이 나빠진다.

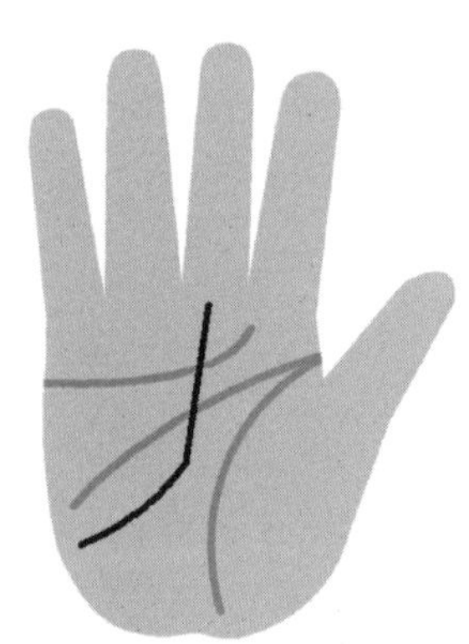

달의 언덕에서 올라온 운명선이 화성평원에서 갑자기 꺾여 곧바로 올라간다

유산을 상속받거나 증여받는 행운의 손금이다. 이것을 발판으로 스스로 노력하여 성공한다.
또한 유명인이나 재산가와 행복한 결혼을 할 손금이다.

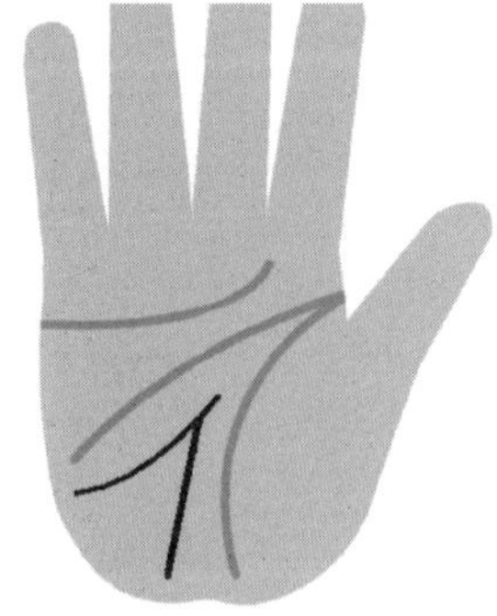

운명선이 달의 언덕에서 올라온 선에서 멈춘다

사랑하는 사람과 헤어지고 운이 나빠지는 손금이다. 단, 위에 새로운 운명선이 나와 있으면 나쁜 운이 계속 이어지지 않는다. 또 다른 사랑이나 새로운 인생의 목표를 발견하게 된다.

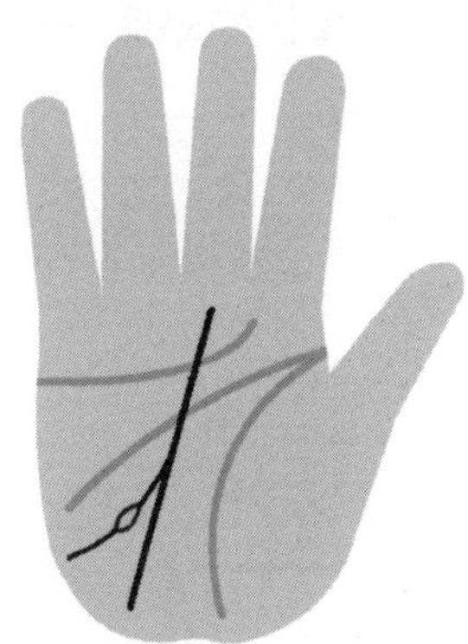

달의 언덕에서 올라와 운명선에 합류한 선 위에 섬이 있다

자신의 후원자 또는 애인이라고 믿었던 상대에게 배신을 당하는 손금이다. 예를 들어 결혼 상대로 생각하던 사람이 기혼자인 경우와 같다.

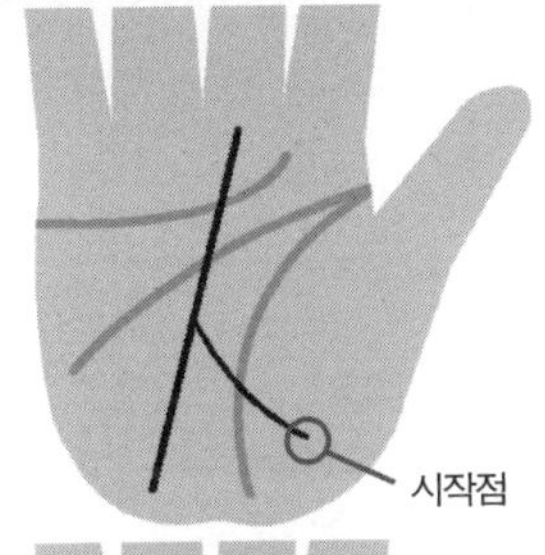

금성의 언덕에서 올라온 선이 운명선에 합류한다

부모형제나 친척에게 도움을 받거나 유산을 상속받는 행운의 손금이다. 그것을 계기로 스스로 노력하여 성공한다.

금성의 언덕에서 올라온 선의 시작점에 별이 있다

유산을 증여받거나 상속받는 손금이다. 그것을 발판으로 스스로 노력하여 성공한다.

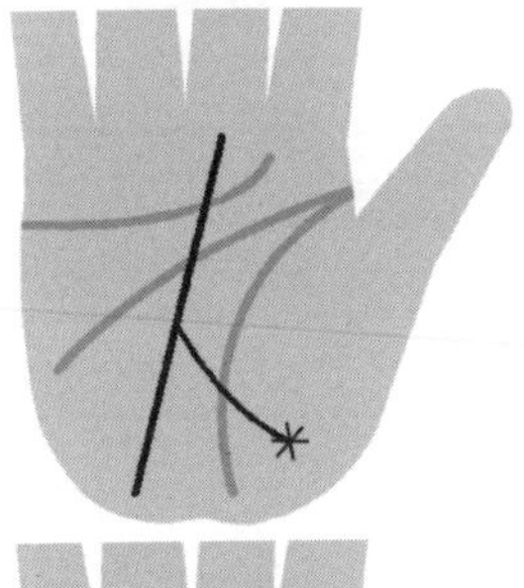

합류점에 별이 있다

부모의 도움이나 상속받은 유산이 오히려 악영향을 끼치는 손금이다.

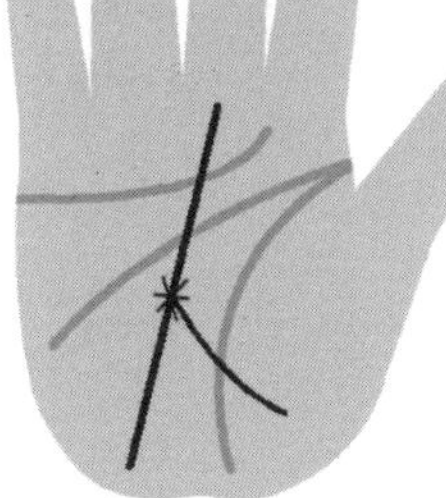

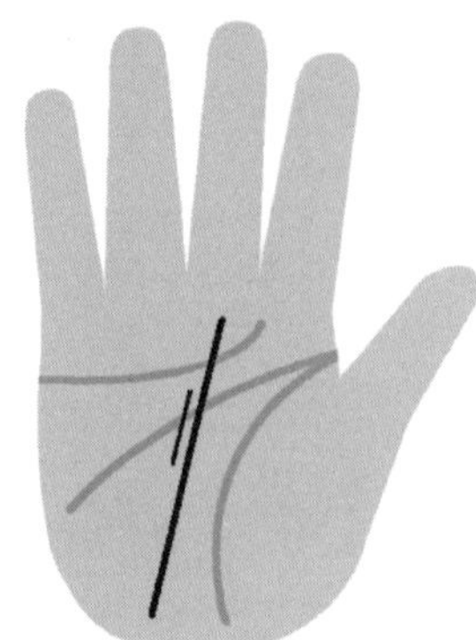

운명선과 1~2㎜ 떨어진 곳에 평행하는 짧은 선이 있다

이 선이 나와 있는 동안의 운세를 보강한다. 그 기간에는 특히 무엇을 하더라도 잘 되고 직업운, 재운 모두 좋아진다.

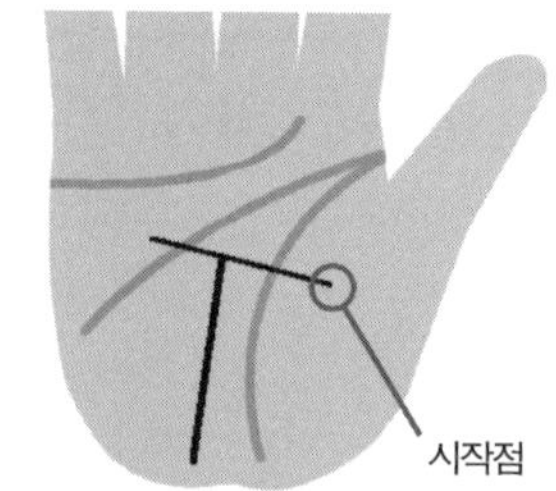

운명선이 금성의 언덕에서 나온 장애선에서 멈춘다

생활에 심각한 타격을 입는 손금이다.
단, 위에 새로운 운명선이 나와 있으면 일어설 수 있다.

 # 운명선에 나타나는 신호

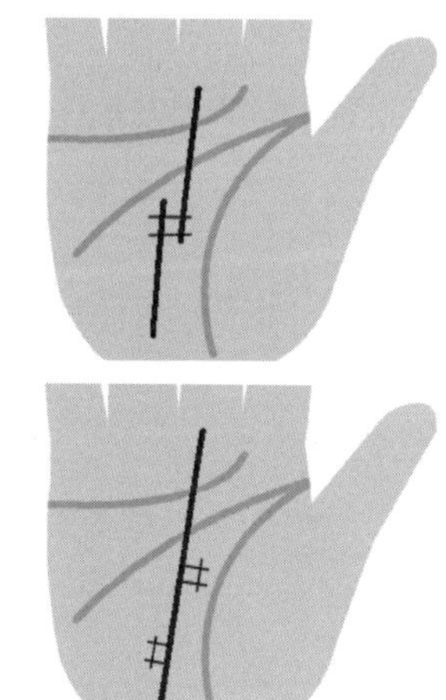

운명선에 사각형이 있다

사각형이 운명선이 끊어진 부분에 있어도, 운명선과 접해 있어도 모두 같은 의미다. 불행이나 재난을 당하지만 가볍게 넘어간다.
재난의 내용은 사각형의 위치에 따라 다르다. 예를 들어 지능선과 감정선 사이라면 금전적인 문제이고, 달의 언덕이라면 여행지에서의 사고를 나타낸다.

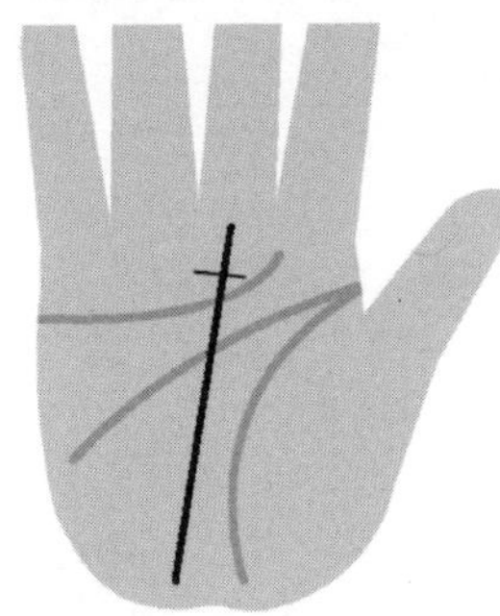

운명선을 가로지르는 짧은 선이 있다

어떤 장애가 있다는 것을 나타내고, 선이 길고 굵을수록 장애가 크다는 것을 의미한다.

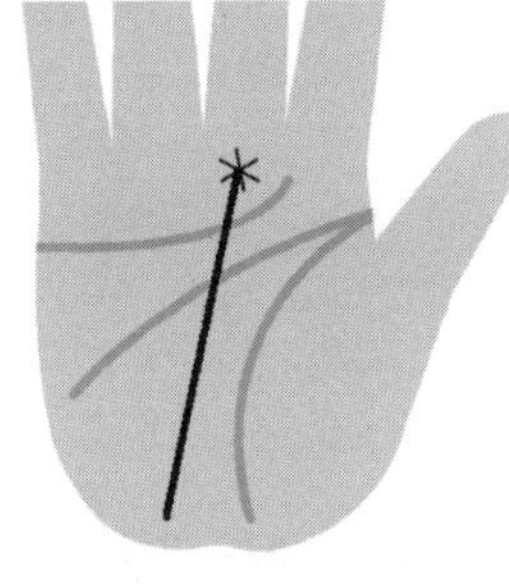

운명선 위에 별이 있다

운명선 끝에 별 무늬가 있으면 일시적으로 생활이 어려워진다는 의미다.
사고나 병으로 입원하거나, 일자리를 잃거나, 좌천당하거나, 형무소에 들어갈 가능성도 있다.

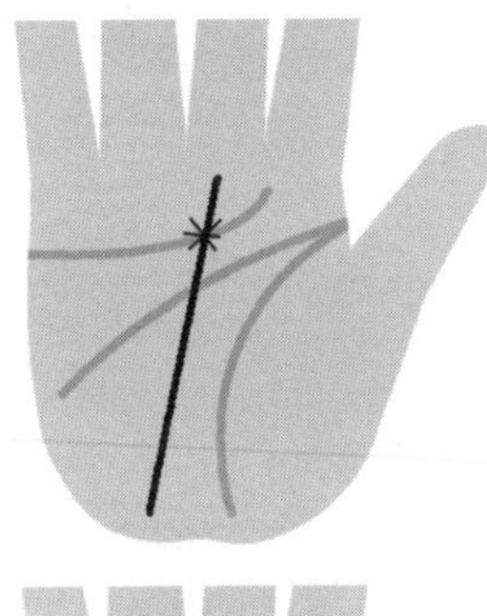

운명선과 감정선의 교차점에 별 무늬가 있으면 맹목적인 사랑 때문에 이성에게 큰돈을 잃는것을 의미한다.
그 외의 장소에 있는 별 무늬도 돌발적인 손해로 재산을 잃는 손금이다.

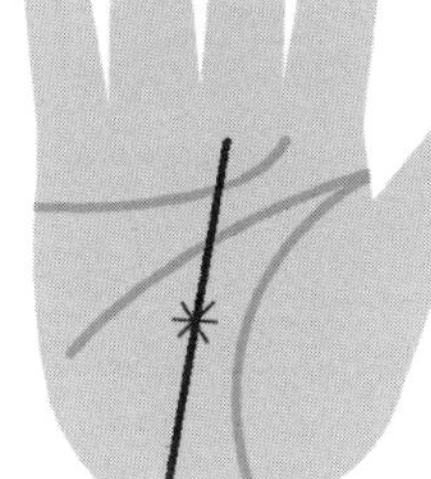

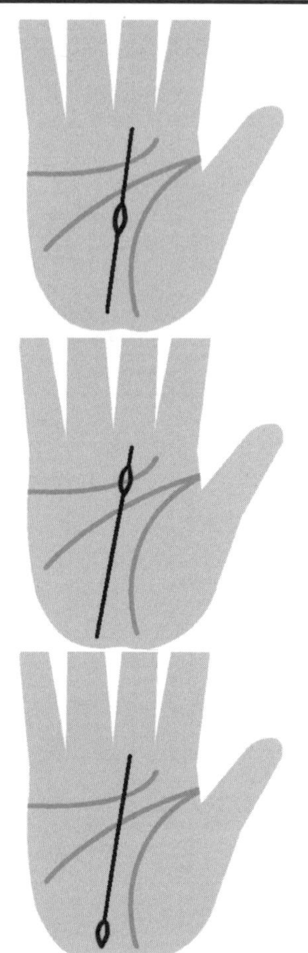

운명선 위에 섬이 있다

운명선 위에 있는 섬은 금전적인 문제를 나타낸다. 일을 실수하거나 사기를 당해서 큰 돈을 잃거나 운도 나빠진다. 섬이 길면 그 기간도 길어진다.

감정선과의 교차점에 섬이 있는 것은 맹목적인 연애나 사랑으로 큰돈을 잃는 것을 나타낸다.
또는 감정적인 상태가 되어서 판단이 흐려져 크게 실패할지도 모른다.
손목 부근의 시작점에 섬이 있는 것은 어릴 때 병약했거나 어려웠던 생활을 나타낸다.
또 부모를 일찍 여읜 것을 나타내기도 한다.

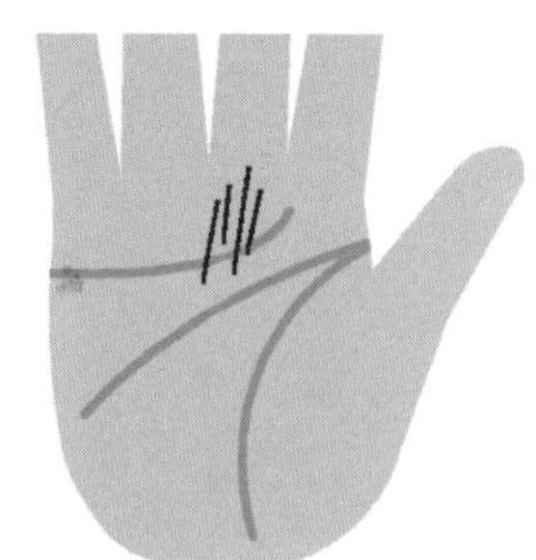

가운뎃손가락 밑에 불규칙한 세로선이 여러 개 있다

목표가 일관되지 못하고 일도 계속 진행하지 못하는 손금이다.

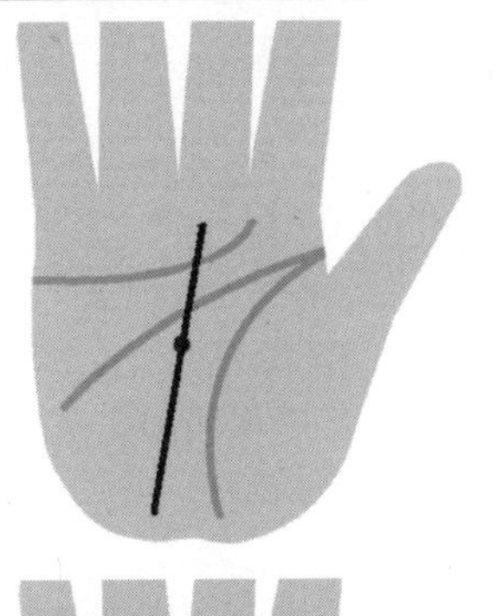

운명선 위에 반점이 있다

일 때문에 커다란 문제가 일어나는 것을 나타낸다. 전업 주부인 경우에는 가정에 불화가 생긴다.

금성의 언덕에 있는 별에서 나온 선과 운명선과의 교차점에 반점이 있다

가족이나 사랑하는 사람에게 심각한 사고나 큰병에 걸릴 위험이 있으며, 그것으로 인해 금전적 어려움을 당하는 손금이다.

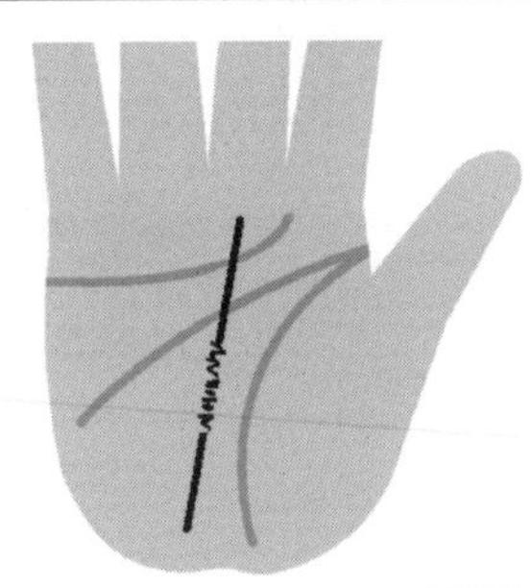

운명선 중간에 지그재그 모양이 있다

그 시기에 직장이나 가정의 일로 문제가 생기며, 그것을 해결하지 못하고 계속 고민하는 것을 나타낸다.
문제를 해결하면 지그재그 모양은 사라지고 선은 한 줄로 된다.

그 밖의 선으로 알 수 있는 것

 태양선으로 알 수 있는 것

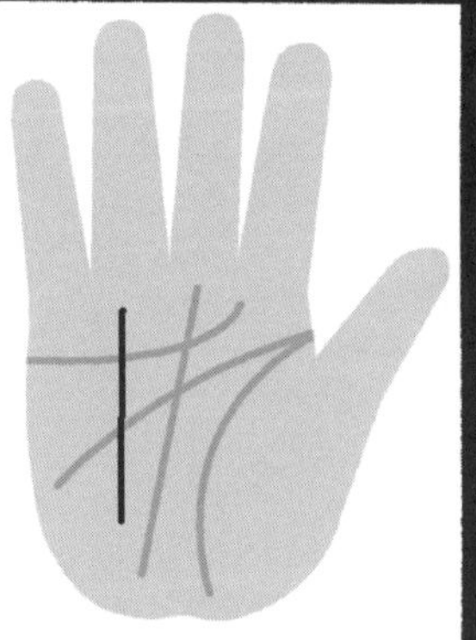

넷째손가락을 향하는 선을 태양선이라고 하며 지위나 인기, 명성, 타인의 후원, 예술 재능 등을 나타낸다.

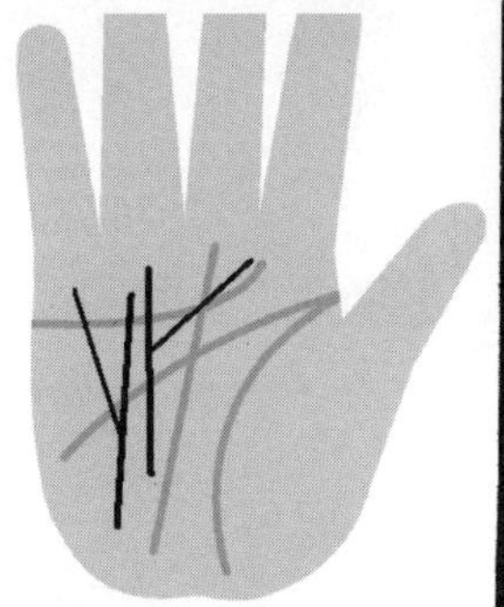

태양선이 몇 줄씩 있거나 여러 갈래로 갈라지면 부와 명성을 얻을 수 있다.

태양선이 있으면 절대적으로 좋은 거구나.
맞아!

태양선의 시작점으로
어떻게 개운하는지 알 수 있지.

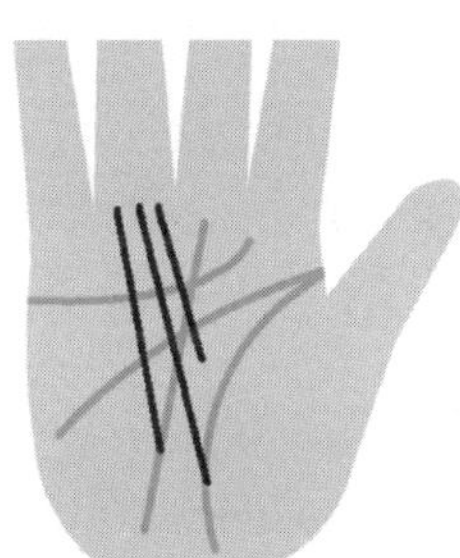

태양선이 손바닥 가운데에서 시작하는 사람은 자신의 고생을 극복하여 개운한다. 생명선에서 시작하는 사람은 자신의 노력으로 개운한다.
운명선에서 시작하는 사람은 결혼이나 승진으로 개운한다.

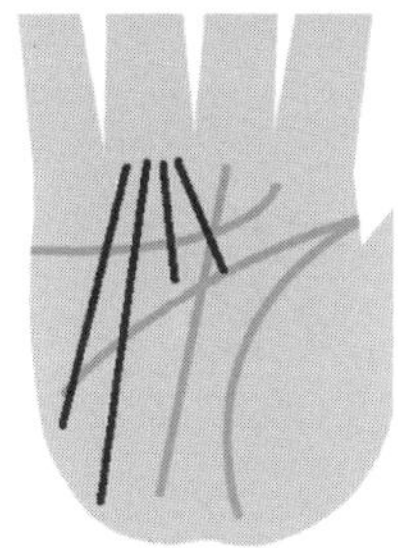

지능선에서 시작하는 사람은 자신의 재능으로 개운한다. 방정(放庭)에서 시작하는 사람은 타인의 후원으로 개운한다.
달의 언덕에서 시작하는 사람은 대중의 인기나 타인의 후원으로 개운한다. 달의 언덕 윗부분에서 시작하는 사람은 성실하게 일해서 개운한다.

끝 부분이 3갈래로 갈라지면 지위나 명성을 얻을 수 있다.
태양선 위에 있고 태양의 언덕에 있는 별 무늬는 행운의 신호. 인기가 높아져 요직에 오른다.

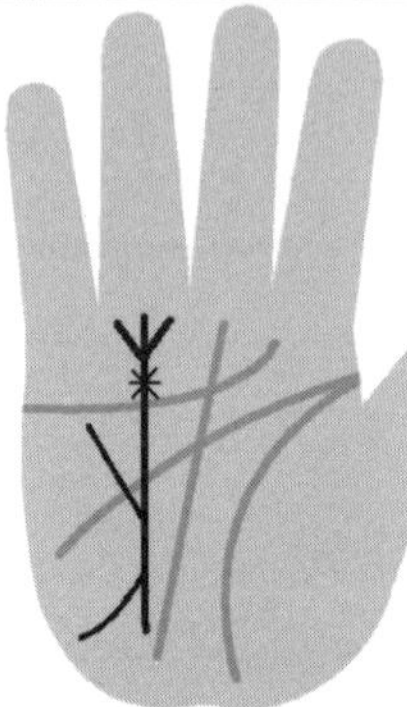

가지선이 위쪽을 향해 뻗으면 가까운 장래에 있을 행운을 예고한다.
아래쪽에 선이 들어오면 후원자가 나타난다.

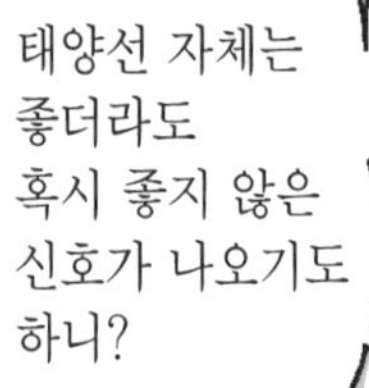

짧은 가로선이 선을 가로지르면 지위나 인기를 위협하는 일이 생길 수 있다.
반점이나 태양의 언덕 이외에 있는 별 무늬는 신용을 잃는다.

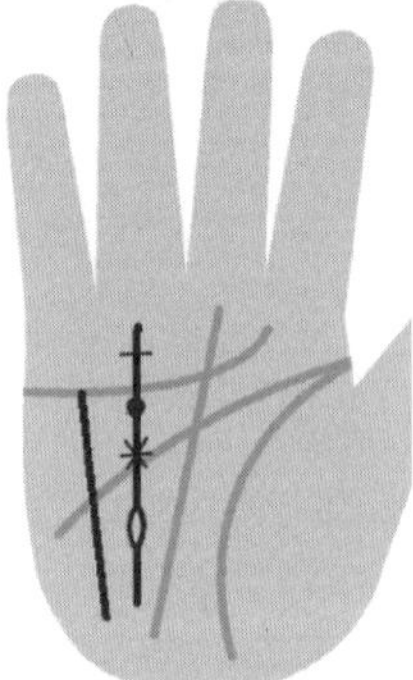

섬은 타인에게 괴롭힘을 당할 수 있다.
감정선에서 멈추면 있어야 할 인기가 없거나 사랑 때문에 입장이 난처해질 수 있다.

# 여러 형태의 태양선

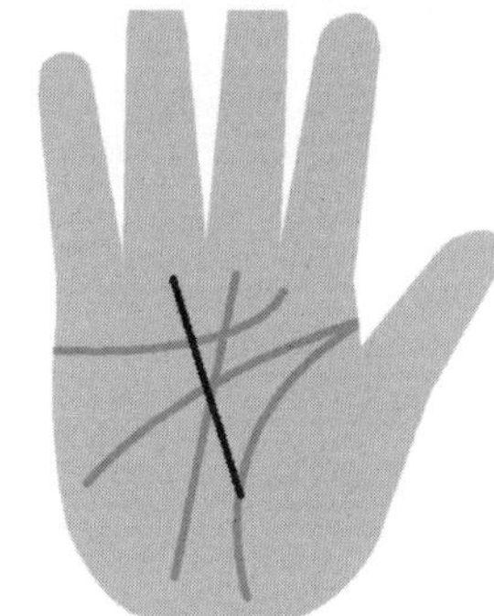

태양선이 생명선에서 나온다

그 나이에 노력의 결실이 맺어지는 것을 나타낸다.
생명선의 안쪽에서부터 나와도 의미는 같다.

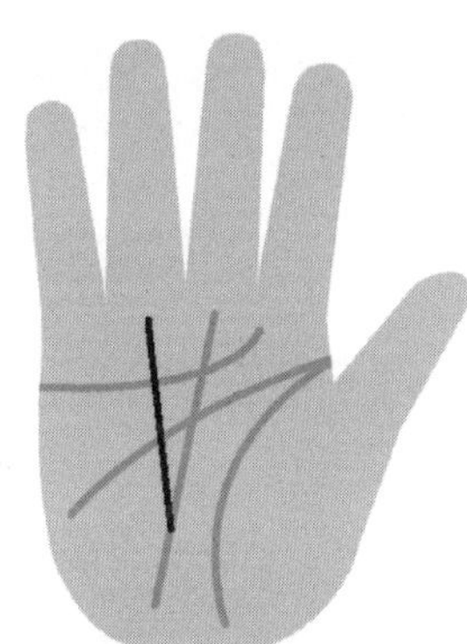

태양선이 운명선에서 나온다

운명선과의 분기점 나이에 결혼이나 독립, 승진 같은 커다란 행운이 일어나는 것을 나타낸다.

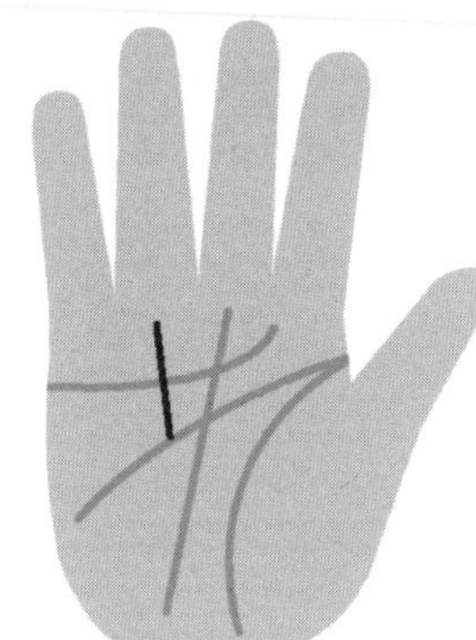

태양선이 지능선에서 나온다

문학이나 예술의 재능을 널리 인정받아, 화려한 명성을 얻는 것을 나타낸다.

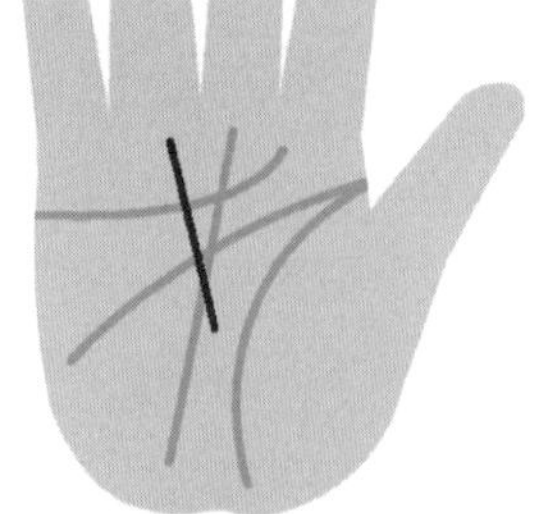

태양선이 손바닥의 중앙에서 나온다

끈기와 노력으로 고난을 극복하고 성공하여 지위와 명성을 얻는 것을 나타낸다.

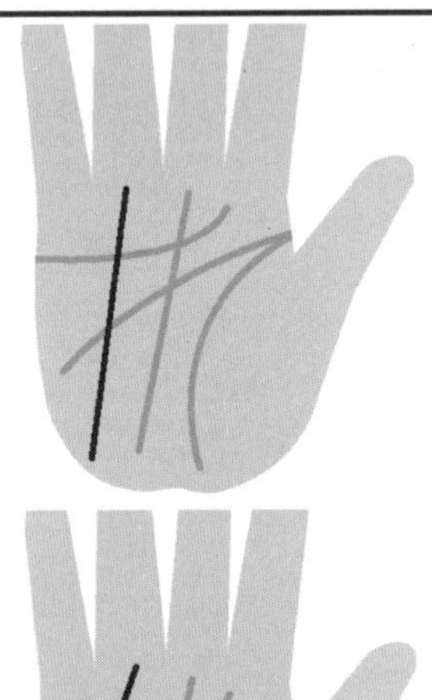

태양선이 달의 언덕에서 나온다

대중의 인기나 후원으로 성공하여 유명해지는 손금이다. 활모양보다는 직선형이 큰 행운을 얻을 수 있다.

태양선이 달의 언덕 윗부분에서 나온다

성실하게 일해서 출세하고 성공하는 것을 나타낸다.

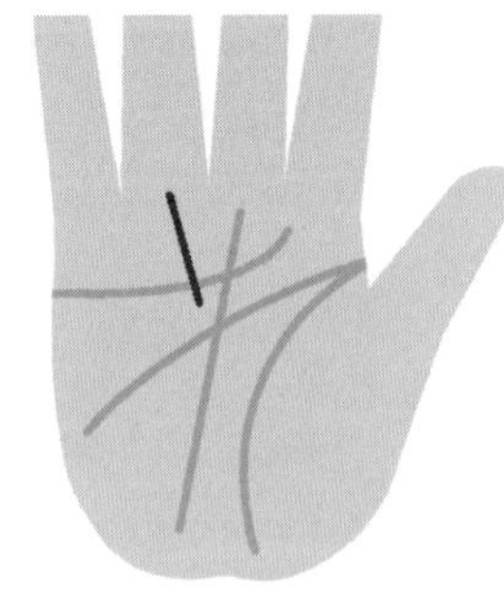

방정(放庭)에서 태양의 언덕까지 짧은 선이 있다

유력한 사람의 후원으로 성공하는 것을 나타낸다.

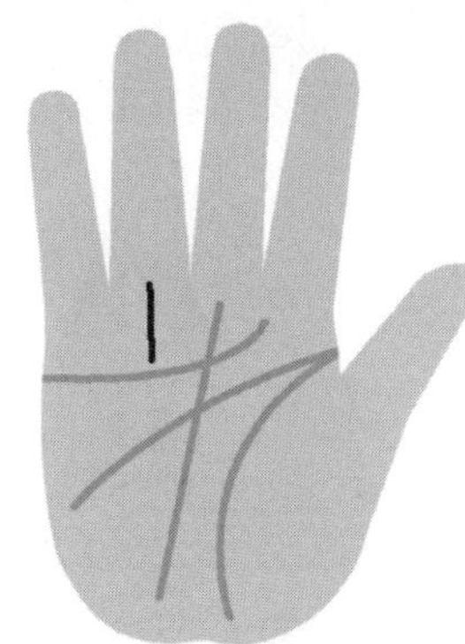

태양선이 감정선 위쪽에 짧게 나와 있다

현재의 운세가 좋은 방향으로 향하고 있다는 것을 나타낸다. 밑으로 길게 뻗을수록 운이 좋아진다.

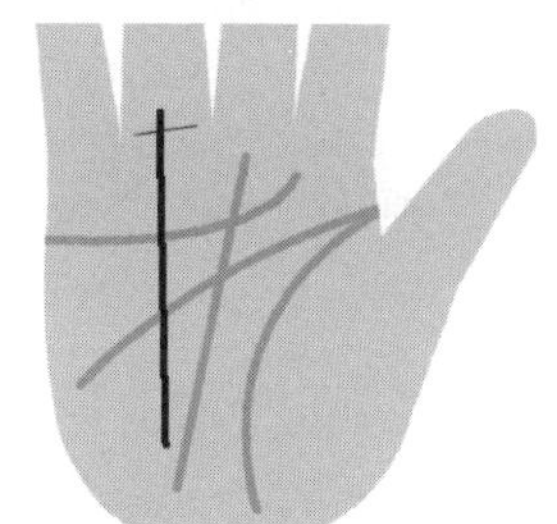

태양선의 끝이 넷째손가락의 뿌리 부분을 통과하여 올라간다

지위나 명성을 얻지만 화려한 생활 끝에 그것을 잃는 것을 나타낸다.

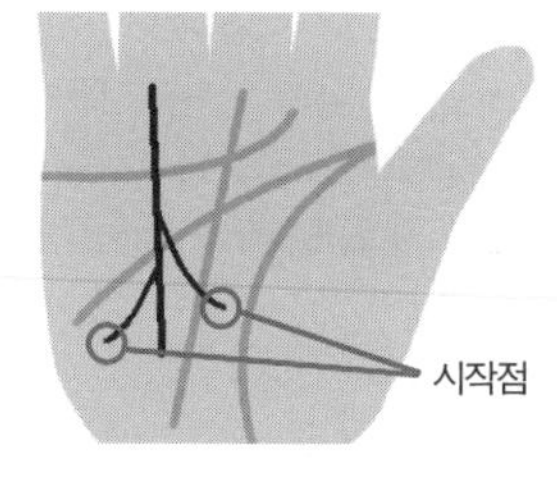

태양선의 아래쪽에서 올라오는 선이 태양선과 합류한다

협력자나 후원자에 의해 운이 좋아지는 것을 나타낸다.

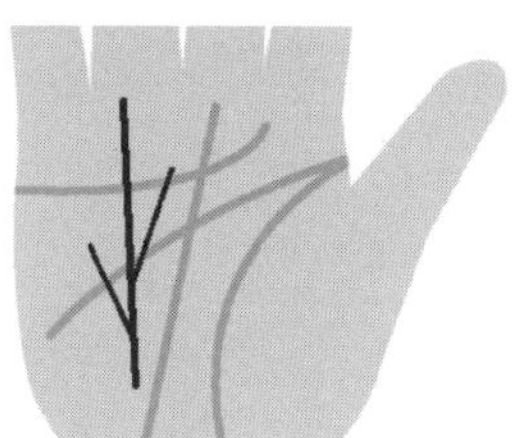

태양선에서 위를 향한 가지선이 나온다

행운의 시작을 나타낸다.

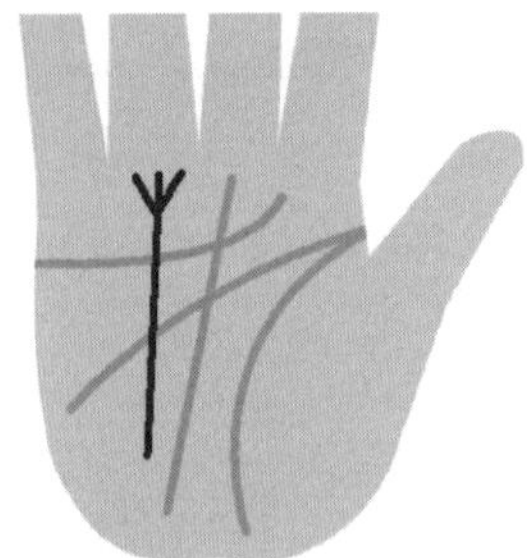

태양선 끝이 3갈래로 갈라진다

성공해서 지위나 명성을 얻는 것을 나타낸다.

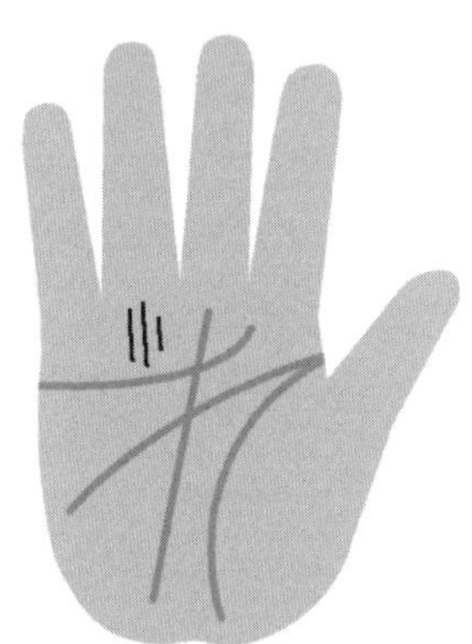

흐리고 짧은 선이 여러 줄 있다

태양선은 여러 줄 있는 것이 보다 큰 행운을 나타내지만, 흐린 선이 여러 줄 있는 경우는 여러 재능을 가지고 있어도 그 중 무엇 하나 확실하게 하지 못하는 것을 의미한다. 이런 손금인 사람은 싫증을 잘 내고 무엇을 해도 오래가지 못한다.

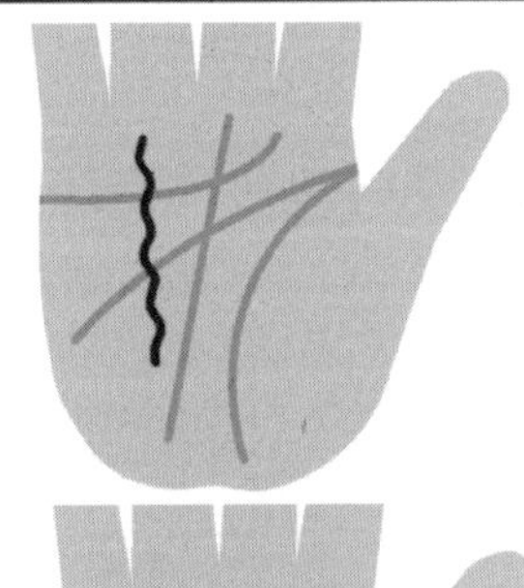

물결모양의 태양선

운이 좋다가도 바로 나빠져서 앞일을 예측하기 어렵고, 운이 정해지지 않아 불안정한 상태를 나타낸다.

마디마디 끊어진 태양선

물결모양의 태양선과 같은 의미다.

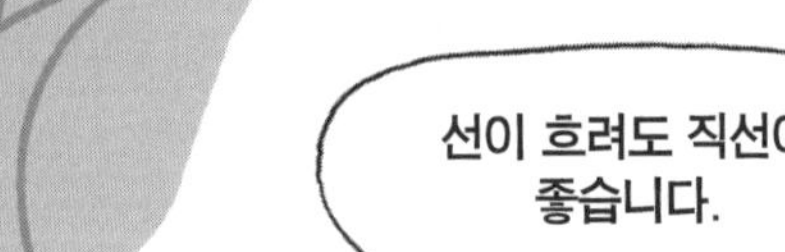

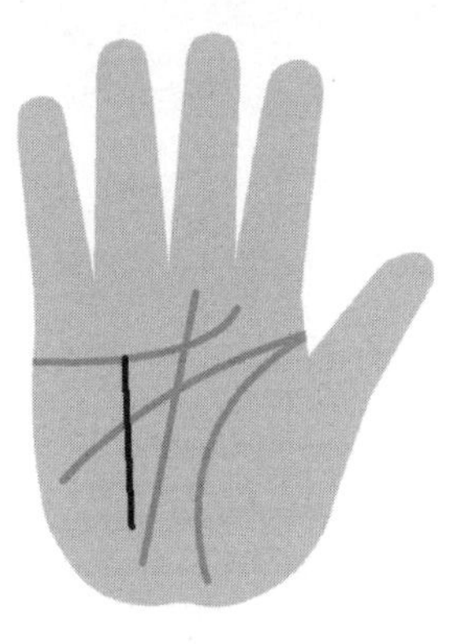

태양선이 감정선에서 멈춘다

재능은 있으나 인정받지 못하고 있다는 것을
나타낸다.

또는 사랑 때문에 현재의 지위나 명성을 잃
을 수 있다는 의미도 있다.

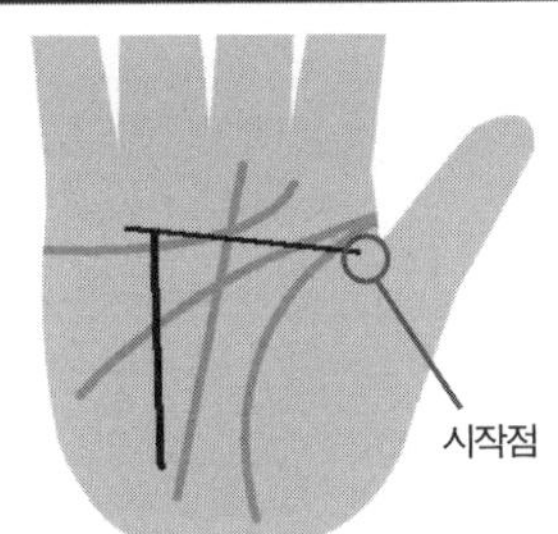

태양선이 화성의 언덕에서 나온 가로선에 막혀 멈춘다

경쟁 상대나 악의가 있는 사람에게 속아 궁
지에 몰려서 큰 충격을 받는다.

태양의 언덕에 있는 별 무늬가 태양선 위에 있다

성공해서 지위나 명성을 얻는 것을 나타낸다.

태양의 언덕 외에 있는 별 무늬가 태양선 위에 있다

지위나 명성을 잃는 것과 같은 갑작스러운
충격을 나타낸다.

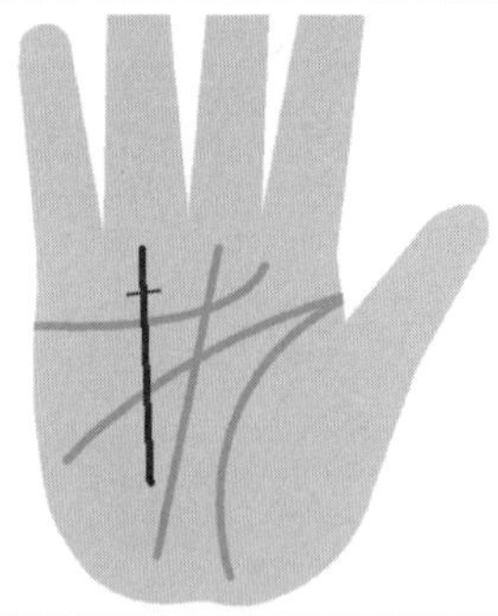

태양선을 가로지르는 짧은 선이 있다

지위나 명성을 잃을 수 있는 장애가 일어나는 것을 나타낸다.
선이 굵을수록 충격이 크고, 선이 가늘면 일시적인 동요로만 끝난다.

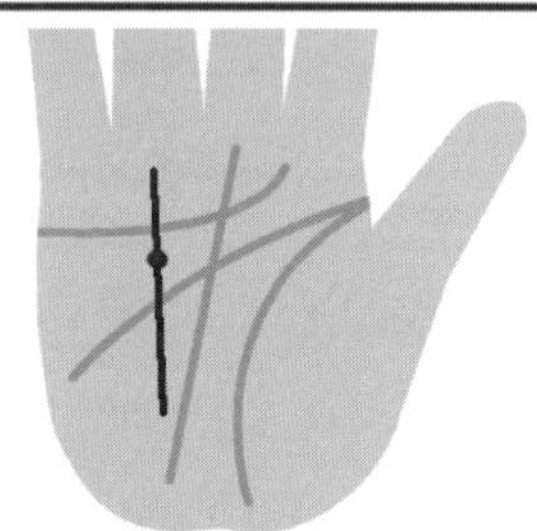

태양선 위에 반점이 있다

생각지도 못한 실수로 신용을 잃을 수 있음을 나타낸다.
직장이나 대인관계에 특히 주의해야 한다.

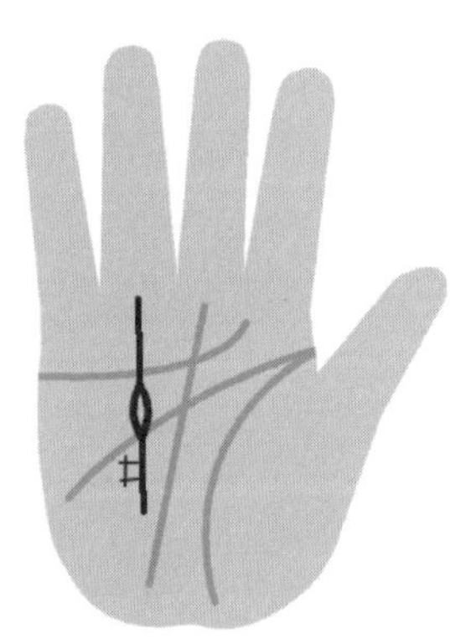

태양선 위에 섬이 있다

경쟁 상대나 악의가 있는 사람이 괴롭힌다.

태양선 위에 사각형이 있다

지위나 명성을 잃는 일이 생기지만 큰 문제없이 지나간다.

 # 재운선으로 알 수 있는 것

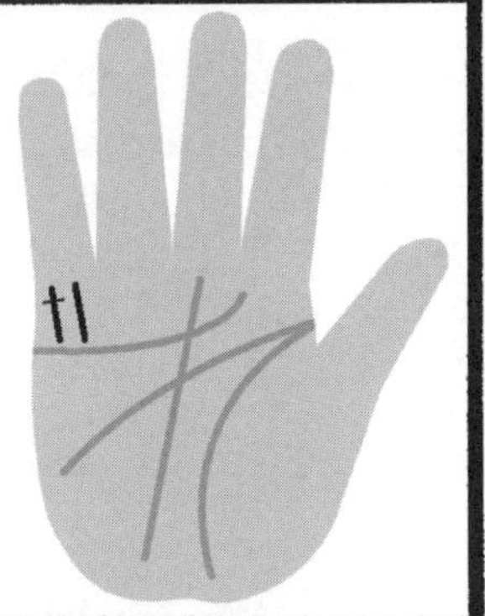
수성의 언덕에 곧고 진한 재운선이 나타나면 앞으로 재운이 좋아진다는 신호다.
하지만 가로선이 들어 있으면 좋지 않다.

저런!
지금은 없어도 재운이 열리면 선이 보여.

어느 정도로 부자가 될 수 있는데?
자신이 만족할 수 있을 정도의 재산이야. 아무리 부자라도 본인이 만족하지 않으면 재운선이 안 나타나거든.

그런데 유산을 상속받는 손금이 있는 거 알고 있니?

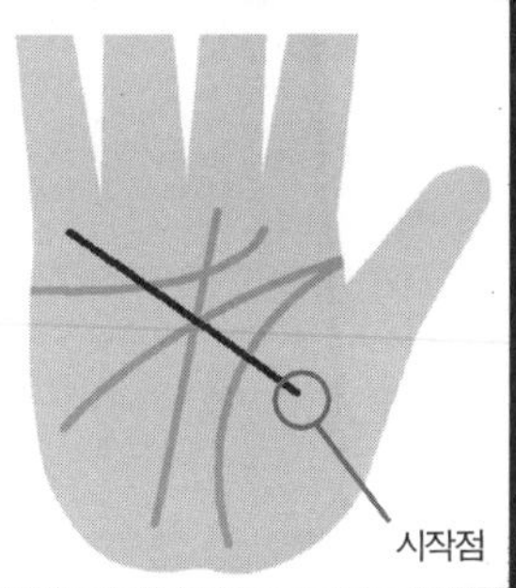
생명선의 안쪽에서 수성의 언덕을 향하는 선이 있으면 집안의 유산을 상속받아 부자가 된다.
시작점

너무 부럽다!
하지만 선이 마디마디 끊어져 있으면 액수가 적을 수도 있어.

# 여러 형태의 재운선

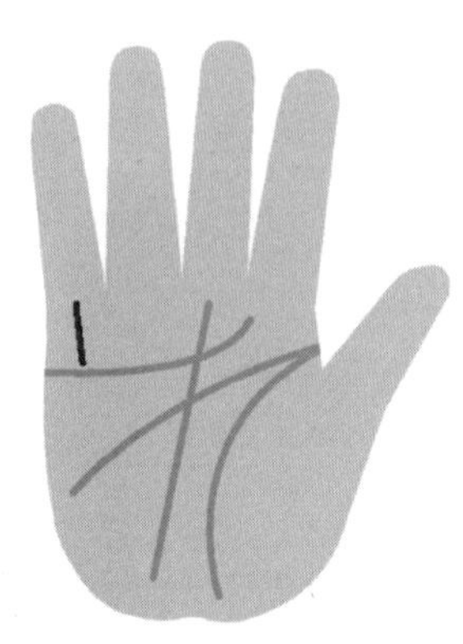

1줄의 선명한 재운선이 있다

현재의 금전운이 좋아지고 있다는 표시다. 하지만 본인이 만족하지 않으면 설령 부자라 해도 선이 나타나지 않는다.

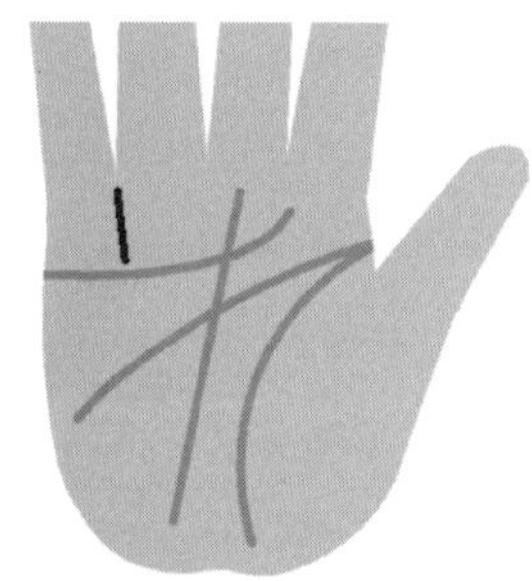

넷째손가락과 새끼손가락 사이의 밑 부분에 재운선이 있다

재테크의 능력이 뛰어나고 도박운도 있다는 표시다. 낭비벽이 있어 큰돈을 모으지는 못 하나 생활하는 데에는 평생 문제가 없는 손 금이다.

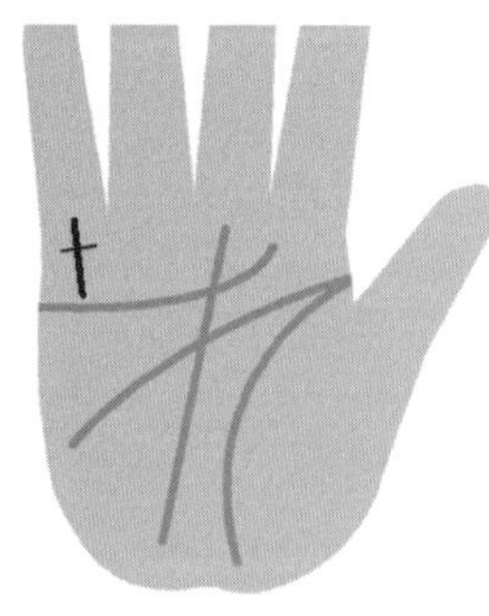

재운선에 짧은 가로선이 있다

순조로웠던 재산관리가 금전문제로 나빠질 수 있다는 것을 나타낸다.

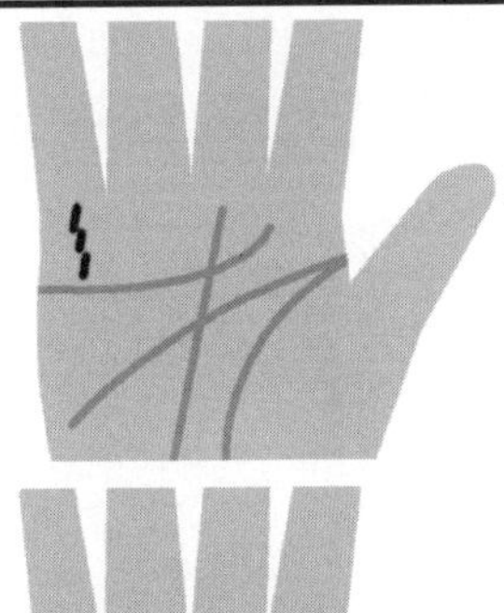

마디마디 끊어진 재운선

섬이 있는 재운선

격자모양의 선이 있는 활모양의 재운선

모두가 금전운이 좋지 않다는 것을 나타낸다.

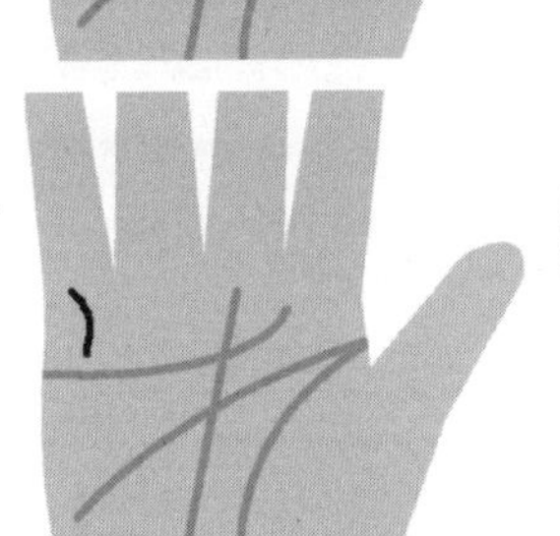

생명선 안쪽에서 수성의 언덕으로 향하는 선이 있다

부모형제나 친지로부터 유산을 상속받아 부자가 된다는 표시다.

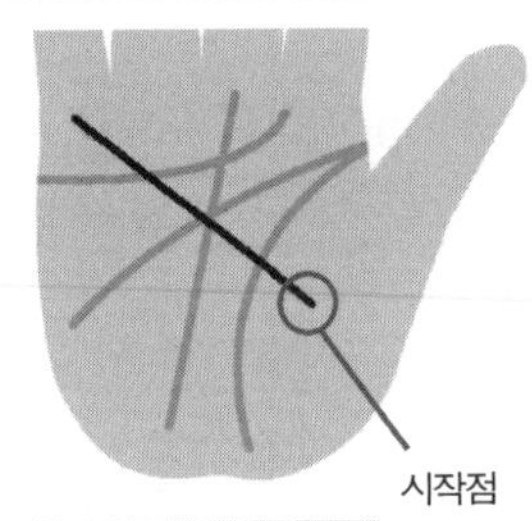

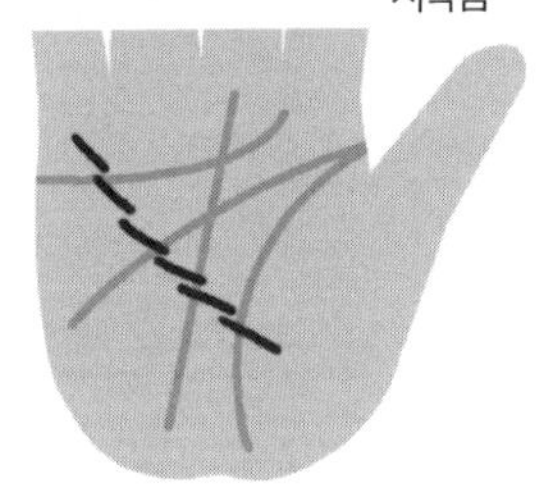

단, 선이 마디마디 끊어져 있으면 액수가 많지 않다.

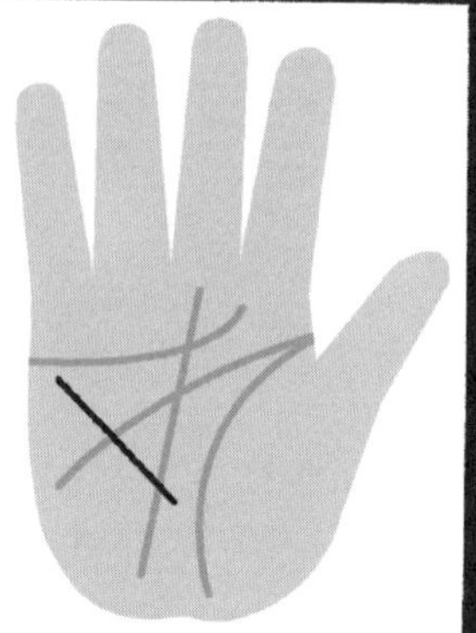
손바닥 가운데에서 새끼 손가락 아래쪽을 향해 올라가는 선을 건강선이라고 하며 건강상태를 나타낸다.
힘차게 일직선으로 뻗으면 좋지만, 사슬모양이거나 마디마디 끊어져 있으면 몸이 쇠약해져 있다는 뜻이야.

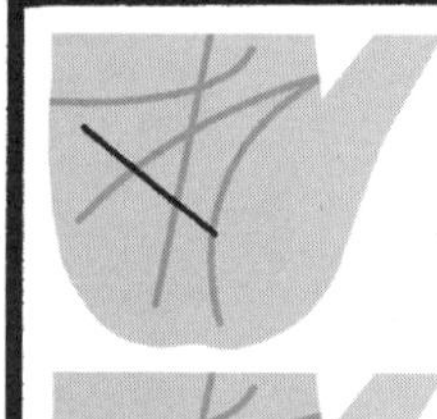
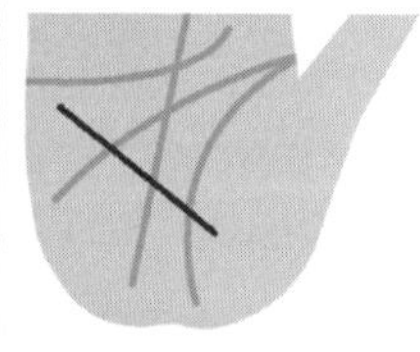
건강선이 생명선에 붙어 있거나 생명선 안쪽에서 나오면 심장이 약하다.
건강선 위에 있는 반점이나 섬도 병을 나타내. 짐작하는 증상이 있다면 얼른 병원에 가보는 편이 좋아.

참, 건강에 관련된 선이 하나 더 있는데,
건강선과 나란히 있는 활모양의 선을 방종선이라고 하는데, 이는 심신이 지쳐 있음을 나타낸다.

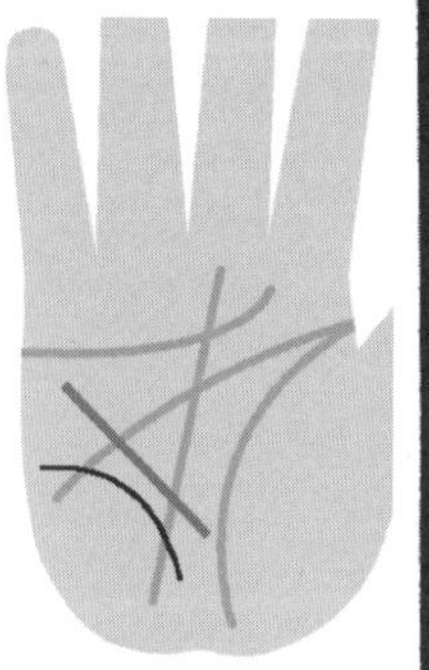

그럼 이 선은 없는 편이 좋겠구나.
물론이지

여러 형태의 건강선과 방종선

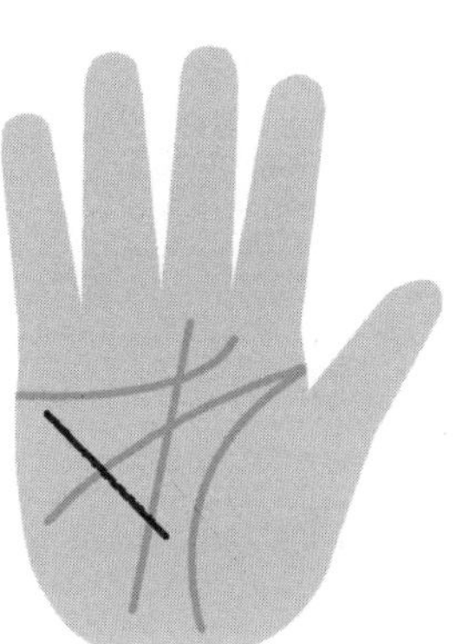

손바닥 가운데에서 새끼손가락 아래쪽으로 향하는 건강선이 있다

힘차게 뻗어 있는 선이면 몸이 건강하다는 표시다.

한편으로 건강선은 사회진출을 나타내기도 한다.

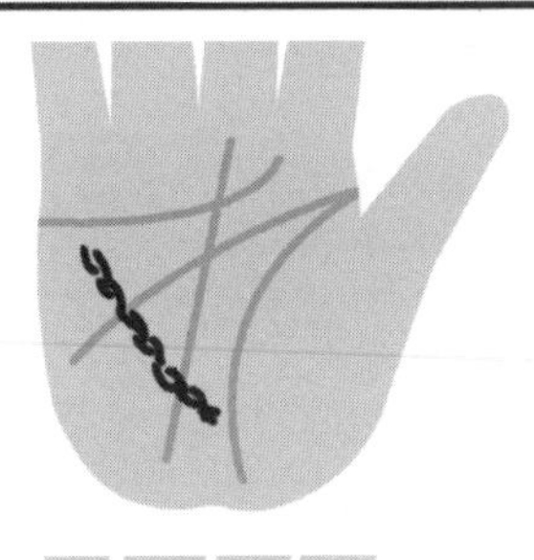

사슬모양의 건강선

호흡기가 약한 것을 나타낸다. 무리하면 악화할 위험이 있으므로 충분한 휴식을 취하도록 유의한다.

마디마디 끊어진 건강선

소화기가 약한 것을 나타낸다.

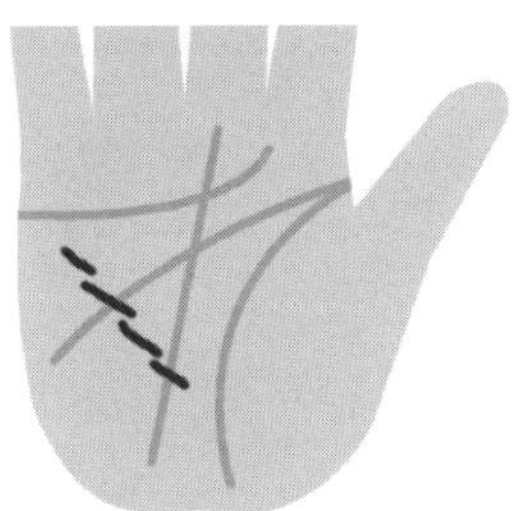

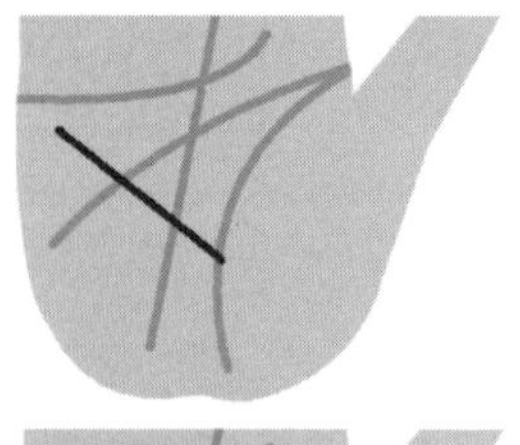

건강선이 생명선에서 시작한다

심장이 약하다는 표시다.
평소에 심장에 부담을 주지 않도록 주의해야
한다.

건강선이 생명선 안쪽에서 시작한다

위의 경우와 같은 의미다.

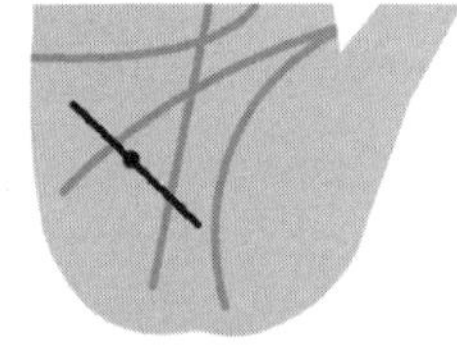

건강선 위에 반점이 있다

내장기관에 갑자기 병이 생기는 것을 나타낸
다. 반점이 갑자기 나타나면 건강관리에 주
의한다.

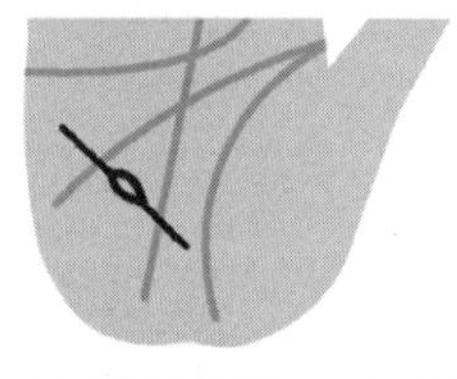

건강선 위에 섬이 있다

호흡기 계통의 병을 나타낸다.

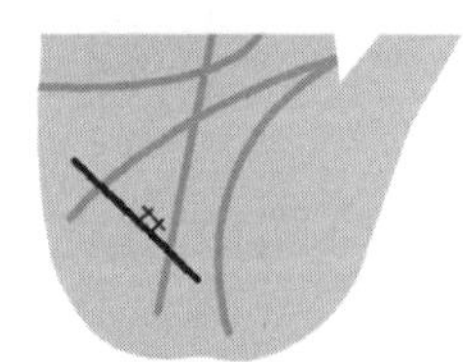

건강선 위에 사각형이 있다

내장기관의 수술을 받아야 함을 나타낸다.

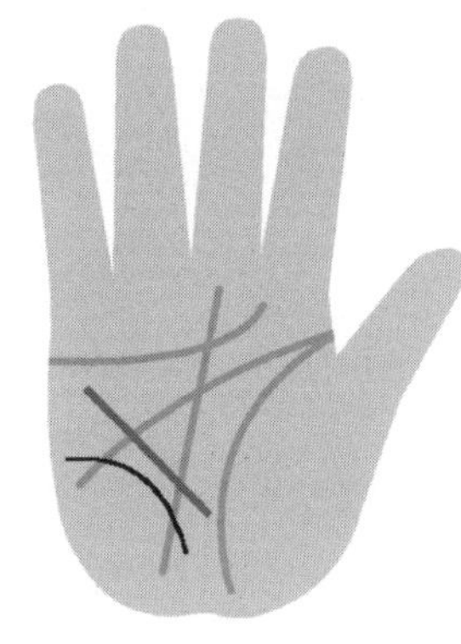

건강선과 평행한 반달모양의 방종선이 있다

방종선은 제2의 건강선이라고도 한다. 이 선이 나타나면 몸과 마음이 쇠약해졌음을 나타낸다. 일이나 스트레스로 몸과 마음이 한계를 넘어 과로상태임을 나타낸다.

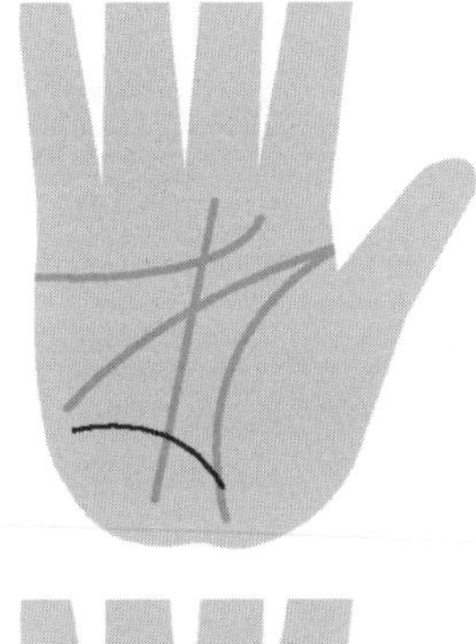

방종선의 한쪽 끝이 생명선에 붙어 있다

건강을 돌보지 않는 생활로 건강을 해치고 있다는 표시다.
지나치게 체력을 소모하는 생활 때문에 병에 대한 저항력이 매우 약해진 상태이므로 충분히 휴식을 취할 필요가 있다.

방종선이 생명선 안쪽으로 들어와 있다

위의 경우와 같은 의미다.

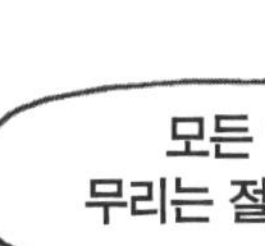

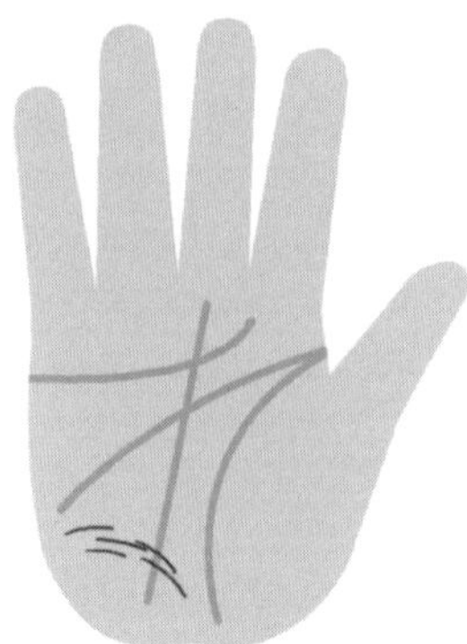

불규칙한 선이 많이 나와 있다

어떤 일에 지나치게 신경을 써서 스트레스가
많이 쌓여 있다는 표시다.
일이나 대인관계가 제대로 풀리지 않아 신경
이 매우 과민해진 상태다.

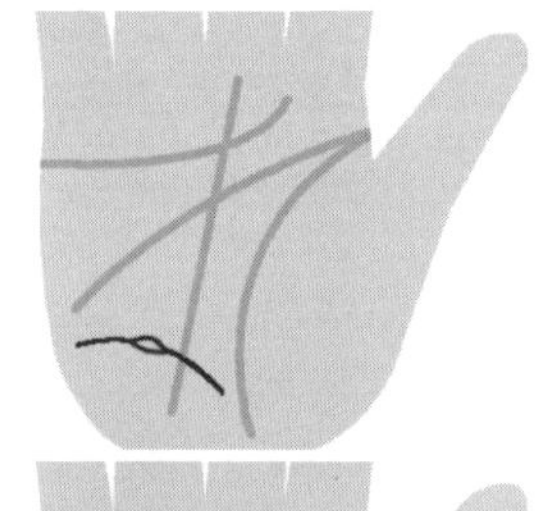

방종선 위에 섬이 있다

술이나 약 등으로 건강이 나빠지고 있다는
것을 나타낸다.
하루라도 빨리 생활을 변화시켜 건강을 되찾
도록 노력한다.

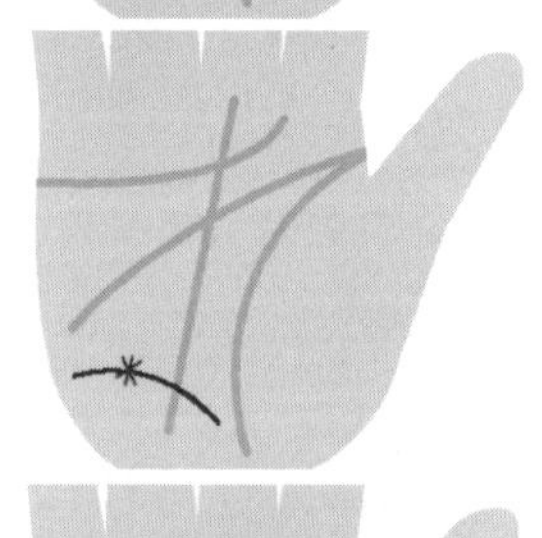

방종선 위에 별이 있다

약물중독으로 어느 날 갑자기 병을 얻을 수
있음을 나타낸다.

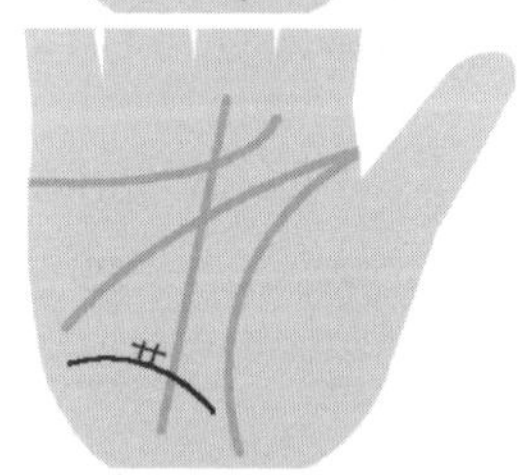

방종선 위에 사각형이 있다

약물중독이나 불규칙한 생활로 건강이 나빠
지더라도 그 상태가 가벼운 정도를 나타낸
다.

✍ 직감선으로 알 수 있는 것

달의 언덕 아래쪽에서 새끼손가락을 향해 올라오는 선을 직감선이라고 하는데, 제6감이나 신비로운 감성을 지닌 것을 나타내.
그럼 영감(靈感)도?

혼령을 보거나 남의 과거를 맞출 수도 있겠네?
음— 그건 잘 모르겠는데.

예를 들어 꿈이 잘 맞거나 이상한 예감이 적중하거나 —
……
아~ 알겠다!
남자친구가 바람피우는 것 같다는 예감이 딱 적중한다는 얘기지!
……!

긁적 긁적…
그건 좀 아닌 것 같은데 ……

 # 여러 형태의 직감선

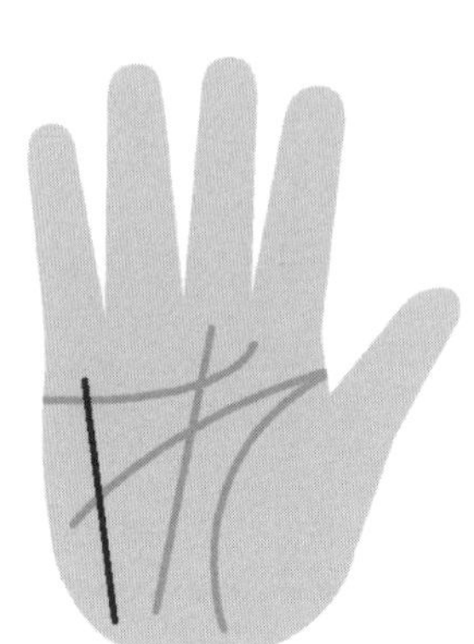

달의 언덕 아래쪽에서 새끼손가락을 향하는 직감선이 있다

신비로운 것에 흥미가 있고, 제6감이나 영감이 있는 것을 나타낸다.

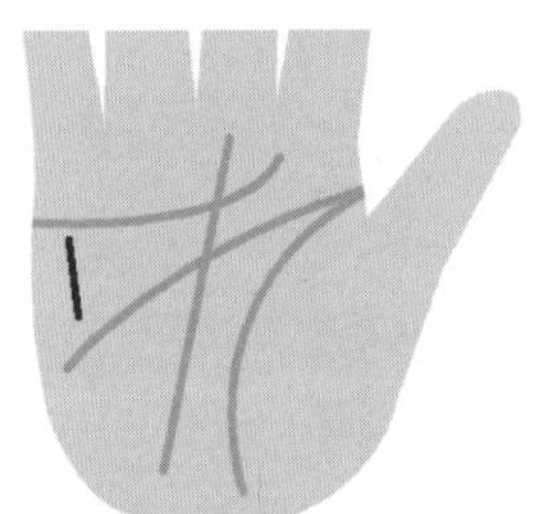

화성의 언덕에 짧은 직감선이 있다

직감적인 판단이 뛰어남을 나타낸다.

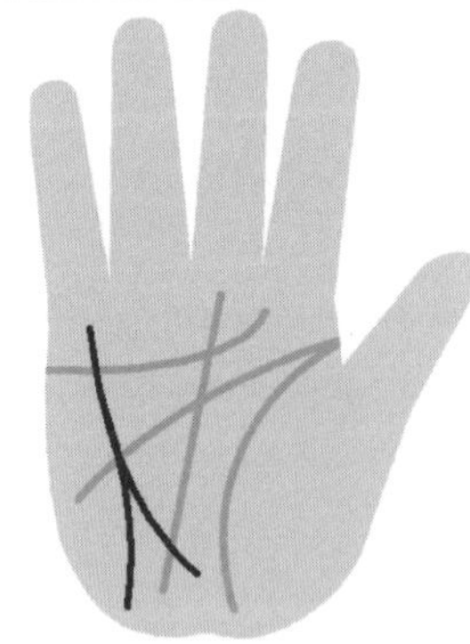

직감선이 건강선에 합류한다

비즈니스나 기획에 센스가 있고, 선견지명의 감각이 있음을 나타낸다. 이 선이 있으면 사업가 자질이 있는 사람이라고 할 수 있다.

금성대로 알 수 있는 것

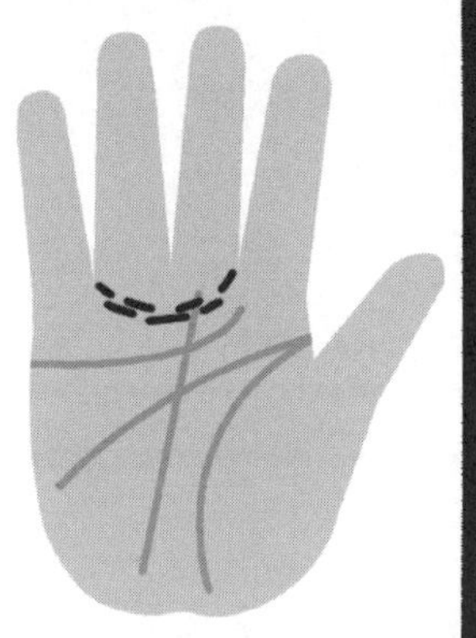

가운뎃손가락과 넷째손가락 밑부분에 길고 짧은 불규칙한 선이 반원형태로 금성대를 이룬 사람은 이성에 대한 애정표현이 풍부하다.

그럼 섹시 하다는 얘기 잖아?
글쎄 …?!

그렇다고도 할 수 있겠다. 여자라면 특히 애교가 있으니까 서비스업에 유리할 수도 있어.

하지만 지능선이 좋다면 이성에 대한 정열이 예술로 표현될 수도 있어.
예술?

소설가나 화가 그리고 음악가처럼 말이야.
아~ 무슨 말인지 알겠다.

그런데 사실은 좀 음란한 손금이 있거든.
음란?

먼저
금성의
언덕이
발달해서
두껍고
감정선과
지능선이
모두 사슬
모양이며
……
게다가

금성대가
나와 있으면
이것이 바로
음란상이야!
어머?
어머?
뭐,
뭐야?

네 손금이
여기에 좀 가깝지
않니?
깜짝

무,
무슨
소리야
!
잘 봐봐!
지능선이
틀리잖아!
지능선이
사실은 신경 쓰고
있었구나 ……

 # 여러 형태의 금성대

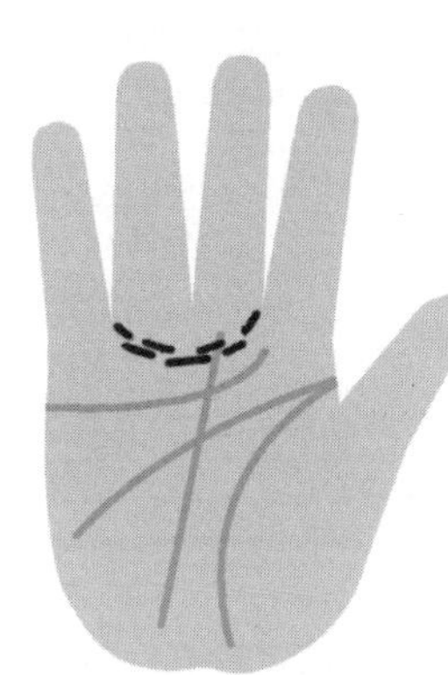

가운뎃손가락과 넷째손가락 밑부분에 반원형을 그리는 길고 짧은 불규칙한 금성대가 있다

금성대가 있는 사람은 이성에 대한 감정의 표현방법이 섬세하고 표현력도 풍부하다. 또한 사교성이 뛰어나므로 서비스업에 적합하다.

뚜렷한 금성대가 1줄 있다

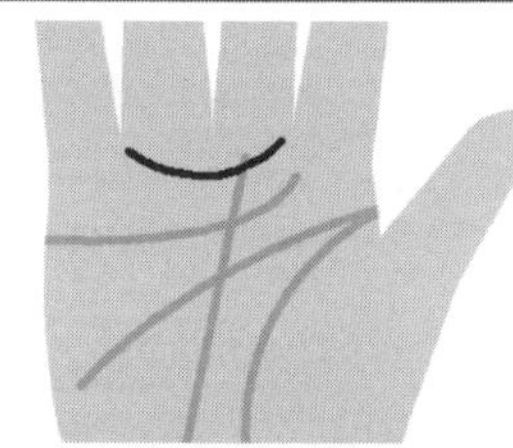

이러한 금성대를 가진 사람은 미적 감각이 뛰어난 멋쟁이이므로 패션관계 직종에 매우 적합하다.

금성대가 새끼손가락 아래쪽까지 길게 있다

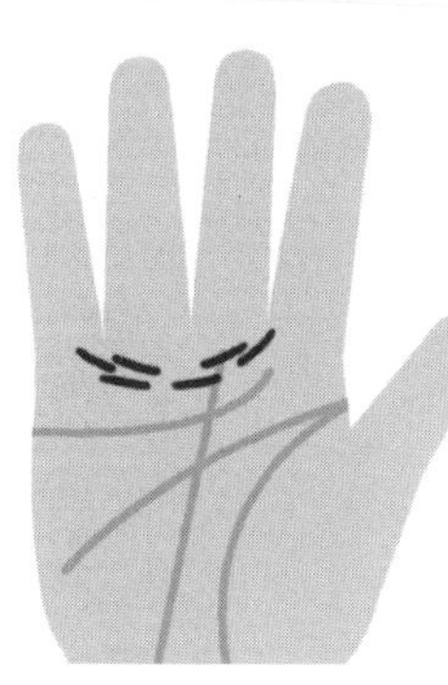

이런 금성대인 사람은 성적 욕구가 지나치게 강해서 자극적인 것을 원하고, 배우자 한 사람에게 만족하지 못하고 상대를 자주 바꾸는 경향이 있으므로 결혼운이 좋지 않다.

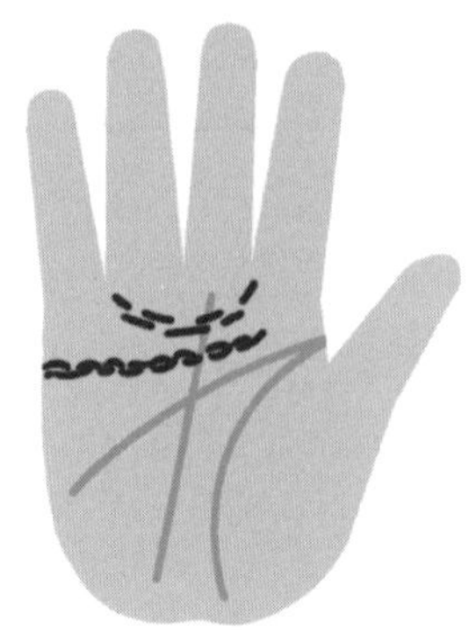

금성대가 있고 감정선이 사슬모양이다

이성에 대한 정감이 매우 강하다는 것을 나타낸다. 한꺼번에 여러 상대가 좋아지기도 하는 연애박사 체질이며, 바람둥이 기질이 있다.

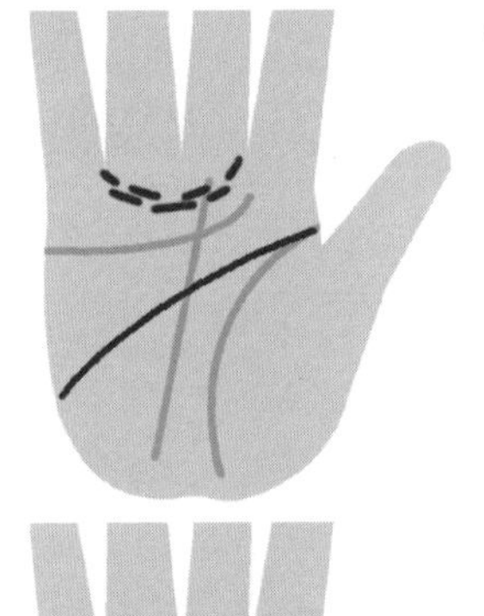

금성대가 있고 지능선이 좋다

이런 손금인 사람은 이성에 대한 연애감정을 예술이나 연예활동으로 대신 표현할 수 있다. 소설, 그림, 음악으로 상대방이나 세상에 알릴 수 있다.

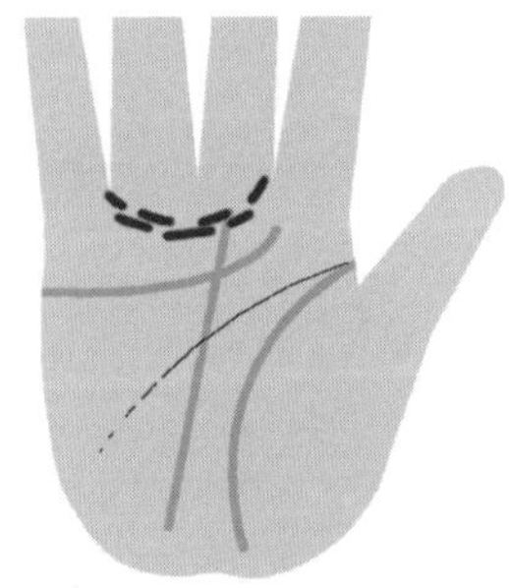

금성대가 있고 지능선이 빈약하다

이런 손금인 사람은 내성적이며 감정표현이 서툴다. 직선적인 감정표현으로 상대에게 따돌림당할 수 있으므로 감정을 자제하는 습관이 필요하다.

그 밖의 선과 기호로 알 수 있는 것

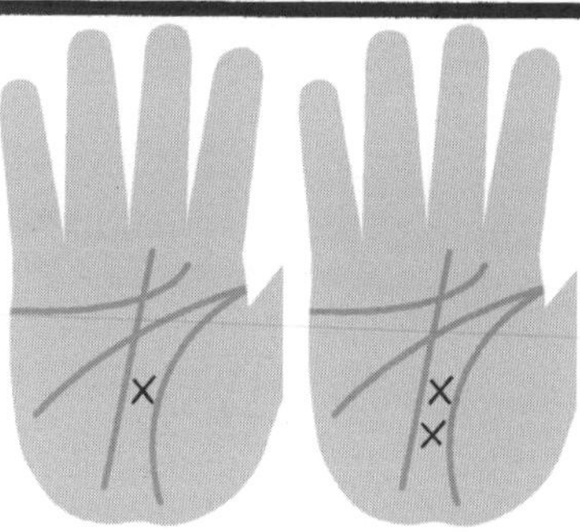

그 밖의 선과 신호

인기선

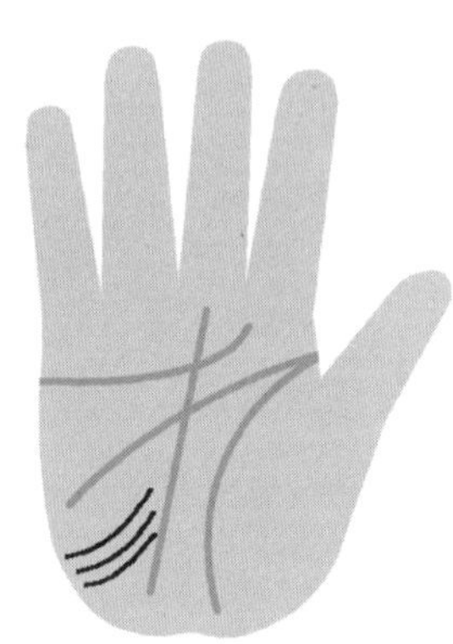

달의 언덕에서 비스듬히 올라오는 짧은 선은 주위의 사랑을 한몸에 받아 후원을 받거나 지지 받는 것을 나타낸다. 다른 선까지 좋으면 인간관계가 더욱 넓어지고 주위 사람들에게 신용도 높아진다. 연예인이나 서비스업, 상업에 종사하는 사람에게는 절대적으로 필요한 선이라고 할 수 있다.

독립선

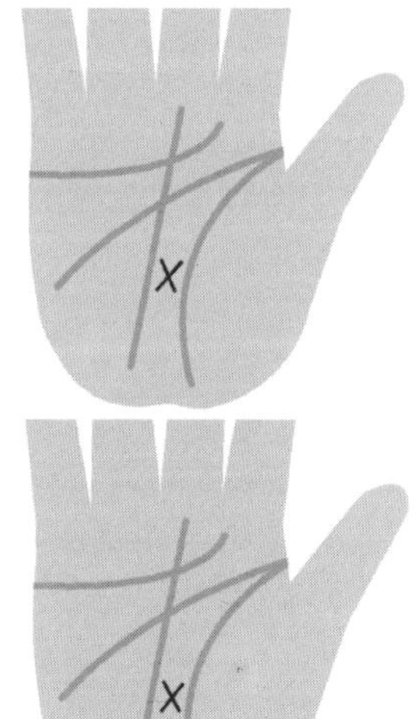

생명선과 운명선 사이에 짧게 2줄이 교차하고 있는 것은 뛰어난 경영능력을 나타낸다. 가게나 회사를 운영하는 경영자에게 적합하다. 독립된 교차선이 나란히 2개 있으면, 학문이나 글재주가 있음을 나타낸다.

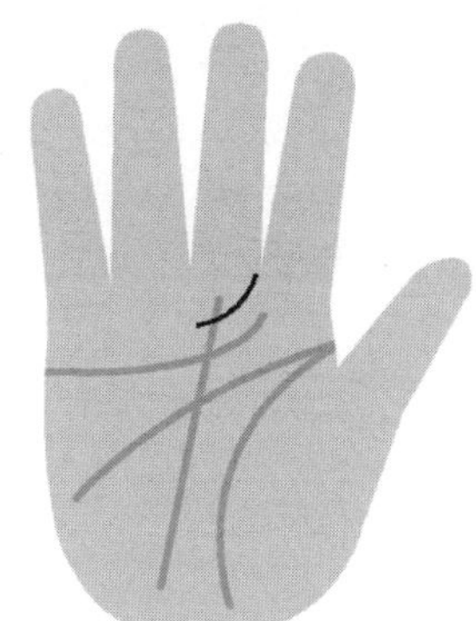

자기과시욕선

둘째손가락과 가운뎃손가락 사이로 들어가는 선은 자신을 드러내는 재능을 나타낸다. 상황에 따른 적합한 자기표현능력이 있는 사람이다.

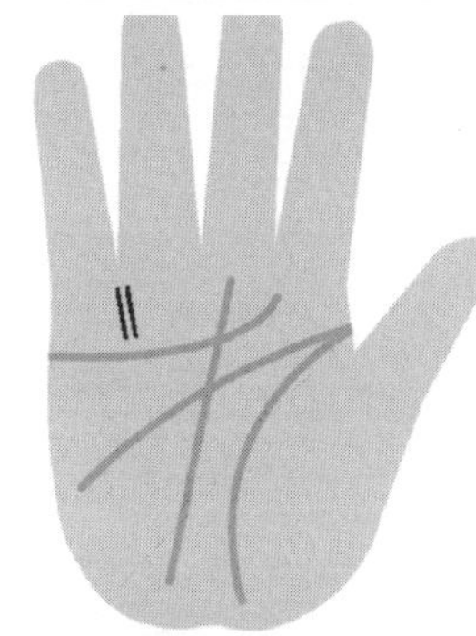

의료선

넷째손가락과 새끼손가락 사이의 아래쪽에 평행하는 2줄의 짧은 선이 있다. 이 선은 의료지식이나 기술이 뛰어나다는 표시다. 실제로 의료현장에 종사한 후에 이 선이 생기는 경우도 있다.

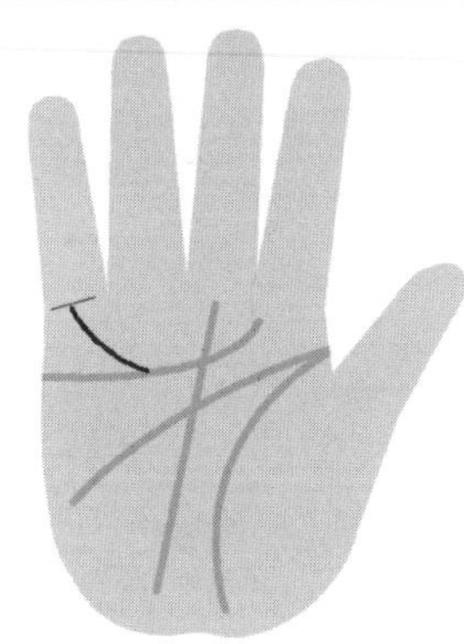

설득선

태양의 언덕 아래에 있는 감정선 위에서 새끼손가락 밑부분을 향해 비스듬히 올라가는 선은 사람을 설득하는 재능을 나타낸다.

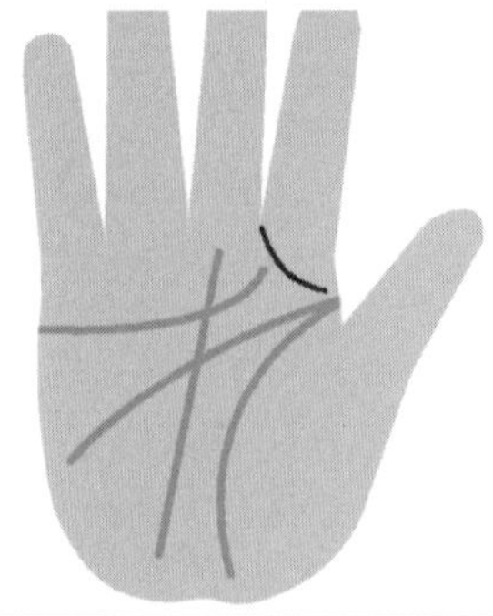

관리자선

목성의 언덕에 있는 생명선의 시작점 가까이에서 시작하여 둘째손가락과 가운뎃손가락 사이를 향하는 선은 관리 및 경영능력을 나타낸다. 경영문제를 지혜롭게 처리할 수 있다.

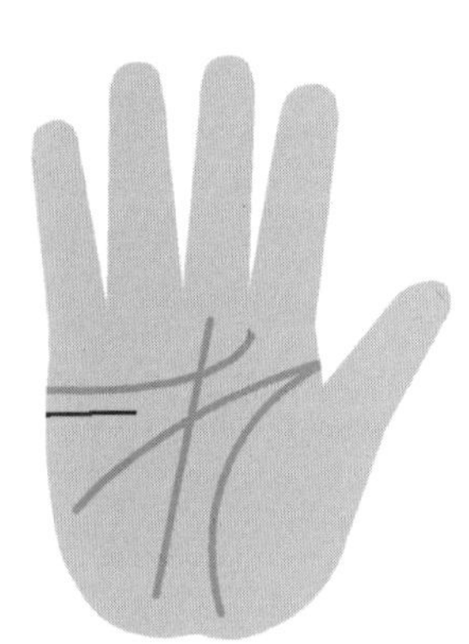

직업선

감정선 밑에 평행하는 선은 일에 대한 정열을 나타낸다. 만족할 만한 직업을 얻어 활기차게 일할 수 있다.

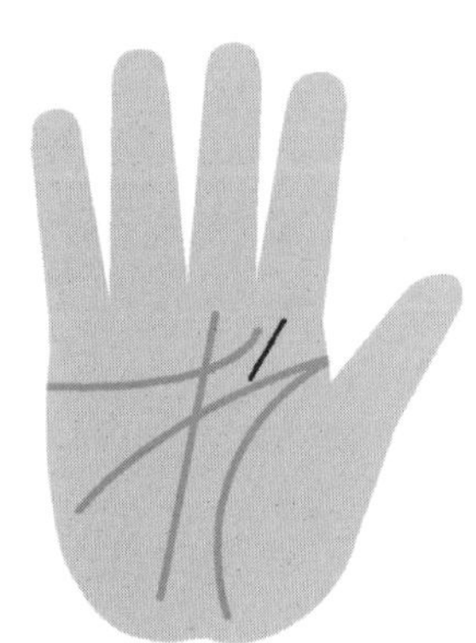

후원선

생명선에 서 있는 향상선(向上線)과 같은 곳에 생명선으로부터 떨어져 있는 선은, 유력한 선배나 직장상사에게 후원받는 것을 나타낸다. 그것을 계기로 운이 열려 성공할 수도 있다.

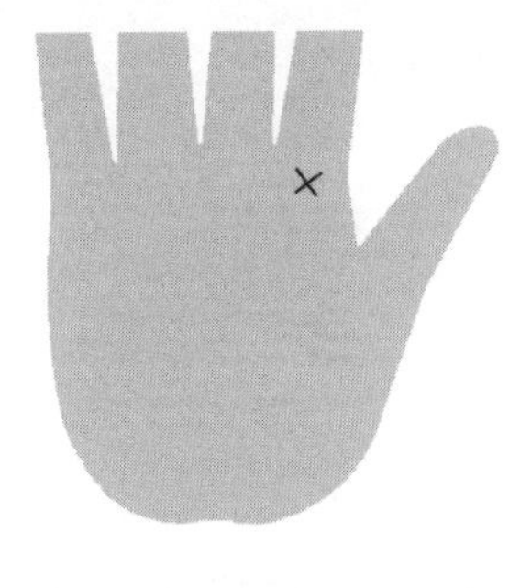

목성의 언덕에 ＋ 무늬가 있다

＋무늬는 나쁜 신호지만, 목성의 언덕에 있는 것은 특별하다. 이것은 이성과의 큰사랑을 암시한다. 다른 선이 운세의 변화를 나타낼 때 이 ＋무늬가 나와 있으면 그 변화는 사랑과 관련된 것이다.

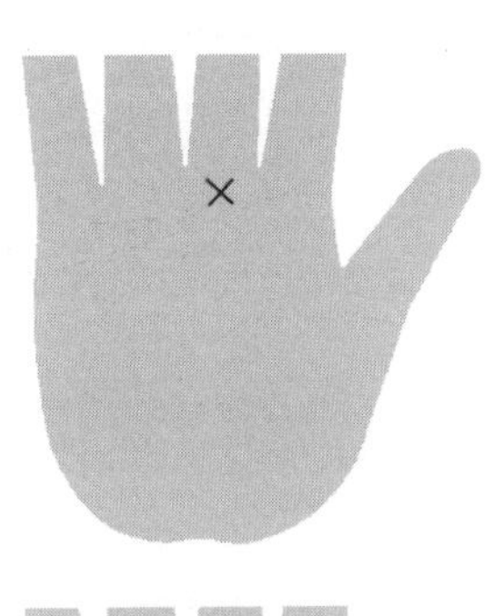

토성의 언덕에 ＋ 무늬가 있다

잘못된 판단을 굽히지 않는 고집스런 상태를 나타낸다. 더 늦기 전에 생각을 바꾸지 않으면 최악의 상황으로 갈 수 있다.

수성의 언덕에 ＋ 무늬가 있다

금전문제로 크게 손해 볼 수 있음을 나타낸다.

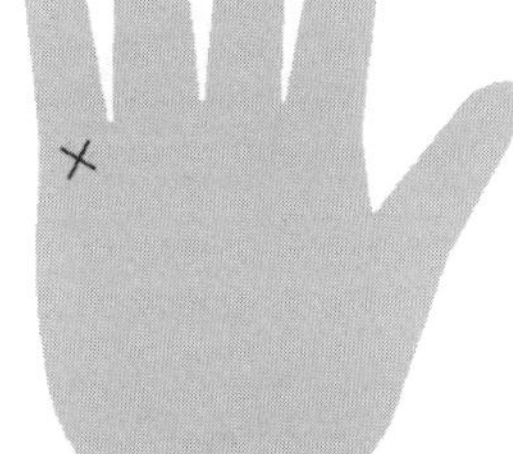

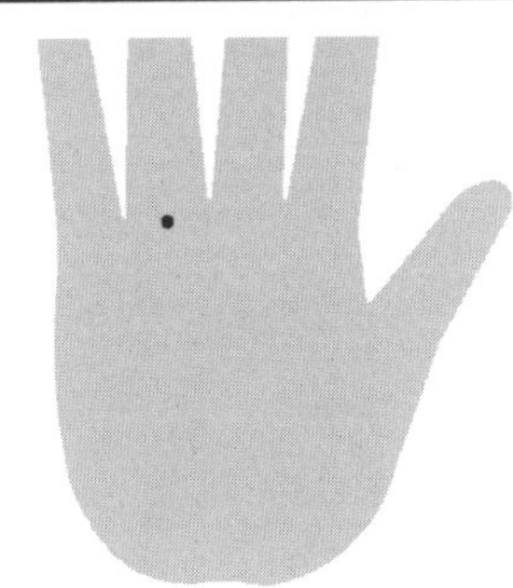

넷째손가락 밑부분에 반점이 있다

신용을 잃거나 오명(汚名)을 얻는 것처럼 좋지 않은 일이 일어날 수 있음을 나타낸다.

특별한 손금 이것저것

 **All or Nothing**

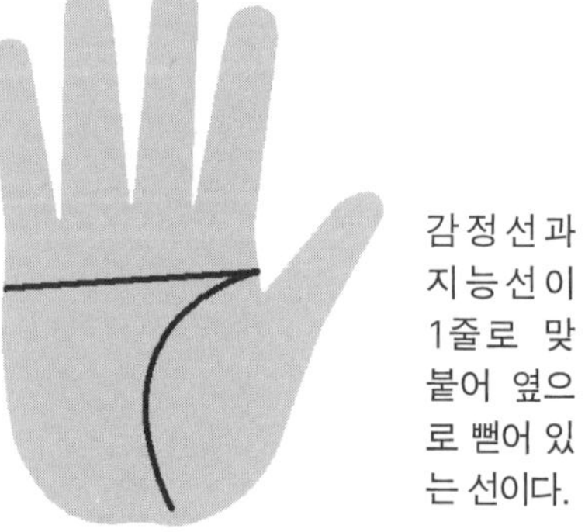

❋ 막쥔 손금을 가진 사람들

내가 알고 있는 막쥔 손금의 여성은 3명 모두가 이혼한 일벌레 타입이다. 요즘 시대에는 이혼하는 사람이 많으므로 이 세 여성의 경우 또한 우연일 수도 있다. 그러나 역시 막쥔 손금을 가진 여성은 가정운이 약해서 그런 건 아닌지 다시 한번 생각하게 한다.

 행운의 손금

행운의 M

생명선, 지능선, 감정선, 운명선 등 4줄이 모두 선명하고 균형이 잡혀서 영어의 M자 모양을 만든다.

육화문(六花紋)

목성의 언덕에 나타나는 별은 큰 행운이 찾아온다는 신호다.

억만장자 손금

운명선에서 태양선과 재운선이 시작한다.

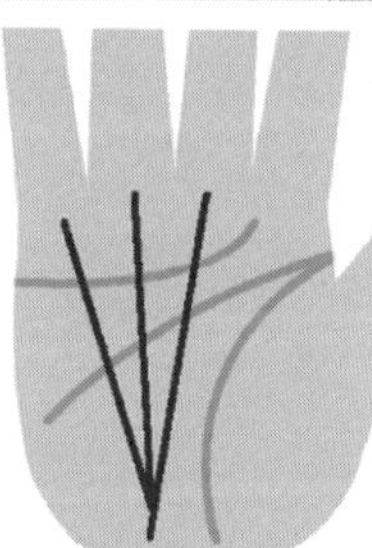

사직문 (四直紋)

세로로 4갈래의 선이 있으면 매우 강한 행운의 손금이다.

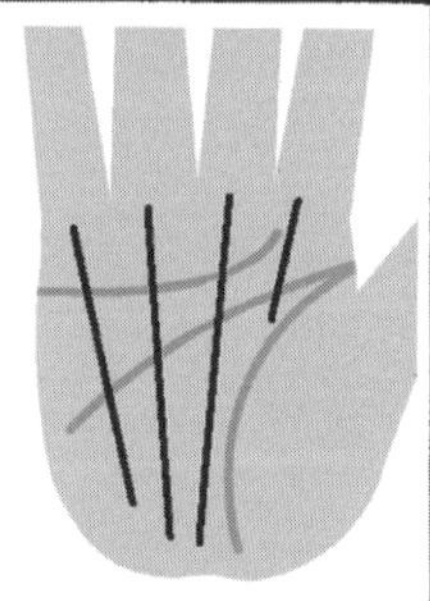

특이한 손금

막쥔 손금

특이한 손금의 대표가 이 막쥔 손금일 것이다. 지능선과 감정선이 맞붙어 1줄이 되어 손바닥을 일직선으로 가로지른다. 이 손금인 사람은 성공하고 실패하는 격차가 심한 인생을 보낸다.

비상하게 강한 운을 지닌 사람으로, 두뇌가 명석하고 배짱도 있어 지도자의 능력을 지니지만, 지나친 자신감과 완고한 부분이 있기 때문에 만약 그릇이 작다면 성격이 괴짜인 사람으로 보일 수도 있다.

여성일 경우에는 성공하는 커리어우먼이 될 수 있지만 가정운은 약한 손금이다.

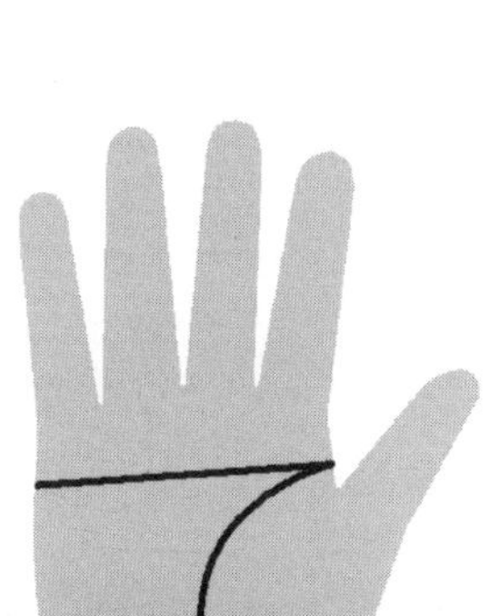

막쥔 손금의 변형

손바닥을 가로지르는 선이 넷째손가락 밑에서 2갈래로 갈라지는 것은, 아이디어나 기획력이 뛰어난 것을 나타낸다.

둘째손가락과 가운뎃손가락 밑에서 2갈래로 갈라지는 것은, 머리는 좋으나 사람을 속이거나 기회주의적인 경향이 있다는 것을 나타낸다.

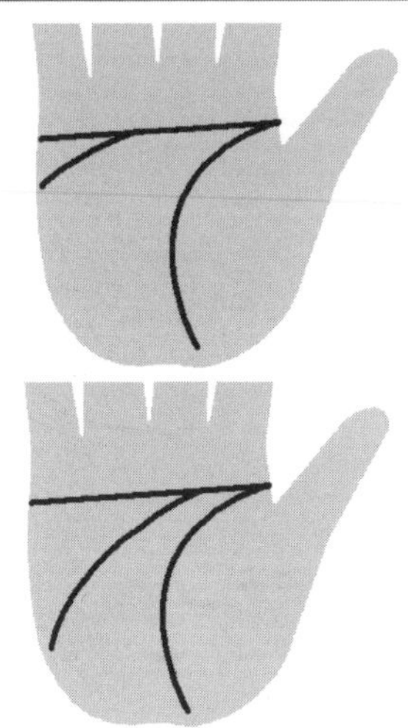

신비의 ✚ 무늬

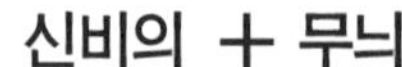

감정선에서 나온 굵은 가지선이 운명선과 교차하여 감정선과 지능선 사이에 선명한 ✚ 무늬를 만들면, 신비로운 것에 대한 관심과 영감(靈感)을 나타낸다.
직감선도 같이 있으면 영감력(靈感力)이 보다 강해 점술사의 재능이 있다.

넷째손가락 아래쪽의 감정선과 지능선 사이에 모양이 선명한 ✚ 무늬가 있는 것은, 영감을 예술적으로 표현하는 능력을 나타낸다. 영감을 느껴 그림이나 음악작품을 창작한다.

부처눈

엄지손가락의 첫 번째 관절선이 눈과 같은 모양이면 영감력이 있음을 나타낸다.

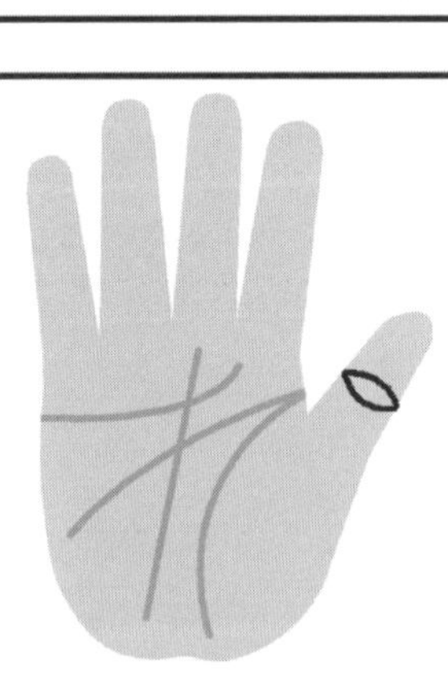

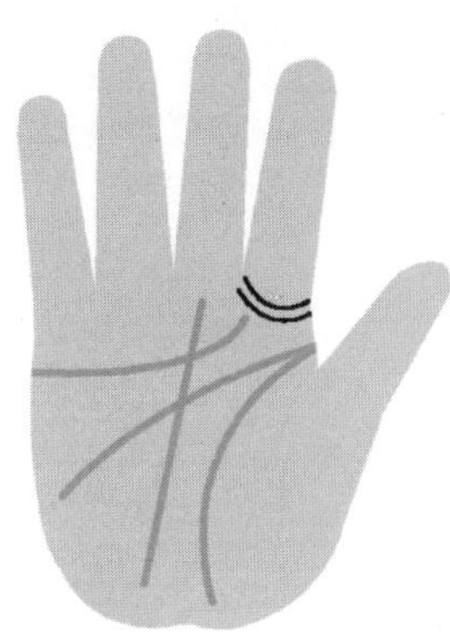

솔로몬의 손금

목성의 언덕에 있는 반달모양의 이 선은 고대 이스라엘의 위대한 왕이었던 솔로몬의 손에 있었다고 전해진다.
두뇌가 명석하고 야심가이며 강운의 소유자임을 나타낸다.
1줄만으로도 충분하지만, 선이 2줄이면 더욱 강한 운이다.

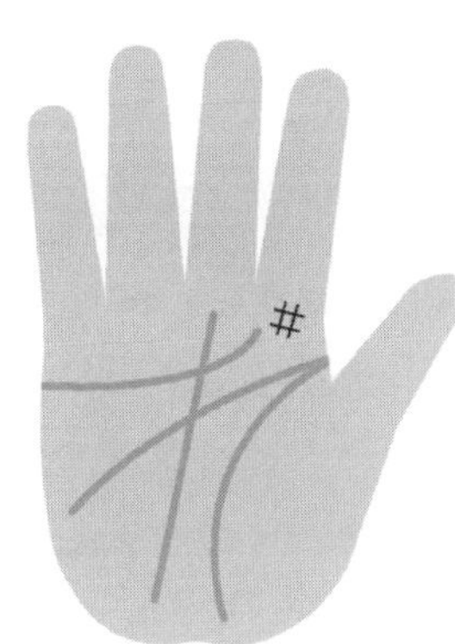

지도자의 손금

사각형 무늬는 위기를 피한다는 의미지만, 목성의 언덕에 있는 것은 그 의미가 다르다. 인재를 길러내는 재능이 있음을 나타내는데, 여기에 운명선까지 좋다면 그 사람은 리더가 될 수 있다.

 # 행운의 손금

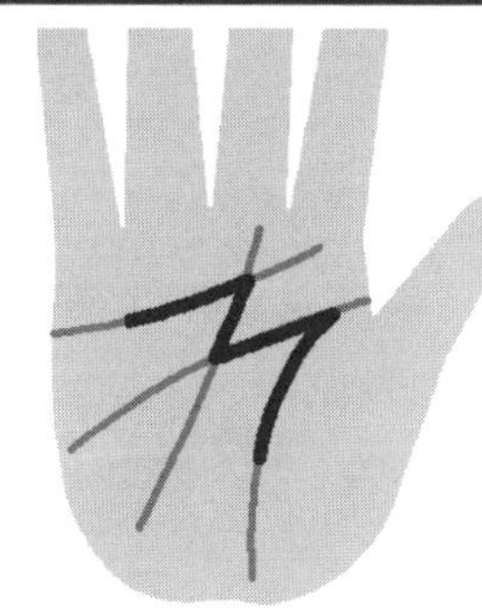

행운의 M

생명선, 지능선, 감정선, 운명선 등 4줄의 선명도가 모두 비슷할 때 영어의 M자 형태를 만드는데, 이것은 균형이 잘 맞는 좋은 운을 나타내므로 행운의 손금이다.

육화문(六花紋)

목성의 언덕에 있는 별 무늬는 큰 행운을 나타낸다. 직업과 관련된 꿈이 실현되거나 커다란 기회를 잡을 손금이다.

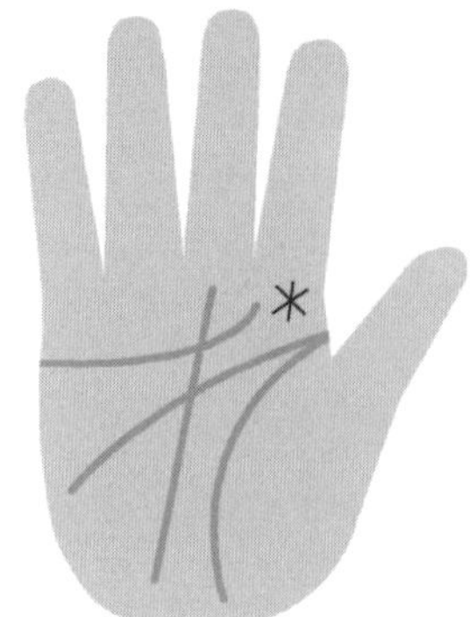

억만장자 손금

태양선과 재운선이 운명선에서 시작하는 것은, 일이 크게 성공하거나 유력자나 재산가와 결혼하여 부자가 되어 화려하고 부유한 생활을 보낸다는 매우 좋은 행운의 손금이다.

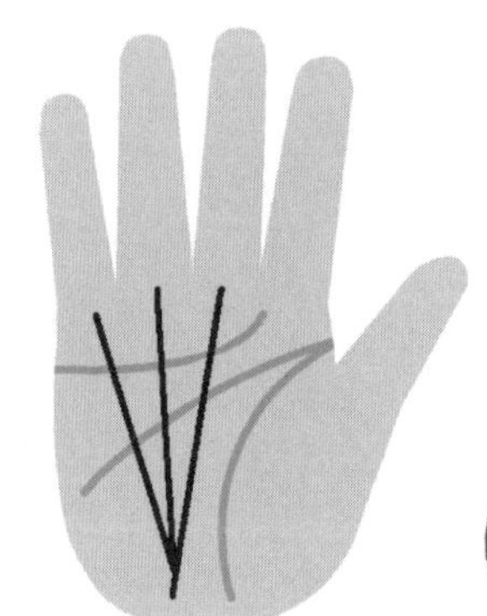

사직문(四直紋)

목성의 언덕, 토성의 언덕, 태양의 언덕, 수성의 언덕 등으로 향하는 4줄의 선명한 세로선이 있는 것은 무엇을 해도 대성공을 거둔다는 손금이다.

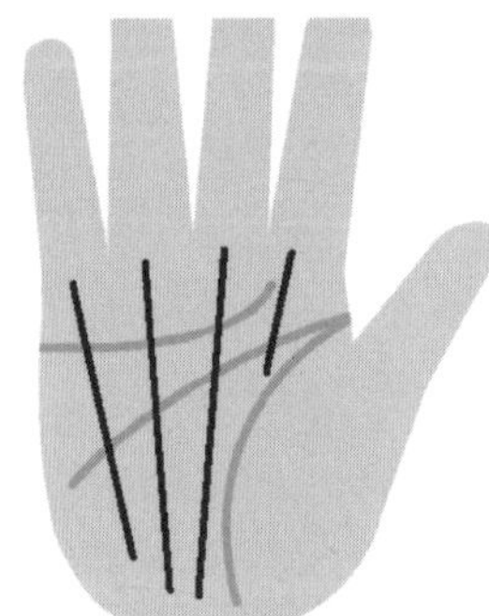

이런 손금에는 이런 직업이

☝ 탤런트와 유흥업 종사자

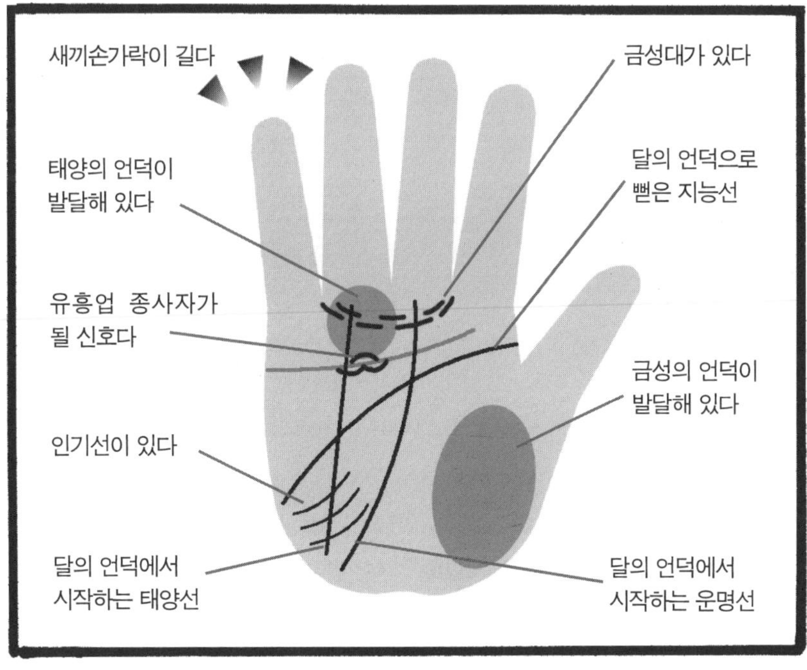

 직장 여성

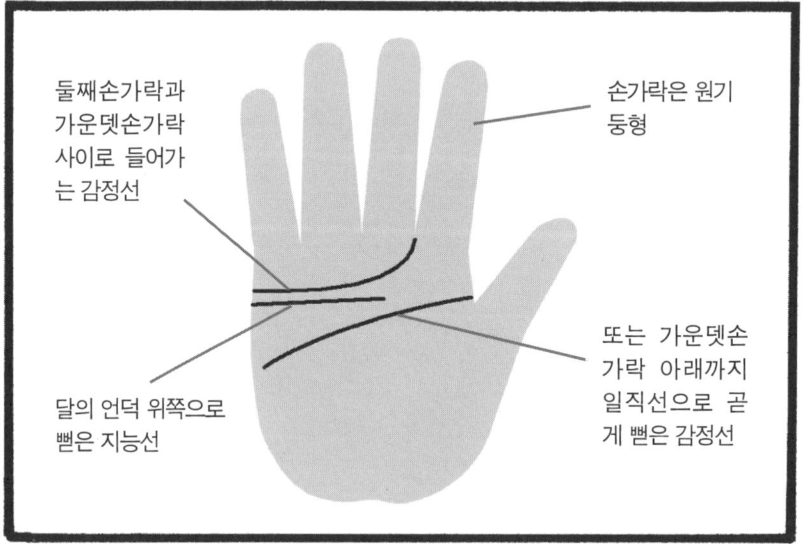

원기둥형 손가락인 사람은 성격이 아주 꼼꼼한 일벌레 타입이야. 거기에 지능선이 달의 언덕 위쪽으로 뻗은 사람은 주위 환경이나 상황 변화에 잘 적응하는 특성이 있어.
감정선이 둘째손가락과 가운뎃손가락 사이까지 뻗은 사람은 성실하고, 가운뎃손가락 아래쪽으로 곧게 뻗은 채 끝난 사람은 이성적이며 일을 처리하는 능력이 뛰어나지.
성공하는 커리어우먼 타입이구나.

✍ 예술가 · 소설가

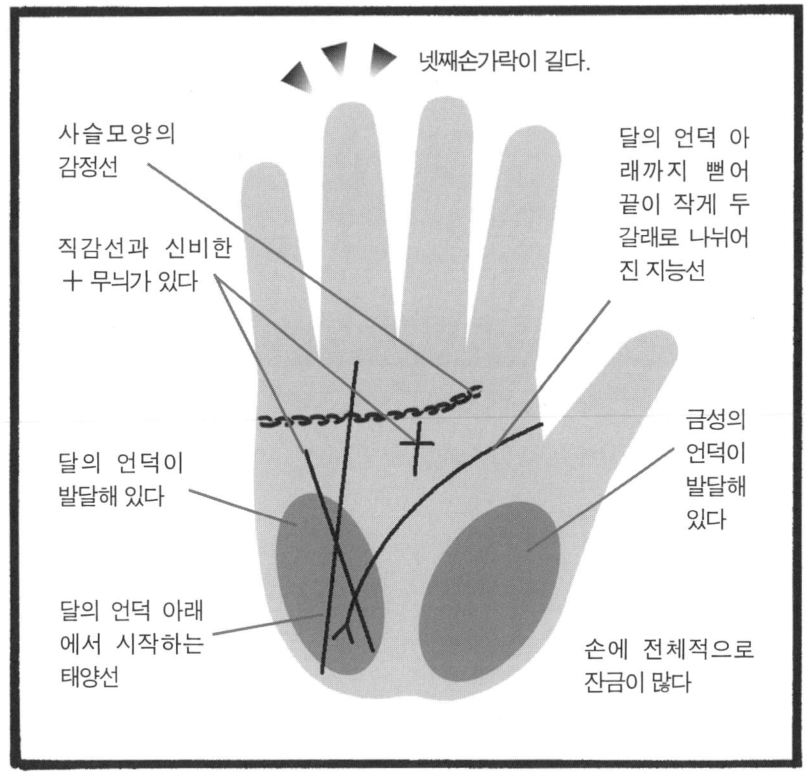

넷째손가락이 길다.
사슬모양의 감정선
직감선과 신비한 ✛ 무늬가 있다
달의 언덕 아래까지 뻗어 끝이 작게 두 갈래로 나뉘어진 지능선
달의 언덕이 발달해 있다
금성의 언덕이 발달해 있다
달의 언덕 아래에서 시작하는 태양선
손에 전체적으로 잔금이 많다

손은 전체적으로 잔손금이 많아야 해. 심플하면 안 돼.
그럼 성격이 수더분하고 단순한 사람은 안 되겠네?

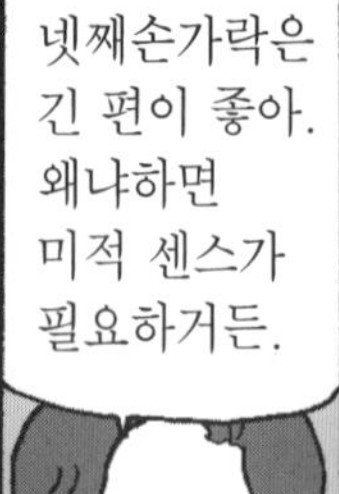

넷째손가락은 긴 편이 좋아. 왜냐하면 미적 센스가 필요하거든.

금성의 언덕과 달의 언덕이 발달하고, 감정선은 사슬모양이 좋아.
그래야 애정이나, 상상력, 감성이 풍부하거든.

지능선은 달의 언덕 아래 부분까지 뻗고 끝이 작게 두 갈래로 갈라지면 좋아.
끝이 두 갈래면 창작력이 있는 거 맞지?

직감선이나 신비한 +무늬가 있으면 작품을 만드는데 필요한 반짝이는 아이디어가 있어.
그렇네.

✍ 학자 · 의사

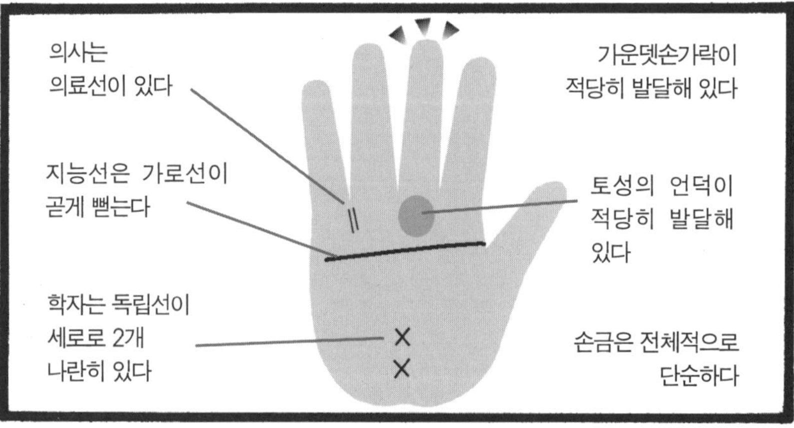

의사는 의료선이 있다
가운뎃손가락이 적당히 발달해 있다
지능선은 가로선이 곧게 뻗는다
토성의 언덕이 적당히 발달해 있다
학자는 독립선이 세로로 2개 나란히 있다
손금은 전체적으로 단순하다

무엇보다도 두뇌가 명석하고 이성적인 사람이어야 해.
그래서 지능선이 가로로 곧게 뻗은 게 좋구나.

손에는 전체적으로 선이 적고 간단한 사람이 좋아.
사소한 일에 전전긍긍 하는 타입은 안 되겠네.

가운뎃손가락이나 토성의 언덕은 적당히 발달해 있어야 해.
자제력이 있다는 표시지?

의사는 의료선이 있으면 좋고,
학자는 독립선이 세로로 2줄 나란히 있으면 좋아.

✍ 상점 경영자

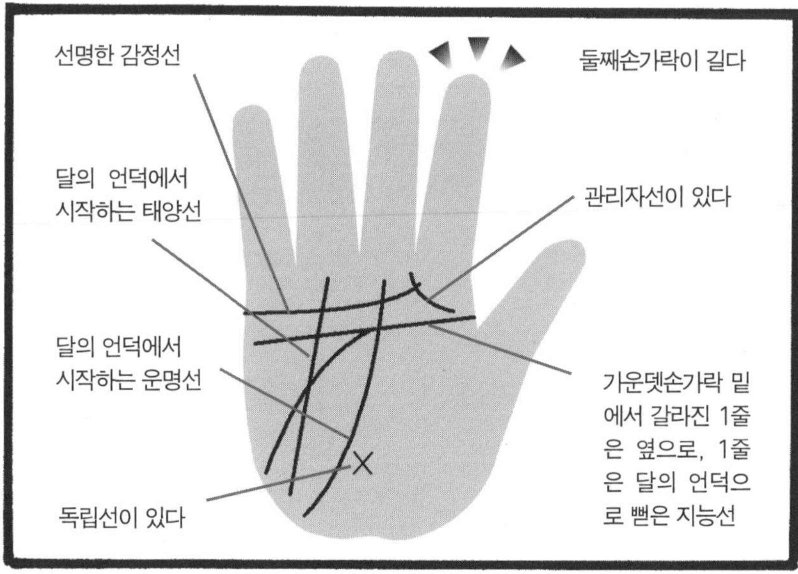

선명한 감정선
둘째손가락이 길다
달의 언덕에서 시작하는 태양선
관리자선이 있다
달의 언덕에서 시작하는 운명선
가운뎃손가락 밑에서 갈라진 1줄은 옆으로, 1줄은 달의 언덕으로 뻗은 지능선
독립선이 있다

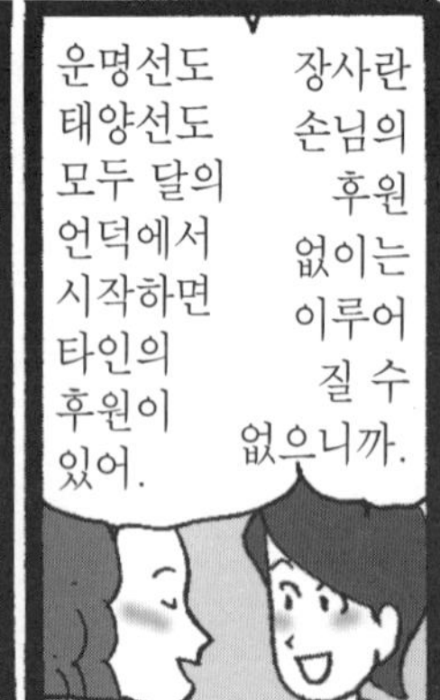

 정치가

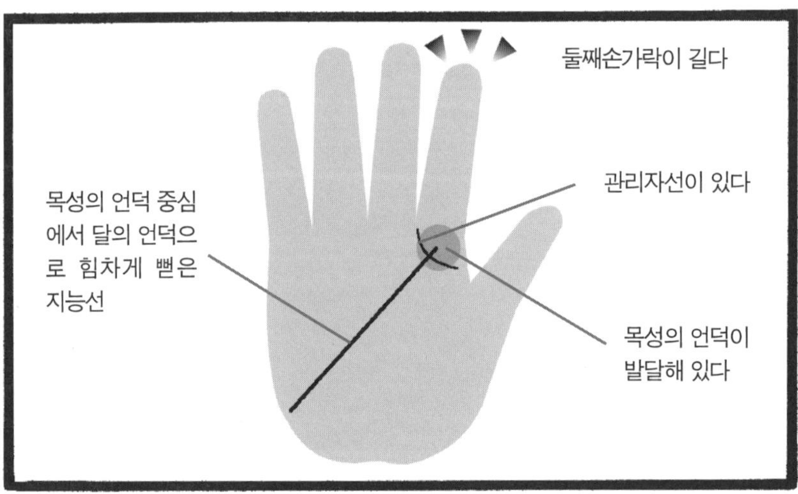

 세일즈맨

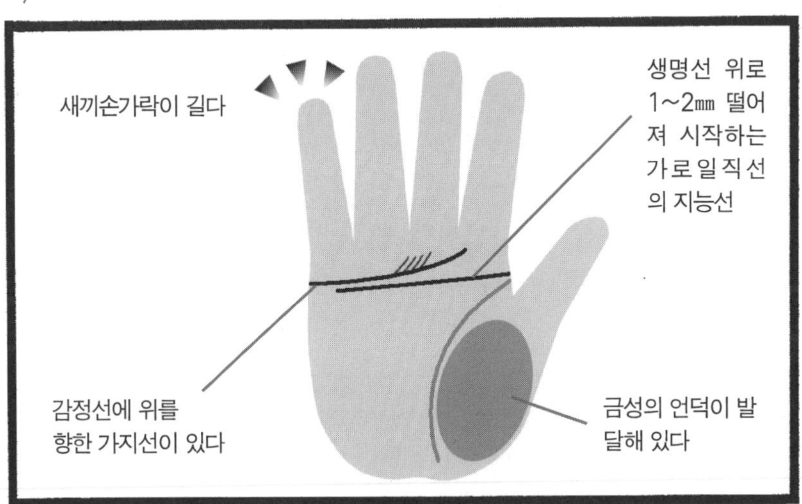

 실업가 · CEO

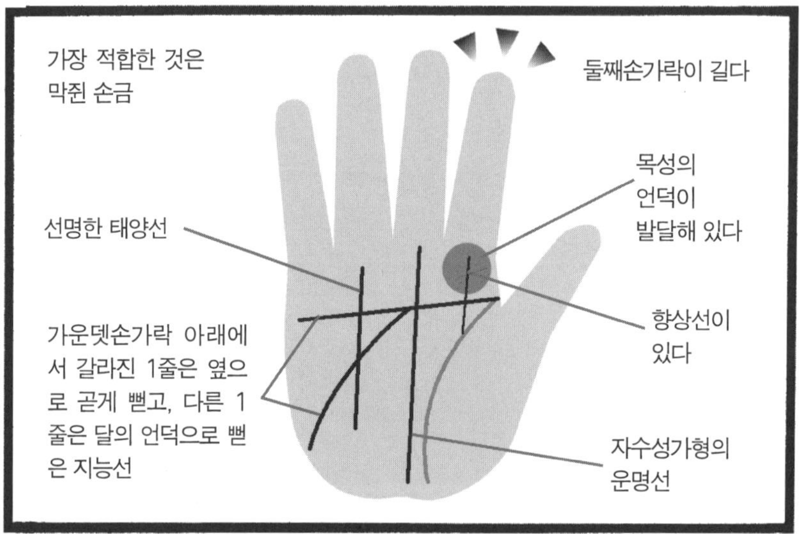

수상으로
행복해지자

 # 피타고라스도 아리스토텔레스도 시저도

고대 그리스에서는
피타고라스가
수상의 발상지인
인도에 건너가
가르침을 받았고

아리스토텔레스도
「아리스토텔레스의
수상술」이라는
책을 썼어.

시저에
이르러서는

그대가
유대의 왕
헤롯의
왕자인가?
예, 그러하
옵니다.

그럼 어디
손금을 한번
보여 봐라.
예?

부들 부들

너는
왕자가
아니다!
네놈의 손에는
귀한 상이
어디에도
없어!

네 이놈!
당장
돌아가거라.
이크크

✍ 성공할 수밖에 없었던 Bon Jovi의 손금

헤비메틀그룹 본 조비 보컬의 손금을 보고 나서부터야.
뭐, 뭐라고? 그럼 그 본 조비 말이야?
그가 막 데뷔했을 때 우연히 그의 손금을 볼 기회가 있었어.

그 당시에 인기가 있었던 뮤지션 몇 명의 손금도 봤지만 그 중에서 존의 손금이 특히 엄청나게 좋았거든.

당시의 나
통역인
Oh!!
당신은 앞으로 반드시 성공해서 엄청난 스타가 될 거예요!

그 때는 믿지도 않았는데 그렇게 자신 있게 말해?

어머!
쪽

얼어버렸음

그 후에 그가 진짜 빅 스타가 되었기 때문에 깜짝 놀랐어!
세상에…
음악잡지

👆 수상은 행복해지기 위한 나침반

야! 너 진짜 고집 불통이다.
내 고집은 손금에도 나와 있는 고집이다. 어쩔래!
…… 이럴 것이 아니라
고집불통이 되지 않게 다른 사람의 의견도 듣도록 노력해야지!
…… 이렇게 말이지?

바로 그거야!

손금은 자신이 어떻게 살아가면 좋은지를 알려주는 나침반과 같아.

자, 여러분도 손금 보는 방법을 익혀서
많이많이 행복해지세요!

TESOU DE HAPPY!

만화로 배우는 손금으로 행복찾기

지은이 | 아야베 쇼코
옮긴이 | 김욱송
펴낸이 | 유재영
펴낸곳 | 동학사

1판 1쇄 | 2002년 10월 15일
1판 5쇄 | 2009년 4월 13일
출판등록 | 1987년 11월 27일 제10-149

주소 | 121-884 서울 마포구 합정동 359-19
전화 | 324-6130, 324-6131 / 팩스 | 324-6135
E-메일 | dhak1@paran.com
         dhsbook@hanmail.net
홈페이지 | www.donghaksa.co.kr
         www.green-home.co.kr

ISBN 89-7190-099-7 03180
잘못된 책은 바꾸어 드립니다.